VERSCHOLLEN IM LAND DER LOTUSBLÜTEN

Rike Stienen

Roman

www.rike-stienen.de
Lektorat: Annemarie Hoffmann
Coverdesign: Dieter G. Hoffmann
Cover-Abbildung: www.stock.adobe.com
ISBN: 9781081301507
Independently published

Verschollen im Land der Lotusblüten

KAPITEL 1

Mit einem Lächeln auf dem Gesicht wandelt Mara durch den Rosengarten, der jetzt im Sommer betörend duftet. Sträucher recken ihre Zweige in die milde Luft und locken Insekten und Schmetterlinge an, die hintereinander um die Blüten flattern, als würden sie Fangen spielen.
Großmutter Amalie ist dabei, die vom Regen der letzten Tage verfaulten Blumenköpfe akribisch abzuschneiden. Die Rosen sind ihre Passion, und ihr Garten ist weit über die Grenzen Hamburgs bekannt. Jedes Jahr nimmt sie am Tag der offenen Gartentür teil, und begeisterte Blumenfreunde dürfen sich an ihrem Paradies erfreuen und von ihrem Fachwissen profitieren.
Amalie ist so vertieft in ihre Tätigkeit, dass sie zusammenzuckt, als Mara plötzlich hinter ihr verkündet: „Juhu, ich hab's geschafft." Damit meint Mara ihr Lehrerexamen.
Wie hat sie die letzten Monate geschuftet und sich hinter ihren Büchern versteckt. Endlich ist diese anstrengende Zeit vorbei, und sie kann die nächsten Wochen in vollen Zügen genießen, bis sie den Schuldienst antritt. Noch ist unbekannt, wo dies sein wird. Es bleibt zu hoffen, dass ihr die neue Stelle im Umkreis angeboten wird, denn Mara möchte weder von Amalie noch von ihrem Freund Lukas getrennt werden und womöglich in eine andere Stadt ziehen müssen.
Amalie legt die Rosenschere beiseite und entledigt sich der Gartenhandschuhe, um Mara in die Arme zu schließen.
„Wer hätte daran gezweifelt, dass du es schaffst, meine Liebe. Herzlichen Glückwunsch! Ich habe eine Überraschung für dich." Die Großmutter setzt eine geheimnisvolle Miene auf.
„Was ist es denn? Hat es mit Hendrik zu tun?", fragt Mara, die ihren Zwillingsbruder sehr vermisst.

„Den kann ich leider nicht aus dem Hut zaubern, aber ich habe alle deine Freunde heute Abend zu einer Feier eingeladen."
Stürmisch haucht Mara ihrer Großmutter, die leicht zurückstrauchelt, einen Kuss auf die Wange. „Das ist ja total süß von dir. Du bist die Beste. Wer kommt denn?"
„Das verrate ich nicht. Etwas Spannung darf bleiben."
Erneut streift sich Amalie die Gartenhandschuhe über und schneidet dieses Mal einen ganzen Strauß Rosen für die bevorstehende Party ab. Mara liebt Großmutters Rosenbowle.
In den Sommermonaten lädt sie oft ihre Freundinnen dazu ein, die sich nie zwei Mal bitten lassen, um in den Genuss dieses köstlichen Getränks zu kommen.
Voller Vorfreude schickt sich Mara an, in Richtung Haus zu laufen. „Dann rufe ich jetzt mal Lukas an. Die treulose Tomate hat mich nicht wie verabredet nach der Prüfung abgeholt."
„Ja, mach das. Wahrscheinlich hat sein Tantchen mal wieder eine besondere Beschäftigung für ihn." Einen ironischen Unterton kann sich Amalie wohl nicht verkneifen.
Mara ahnt, dass ihr Herzblatt der Großmutter nicht geheuer ist. Obwohl Lukas bereits seit einem Jahr als Lehrer am Gymnasium im hiesigen Stadtteil arbeitet und genug Geld verdient, lebt er immer noch im Haus seiner Tante in einem kostenlosen Studentenzimmer. Als Dank dafür ist er ihr rund um die Uhr zu Diensten. Wieso sich Mara das ständige Zurücksetzen ihrer eigenen Bedürfnisse zugunsten dieser Frau gefallen lässt, bleibt ihr manchmal selbst ein Rätsel. Sobald Mara weiß, wo sie ihre Stelle antritt, wird sie jedoch auf eine gemeinsame Wohnung drängen. Hinsichtlich Amalie plagt sie allerdings das schlechte Gewissen, diese allein in der großen Villa zurückzulassen. Ob Amalie nicht insgeheim hofft, dass Lukas mit einzieht? Platz wäre ja genug vorhanden. Außer dem Parterre gibt es zwei zusätzliche Etagen mit jeweils drei

Zimmern, einer Küche und einem Bad. Das Haus ist vor hundert Jahren extra so großzügig für mehrere Generationen unter einem Dach gebaut worden. Übriggeblieben sind gerade mal drei Personen. Vielleicht lässt sich Lukas im Laufe der Zeit überreden, seine Tante zu verlassen und mit in der Villa zu wohnen. Sie würden eine Menge Mietkosten sparen, und Lukas ist ein Centfuchser. Jetzt schiebt Mara erst mal alle Zukunftsspekulationen beiseite und freut sich auf die Party.

♥♥♥

Auf dem Fest am Abend will bei Mara keine Stimmung aufkommen, obwohl Amalie keine Mühen und Kosten gescheut hat, ein Bufett vom besten Delikatessenhändler der Gegend herrichten zu lassen. Frikadellen, Schnitzel, Hähnchenschenkel, diverse Sommersalate und Lachsbrötchen lassen keine Gaumenfreuden offen. Ein Dessertbufett mit allen Variationen von Mousse au Chocolat bildet den krönenden Abschluss des kulinarischen Verwöhnprogramms.

Alle Freundinnen und Freunde erweisen Mara die Ehre, um sie zu feiern und zu beglückwünschen. Sogar Irene, ihre beste Freundin, hat es bewerkstelligt, einen Tag eher von ihrer Geschäftsreise aus Paris zurückzukehren. Sie ist Amalies Überraschungsgast.

Der Garten ist mit vielen Fackeln bestückt, die ihn bei einsetzender Dämmerung in ein romantisches Licht tauchen. Überall laden kleine Tische mit Korbstühlen zum Verweilen und Plaudern ein. Auf jedem verführen Chips und Nüsse zur Kalorienaufnahme. Die leckere Rosenbowle entfaltet inzwischen ihre Wirkung, denn einige Gäste kichern und lachen um die Wette über irgendwelche Belanglosigkeiten.

Auch Lukas steht in einer Gruppe junger Leute mit einem Glas in der Hand und präsentiert Anekdoten aus seinem Schulalltag. Immerhin kam er mit einem Blumenstrauß an, um Maras tollen Examensabschluss zu würdigen. Womöglich hatte er wenigstens ein schlechtes Gewissen, sie nach der Prüfung nicht wie versprochen abgeholt zu haben. Seine Tante musste beim Arzt, wo er sie hingebracht hatte, so lange warten.

Immer das Gleiche, schießt es Mara durch den Kopf, als sie im hintersten Winkel des Gartens etwas Einsamkeit sucht. Sogar an solch wichtigen Tagen ist Lukas nicht Manns genug, den Klauen seiner Tante zu entkommen.

Sie schlendert zur großen Eiche, von der immer noch die beiden Schaukeln aus Kindertagen herabhängen. Die Seile sind verwittert, und das Holz des Sitzes schimmert aschgrau. Hendrik und Mara veranstalteten täglich bei Wind und Wetter ein Wettschaukeln. Derjenige, der zuerst mit einem Fuß an den nächsten Ast tippte, hatte gewonnen und erhielt als Belohnung am nächsten Tag zusätzlich den Schokoriegel des anderen. Das war etwas Besonderes, denn Amalie achtete penibel darauf, dass Mara und ihr Zwillingsbruder nicht zu viele Süßigkeiten aßen. Sie schien damals von diesem Deal nichts zu ahnen oder ließ sich jedenfalls nichts anmerken. Je älter Mara und Hendrik wurden, desto öfter ging er als Sieger hervor, weil er einfach größer und kräftiger als Mara wurde und seine langen Beine schneller das Ziel erreichten. Als Mara ihre Chancenlosigkeit erkannte, beendete sie das Spiel von einem Tag auf den anderen. Das ist inzwischen Jahre her, und auch das gebaute Baumhaus ihres Vaters in der Eiche fiel vor vielen Jahren einem heftigen Sturm zum Opfer. Dabei hatten Hendrik und Mara davon geträumt, dass ihre eigenen Kinder eines Tages ebenfalls darin spielen dürften. In ihm wurde gelacht, geweint, gestritten, gegessen, geschlafen, die Hausaufgaben gemacht und mit Freunden geredet.

In Gedanken an diese unbeschwerte Kindheit schwingt Mara nun allein auf einer der beiden Schaukeln in die Höhe, bis sie den besagten Ast berührt, und lässt einen tiefen Seufzer los.

Diesen hört Irene, die neben ihr zu schaukeln beginnt. „Hey, warum verkrümelst du dich hier? Alle fragen schon, wo du bist.“
Geschickt bremst Mara die Schaukel ab. „Ich bin total frustriert, dass sich Hendrik nicht meldet. Er hatte es versprochen. Wie kannst du es ertragen, so selten von ihm zu hören?“
„Hm.“ Irene räuspert sich vorsichtig: „Vielleicht ist es meine Schuld, dass er heute nicht anruft.“
„Wieso?“, fragt Mara stirnrunzelnd und hakt nach. „Hast du denn in der letzten Zeit mit ihm telefoniert?“
„Nein.“
„Dann verstehe ich nicht, was du meinst.“
Es fällt Irene ersichtlich schwer, mit der Wahrheit herauszurücken, denn sie beißt sich auf die Unterlippe, bevor eine Antwort kommt. „Ich habe vor einiger Zeit per Mail mit ihm Schluss gemacht, mich aber nicht getraut, es dir und Amalie zu beichten. Inzwischen wird Hendrik wohl in einem Internetcafé gewesen sein und sie gelesen haben.“ Irene starrt ins Gras und wagt offenbar nicht, Mara direkt in die Augen zu schauen. Zaghaft setzt sie zur Verteidigung ihres Entschlusses an: „Ich habe damals nicht verstanden, warum er nach dem Tod eures Vaters überstürzt eine Weltumsegelung machen musste und uns alle im Stich ließ. In dem Jahr habe ich zwei Postkarten von ihm bekommen, eine zu Weihnachten und eine zum Geburtstag, ab und zu eine lapidare Mail, wenn er irgendwo Internetzugang hatte. Ich konnte ihn nie telefonisch erreichen, da Hendrik, wie du weißt, das Mitführen eines Smartphones immer abgelehnt hat. Auf hoher See gibt es sowieso keinen Empfang, war sein Argument. Das ist doch keine Beziehung, wenn man den anderen nicht sprechen kann, wann man möchte, oder?“ Jetzt späht Irene doch vorsichtig zur Seite und zieht die Augenbrauen erstaunt hoch, als Mara völlig anders reagiert als sie wahrscheinlich erwartet hat.
„Du musst dich nicht rechtfertigen. Wenn Lukas mich so

im Regen hätte stehen lassen wie dich, hätte ich nicht anders gehandelt. Hendrik wollte uns alle sicher nicht verletzen und hat nicht darüber nachgedacht, wie es uns damit ging, als er über Nacht verschwand. Amalie und ich hatten das Gefühl, plötzlich zwei Menschen verloren zu haben, meinen Vater und Hendrik. Ihr gegenüber fand ich Lukas' Handeln besonders schlimm, schließlich hat Amalie uns nach dem frühen Tod unserer Mutter wie eigene Kinder großgezogen."

Dankbar greift Irene nach Maras Hand. „Ich bin so froh, dass du mir nicht böse bist und sogar Verständnis für meine Situation zeigst. Ich weiß, wie sehr du deinen Bruder liebst und vermisst."

„Du bleibst meine beste Freundin, auch wenn du nicht meine Schwägerin wirst, was ich natürlich bedaure", versichert Mara mit fester Stimme.

Irene stockt einen Moment, atmet tief ein, um dann mit der nächsten Enthüllung fortzufahren: „Ich ... ich habe mich vor einiger Zeit in einen Arbeitskollegen verguckt. Er ist für mich da, wenn ich traurig bin und mir die neue Tätigkeit alles abverlangt. Ich habe mich so lange einsam gefühlt."

Bevor Mara neugierig nachhaken kann, wer denn der Glückliche ist, taucht Amalie wie aus dem Nichts auf und fuchtelt aufgeregt mit einem Fax in der Hand. „Hier, lies mal bitte. Du als Englischlehrerin kannst das besser als ich."

Sofort reißt Mara der Großmutter mit einem flauen Gefühl im Magen das Schreiben aus der Hand. Es trägt den Absender der Deutschen Botschaft von Colombo und fällt zu Boden, als Mara entsetzt die Hände vors Gesicht schlägt. „Hendriks Jacht wurde führerlos auf einer Sandbank an der Südküste Sri Lankas gefunden. Von ihm fehlt jede Spur."

Irene legt betroffen einen Arm um Maras Schultern. „Das ist ja furchtbar. Ist er ertrunken?"

Diese Mutmaßung ist erkennbar zu viel für Amalie. Sie

schluchzt hemmungslos in ihren Seidenschal und muss von Mara und Irene gestützt ins Haus geleitet werden.
Als alle Gäste endlich gegangen sind, beratschlagen Mara, Irene, Amalie und Lukas, was sie tun sollen. Der Botschafter möchte wissen, ob er die Jacht nach Deutschland überführen lassen soll. Falls ja, benötigt er dafür natürlich Geld. Ansonsten müsste sich die Familie selbst darum kümmern und alles dafür Erforderliche organisieren.
Die bodenständige Mara hat Hamburg und die weitere Umgebung nur in Ausnahmefällen verlassen und versteht Menschen nicht, die unbedingt ferne Länder kennenlernen und sich auf eine unberechenbare Reise begeben wollen. Nie würde Mara freiwillig heiße und exotische Gegenden aufsuchen.
Amalies Augen füllen sich wieder mit Tränen. „Einer muss nach Colombo fliegen und die Formalitäten erledigen", bringt sie mit erstickter Stimme hervor. Dabei blickt Amalie Irene fragend an, die jedoch vehement mit dem Kopf schüttelt.
„Ich bin in der Probezeit. Ich darf keinen Urlaub nehmen." „Dann werde ich nach dem Jungen suchen", sagt Amalie entschlossen und wischt sich mit dem Handrücken ihre Tränen weg. „Ich spüre, dass Hendrik lebt und unsere Hilfe braucht."
Intuitiv greift Mara nach Amalies Hand. „Das lässt du schön bleiben. Wenn hier jemand fliegt, dann ich." Dabei weiß sie in diesem Moment nicht, wie sie ihre Flugangst überwinden soll.
Die Abiturabschlussfahrt führte damals nach Paris. Während alle anderen dorthin flogen, bevorzugte Mara ganz allein den Zug und verpasste durch die längere Reisezeit den ersten Sightseeingtag.
Prompt bringt Amalie den Einwand, dass Mara nicht allein reisen kann. Jemand muss ihr beistehen. „Dann begleite ich dich."
Diese Idee stößt bei Mara nicht auf Zustimmung. „Das ist viel zu beschwerlich für dein angeschlagenes Herz, und du

solltest zu Hause sein, falls sich Hendrik meldet." Sie schubst ihren Freund leicht seitlich in die Rippen. „Was ist mit dir? Kommst du mit?"
Verdattert zuckt Lukas zusammen. „Ich?"
„Ja, du, es sind Ferien, und du hast Zeit."
„Aber ..." Weiter kommt Lukas nicht, denn wie aus einem Mund sprudelt es aus Mara und Irene: „... du musst erst deine Tante um Erlaubnis bitten."
Nachdem Lukas und Irene weit nach Mitternacht gleichzeitig das Haus verlassen haben, forscht Mara im Internet nach zwei Flügen nach Colombo.
Amalie blickt ihr über die Schulter und lässt ihrer Angst um Hendrik freien Lauf. „Glaubst du, er lebt noch?"
Mara unterbricht ihre Suche, springt vom Stuhl auf und umarmt ihre Großmutter. Sie spürt, wie diese am ganzen Körper zittert. „Aber sicher. Ich würde fühlen, wenn ihm etwas Ernstes passiert wäre. Ich fliege mit Lukas nach Sri Lanka, und wir werden ihn finden, versprochen." Dabei ist Mara bei diesen Worten selbst mulmig zumute.
Während Amalie ein wenig getröstet zu sein scheint und meint: „Ich vertraue dir und helfe dir beim Kofferpacken", wendet sich Mara wieder den Flugportalen zu und wird schließlich fündig. Sie wartet nicht den vereinbarten Anruf von Lukas ab, sondern bucht sofort. Seine Tante war vermutlich schon am Schlafen, als er nach Hause kam, und deshalb wird er sie erst am nächsten Morgen mit der Situation konfrontieren.
Als Mara gähnend ihr Zimmer betritt, hält Amalie ein Foto mit den Zwillingen in der Hand und schnieft. Schnell lenkt Mara ihre Großmutter ab: „Bist du so lieb und holst mir meine Sandalen aus dem Schuhschrank?"
Amalie nickt und verschwindet aus dem Zimmer, während Mara in Windeseile Kleidungsstücke wahllos und unsortiert im Koffer verstaut, den die Großmutter bereits aufs Bett gelegt hat.
Amalie staunt nicht schlecht, als sie mit den Schuhen zurückkehrt: „Du bist ja schon fertig."

„Ja, allerdings lässt sich das gute Stück nicht schließen. Bitte hilf mir mal und setz dich obendrauf. Ich ziehe dann den Reißverschluss zu", verlangt Mara.
Amalie macht keinerlei Anstalten, dieser Aufforderung nachzukommen. „Was hast du denn alles eingepackt? Du brichst nicht zu einer Antarktisexpedition auf und benötigst nicht viel. Bestimmt ist die Hälfte überflüssig." Schon entdeckt sie einen schwarz-weiß gepunkteten Bikini und will ihn herausziehen, aber Mara hindert Amalie daran, die protestiert: „Ihr macht keine Urlaubsreise."
„Nein, aber ich will für alles ausgerüstet sein. Vielleicht ist die Jacht beschädigt und eine Unterwasserinspektion notwendig." Mara besteht darauf, dass nichts vom Inhalt wieder in den Schrank wandert.
„Ich gebe mich geschlagen, aber mehr als zwanzig Kilo Gepäck darfst du nicht mitnehmen."
„Das sind ja fast alles leichte Sachen. Hast du mir einige Medikamente zusammengestellt?"
„Ja."
„Lieb von dir." Mara stützt sich mit ihrem ganzen Federgewicht auf den Kofferdeckel, während Amalie ihn endlich verschließt. Mit vereinten Kräften hieven sie ihn von Maras Bett auf den Boden.
„Den kann Lukas dann morgen runtertragen", meint Amalie.
„Er hat mir eben per WhatsApp geschrieben, dass wir uns erst am Flughafen treffen. Mit seiner Tante konnte er nämlich nicht mehr sprechen und beichtet ihr morgen früh unsere Reise."
„Beichten? Ihr begeht doch keine Straftat. Mensch, Mädel, wie kannst du das bloß aushalten? Lukas ist ein erwachsener Mann. Er ist dieser Frau keine Rechenschaft schuldig, erst recht nicht, wenn es sich um einen Notfall handelt." Mit vor Unglauben weit aufgerissenen Augen starrt Amalie Mara an und stemmt ihre Arme in die Hüften. „Ich fass es nicht! Wann nabelt sich der Junge endlich ab?"
„Bestimmt nicht heute Nacht." Maras Tonfall klingt

genervt. „Darüber müssen wir jetzt nicht diskutieren. Wir sollten lieber noch eine Mütze voll Schlaf nehmen“, und etwas friedlicher fährt sie fort: „Danke für deine Hilfe und auch für die schöne Feier heute.“ Sie will ihre Großmutter nicht zusätzlich aufregen. Deshalb erzählt sie auch nichts von Irenes und Hendriks Trennung. Das hat Zeit bis nach ihrer Rückkehr von Sri Lanka. Mara küsst Amalie flüchtig auf beide Wangen. „Wir gehen endlich schlafen. Alles wird gut.“

KAPITEL 2

Auf dem Flughafen Hamburg herrscht geschäftiges Treiben. Die Passagiere stehen in einer langen Warteschlange für den Flug nach Colombo an. Kinder spielen zwischen abgestellten Koffern und Taschen Fangen und kreischen.
Das passt einigen Leuten anscheinend nicht, denn sie beginnen mit den Eltern eine Diskussion, warum sie ihren Nachwuchs nicht zur Geduld erzogen haben.
Das alles interessiert Mara nicht, die ständig umherschaut, ob Lukas irgendwo auf sie wartet. Es bleibt ihr nichts anderes übrig, als sich ans Ende der Schlange zu begeben und zu hoffen, dass der Abtrünnige bald eintrudelt. Immer wieder dreht sie sich zum Eingangsbereich um. Kein Lukas zu sehen. Schließlich rückt sie bis zum Schalter vor, und ehe die nette Dame nach ihren Reiseunterlagen fragt, tritt Mara plötzlich ohne einzuchecken zur Seite und macht ihrem Hintermann Platz. Es darf nicht sein, dass ihnen das Schicksal so kurzfristig zwei freie Plätze in der Maschine beschert und Lukas nicht rechtzeitig den Flughafen erreicht. Was ist schiefgelaufen? Hektisch wählt Mara Lukas' Nummer auf dem Smartphone. Nur die Mailbox. Auf dem Festnetz kreischt ihr seine Tante in den Hörer, dass Mara das Trommelfell zu platzen droht.
Ohne Einleitung begehrt Mara zu wissen, wo ihr Freund bleibt.
„Er ist für mich zur Apotheke gefahren."
„Warum? Bist du über Nacht krank geworden?"
„Mein Verdauungspräparat ist alle."
„Wie bitte?", will sich Mara fassungslos vergewissern, ob sie richtig gehört hat. „Lukas sollte bereits vor einer Stunde auf dem Flughafen sein. Wie du erfahren hast, ist mein Bruder verschollen, und wir machen uns große Sorgen um ihn. Vielleicht lebt er nicht mehr, und du hast

nichts Besseres zu tun, als Lukas zur Apotheke zu schicken? Wie egoistisch ist das denn? Du hast einen Führerschein und ein Auto." Mara hat noch nie zuvor so deutlich gegenüber der Tante ihren Frust abgelassen. Stattdessen hat sie immer zu ihrem egozentrischen Verhalten geschwiegen, um keinen Streit mit Lukas heraufzubeschwören.

„Wie redest du mit mir? Mein Neffe wird mir wohl einen Gefallen tun dürfen. Schließlich wohnt er umsonst bei mir." Die Stimme überschlägt sich prompt am anderen Ende der Leitung.

Natürlich, immer die alte Leier. Jede Diskussion darüber ist sinnlos. „Dann behalte deinen Sklaven, und ich wünsche dir gute Verdauung", entfährt es Mara, bevor sie auf den roten Hörer drückt. Sie weiß nicht, ob sie weinen oder schreien soll. Ihre Wut weicht der Angst um ihren Zwillingsbruder, der bestimmt in einer verzweifelten Lage steckt und ihre Hilfe benötigt. In diesem Augenblick schweift Maras Blick zum Schalter, wo die Dame vom Bodenpersonal im Begriff ist, diesen zu schließen. Auf der Anzeigetafel erscheint bereits die Boardingbeleuchtung. Schleunigst begibt sich Mara dorthin und erkundigt sich, wann die nächste Maschine nach Colombo abhebt.

„Erst in zwei Tagen wieder."

Entschlossen checkt Mara in letzter Minute ein. Soll Lukas ihr den Buckel hinunterrutschen, wenn ihm seine Tante wichtiger ist. Sie wird keine weitere Zeit verplempern, denn noch einmal Abschied von Amalie zu nehmen, wäre nicht auszuhalten. Wie hat die Großmutter heute Morgen geschluchzt, als das Taxi vorfuhr, um Mara zum Flughafen zu fahren. Tausend gute Ratschläge prasselten auf sie nieder, was sie tun, beziehungsweise in diesem fernen, exotischen Land vermeiden sollte. „Jetzt hast du gar keine Impfungen. Nicht, dass du dir dort etwas einfängst. Kauf dir sofort vor Ort eine Malariaprophylaxe. Trag immer eine Kopfbedeckung, sonst brennt dir die sengende Sonne das Hirn weg."

Natürlich hat Amalie Mara gebeten, sofort nach der Ankunft anzurufen, egal, welche Uhrzeit dann in Deutschland herrscht. Amalie hat prophezeit, bis dahin sowieso kein Auge zuzumachen, obwohl sie ein wenig beruhigt scheint, dass Lukas als männliche Begleitung mitfliegt.
Mara ist erleichtert, dass die Großmutter den neusten Stand der Dinge nicht weiß. Sie wäre glatt imstande, den Abflug zu verhindern und Mara unter irgendeinem kuriosen Vorwand aus dem Flieger wieder herauszuholen.
Da es für Mara der erste Flug in ihrem Leben ist, hat sie nicht den blassesten Schimmer, wie alles abläuft. Den Hinweisschildern folgend findet sie das genannte Gate trotzdem problemlos. Die Warteschlange vor ihr hält sich in Grenzen, da der Flug bereits zwei Mal aufgerufen wurde, und sich die Masse offensichtlich längst auf dem Weg in den Flieger befindet. Ein Bus befördert die restlichen Passagiere zu einer Maschine, die weiter abseits auf dem Flugfeld geparkt ist.
Feiner Nieselregen legt sich auf Maras Haar und ihr Gesicht, als sie die Gangway hinaufschreitet. Unweigerlich kommt ihr die TV-Werbung von Dreiwettertaft in den Sinn, als würde ein perfekter Sitz ihrer Frisur in diesem Moment eine Rolle spielen. Plötzlich kann sie sich eines beklemmenden Gefühls nicht erwehren. Soll sie wirklich diese Maschine betreten und sich auf das Abenteuer mit ungewissem Ausgang begeben? Eine unsichtbare Hand schubst sie nahezu ins Flugzeuginnere, wo eine strahlend lächelnde Stewardess ihre Bordkarte inspiziert.
„Willkommen. Sie sitzen gleich in der fünften Reihe links am Fenster.“

♥♥♥

Endlich befindet sich die Maschine im Landeanflug auf Colombo. Mara riskiert einen verängstigten Blick aus dem Fenster. Warum musste die Frau vom Schalter ihr ausgerechnet diesen Sitz zuweisen? Wahrscheinlich dachte sie,

ihr mit einem Fensterplatz einen besonderen Gefallen zu tun. Dabei kann Mara die Aussicht wegen ihrer Höhenangst sowieso nicht genießen. Während viele Passagiere vor einiger Zeit Begeisterungsrufe ausstießen, als der Pilot auf die kleinen Atolle unter ihnen hinwies, konzentrierte sich Mara auf die Musik in ihren Ohrstöpseln. Dabei wären die Malediven, die wie verlorene Monde im Indischen Ozean auftauchten, ein traumhafter Anblick gewesen. Sie präsentierten sich in schillernden Farben. Dunkelgrün und mit einem glitzernden Türkisring umgeben stachen die Eilande aus dem tiefblauen Meer heraus.
Maras Nachbar hatte den Überflug zum Glück verschlafen und verschnarcht. Bestimmt hätte er sonst über sie hinweg aus dem Fenster geschaut und den Ausblick kommentiert. Mara bedauert, keinen Sitz in der Mittelreihe erhalten zu haben. Dort wäre die lange Flugdauer sicher viel entspannter zu ertragen gewesen. Zu allem Übel hat die Wirkung der Reisetablette inzwischen nachgelassen, die Amalie ihr vor dem Abschied verabreicht hat. Die Großmutter verträgt nämlich längere Autofahrten nicht und hat deswegen immer welche zur Hand. Vor drei Stunden hätte Mara nochmals eine nehmen müssen, aber da war sie eingenickt. Die innere Anspannung und die Aufregung der letzten vierundzwanzig Stunden waren einfach zu viel.
Schließlich tauchen im flimmernden Dunst der Hitze Häuser in der Ferne auf. Soll das Colombo sein, die Hauptstadt Sri Lankas? Kleine Schweißperlen suchen sich den Weg über Maras Stirn die geröteten Wangen herab.
Plötzlich beugt sich zu ihrem Entsetzen der beleibte Nachbar über sie, um aus dem Fenster zu schauen. Beißender Knoblauchgeruch nimmt Mara den Atem, und ihre Finger krallen sich ins Sitzpolster. Ohne gefragt zu haben, klärt der Koloss sie auf. „Da drüben liegt Katunayake. Waren Sie schon mal auf Sri Lanka?"
„Nein."
„Bis Colombo müssen Sie etwa eine Stunde mit dem Bus fahren. Mit welcher Reisegesellschaft sind Sie unterwegs?"

„Mit gar keiner“, lautet die knappe Antwort.
„Hey, dann teilen wir uns ein Taxi. Mein Kumpel kann mich nämlich nicht wie sonst abholen.“
Mara überlegt fieberhaft, wie sie dem fragwürdigen Angebot entkommt. Es liegt ihr gänzlich fern, unhöflich zu jemandem zu sein, insbesondere, wenn er seine Hilfe anbietet.
„Hm ... ich möchte lieber den Linienbus in die Stadt nehmen.“ Eine bessere Ausrede fällt ihr nicht ein, um den lästigen Kerl loszuwerden. Ob es einen solchen überhaupt gibt, weiß sie nicht einmal. Schließlich war es unmöglich, sich in der kurzen Zeit auf dieses Abenteuer vorzubereiten.
„Das werden Sie bestimmt bereuen. Taxi geht schneller. Das mogelt sich besser durch den dichten Verkehr. Überlegen Sie es sich.“
So hat sich Mara das nicht vorgestellt. Ganz sicher wird sie sich nicht dazu entschließen, die Weiterreise mit diesem Besserwisser anzutreten. Allmählich fordert auch die unerträgliche Enge für ihre langen, schlanken Beine, um die ihre Freundin Irene sie immer beneidet, nach elf Stunden Flugzeit ihren Tribut. In ihnen kribbelt es, als wären sie an eine Steckdose angeschlossen. Obendrein surrt es zu allem Überfluss in ihren Ohren. Das Geräusch hört sich an wie die elektrische Markise über Großmutters Terrasse.
Fachmännisch lässt der Sitznachbar mit dem unförmigen Körper, der Maras ängstlichen Gesichtsausdruck offenbar richtig deutet, über ihr verlauten: „Keine Sorge, junge Frau, das sind nur die Klappen. Sie werden während des Landeanfluges stufenweise ausgefahren.“
Mara ist kurz vor der Ohnmacht unter der Last des Mannes, der inzwischen gefühlte zehn Minuten über sie gebeugt fasziniert nach draußen starrt. Allen Mut zusammennehmend bringt sie, völlig unbeeindruckt von den Kenntnissen ihres Platznachbarn, mit erstickender Stimme hervor: „Bitte lassen Sie mich an meine Tasche.“
Im Zeitlupentempo bewegt sich der Mann zurück in

seinen Sitz, und Mara atmet tief durch. Eilig bückt sie sich zur Tasche hinunter, um mit dem inzwischen zerknüllten Fax wieder ihre Sitzposition einzunehmen. Zum x-ten Mal faltet sie das Schreiben auseinander und bleibt an den Zeilen hängen:

Die Jacht Clara wurde führerlos auf einer Sandbank vor Galle gefunden. Von dem ermittelten Eigner Hendrik Matern fehlt jede Spur.

Unweigerlich schweifen Maras Gedanken zu jenem Tag zurück, als ihr Zwillingsbruder unbedingt mit ihr spazierengehen wollte, obwohl das Wetter alles andere als einladend war. Der Wind fegte düstere Wolken über die Felder, auf denen sie als Kinder so gern Drachen steigen ließen. Der Sturm trieb leichten Regen in ihre fröstelnden Gesichter.
„Was willst du mir sagen?" Mara blieb stehen und zwang Hendrik, ihr direkt in ihre stahlblauen, von Kajal umrandeten Augen zu schauen.
„Woher weißt du, dass ich mit dir etwas besprechen muss?"
„Glaubst du, es ist mir entgangen, dass du schon seit Tagen bedrückt herumschleichst und in Gedanken verloren im Essen herumstocherst? Selbst deine heiß geliebten Spaghetti hast du zur Hälfte auf dem Teller gelassen. Rück endlich raus mit der Sprache!"
„Ich", begann Hendrik stockend und trat dabei offenbar absichtlich in eine Regenpfütze, sodass Mara reflexartig zur Seite sprang. „Ich will weg." Hendrik vermied den direkten Blickkontakt mit ihr.
Sie kannte ihren Bruder zu gut und ahnte damals, dass er nicht mal eben um die Ecke zum Zigarettenholen gehen wollte, und schleuderte ihm ihre aufsteigende Angst entgegen. „Weg? Was soll das heißen? Wohin?"
„Mit der Clara aufs Meer hinaus."
„Wir haben erst vor zwei Wochen unseren Vater beerdigt,

und jetzt willst du uns alle im Stich lassen? Was sagt denn Irene dazu? Weiß sie es schon?“ Maras Kehle war auf einmal wie zugeschnürt, als würde sich der Schal um ihren Hals selbstständig machen.
„Es ist doch nur für ein bis zwei Jahre“, hauchte Hendrik um Verständnis bittend. „Du weißt, dass Vater immer mit mir und der Clara um die Welt segeln wollte. Das war unser gemeinsamer Traum. Ich mache es im Gedenken an ihn.“ Einige Sekunden später: „Irene weiß es noch nicht. Ich dachte, du könntest ...“
„... es ihr beibringen?“, vollendete Mara seinen Satz, und in ihrer Stimme schwangen Panik und Verzweiflung mit, als sie auf ihren Bruder zutrat und ihn regelrecht mit den Armen schüttelte. „Dein Leben ist hier bei uns. Amalie und ich brauchen dich. Wir sind ein Team und haben geschworen, stets zusammenzubleiben. Und Irene wirst du das Herz brechen. Das hat sie nicht verdient. Sie liebt dich doch.“
Hendrik war die Anspannung in seinem Gesicht anzumerken. Es fiel ihm offensichtlich nicht leicht, sein Vorhaben zu verteidigen. „Ich weiß, aber die Dinge können sich ändern. Ich werde mit der Jacht in See stechen und mich treiben lassen, wohin der Wind uns bläst. Niemand wird mich davon abhalten, selbst du nicht.“
Mara wird jäh aus ihren Erinnerungen gerissen, als sie erneut ein lautes Surren vernimmt und zusammenzuckt.
„Die Klappen, wie ich schon sagte“, hallt es an ihre Ohren. Kann ihr Nachbar nicht endlich mal seinen Mund halten? Einzig Maras gute Erziehung hält sie davon ab, den unerträglichen Kerl in seine Schranken zu weisen. Wie schön wäre es gewesen, auf diesem langen Flug Lukas neben sich zu haben. Er hätte ihr die Hand gehalten, sie durch Plauderei abgelenkt und sie dadurch ihre Flugangst vergessen lassen. Ob er verärgert ist, dass sie ohne ihn aufgebrochen ist? Oder eher erleichtert? Begeistert schien er nicht gerade von der Idee, so kurzfristig über den halben Planeten zu düsen. Er ist ein Mensch, der alles

lange vorher bis ins Detail plant. Bisher dachte sie das von sich auch. Das Leben belehrt einen oft eines Besseren.
Statt mit Lukas muss sie mit dem Wichtigtuer ausharren, der während des gesamten Fluges ihre Essensreste konsumiert hat, sobald sie das Besteck aus der Hand gelegt hat. Einfach ekelhaft.
Plötzlich blinkt das Anschnallzeichen vor allen Passagieren auf, und Mara sucht hektisch nach ihrem Gurt.
Natürlich, ihr Nachbar hat sich darauf breitgemacht. Mit knirschenden Zähnen zerrt sie so lange an der Halterung, bis dessen Hinterteil den Gurt endlich freigibt und sie ihn festzurren kann.
Mit einem Seufzer der Erleichterung nimmt Mara die sanfte Landung des Fliegers zur Kenntnis und staunt über den Applaus der Passagiere.
Der Wichtigtuer kennt keine Zurückhaltung. „Das ist der Lohn für den Piloten."
„Aha, vielen Dank für Ihre Aufklärung." Maras ironischen Unterton hört der Alleswisser nicht mehr, denn er hat es ersichtlich eilig.
Entgegen der Bitte der Stewardess, so lange angeschnallt zu bleiben, bis die Maschine ihre endgültige Parkposition eingenommen hat, befreit sich der Sri Lanka-Experte aus dem Gurt und springt in den Gang, um als Erster sein Gepäck aus der oberen Klappe zu holen. Dann beugt er sich noch einmal zu Mara. „Haben Sie es sich überlegt? Dann beeilen Sie sich, bevor die Touris hier alle rausströmen."
Mara schüttelt den Kopf. Sie verspürt nicht die geringste Lust, überhastet nach ihrem Handgepäck zu forschen, das die Stewardess irgendwo anders deponiert hat, weil über ihrer Sitzreihe kein Stauraum mehr frei war.
Schon drängelt ihr Exnachbar rücksichtslos durch die anderen aufstehenden Fluggäste, dreht sich um und brüllt „Schöne Ferien" in ihre Richtung.
Welche Wohltat, diesen unliebsamen Zeitgenossen endlich los zu sein, denkt Mara. Da sie keine Ahnung hinsichtlich

der Gepäckausgabe hat, begibt sie sich in den Sog der anderen Reisenden bis zu den Bändern. Noch laufen sie nicht. Vorsichtig blickt Mara in die Runde der Wartenden. Auf keinen Fall soll ihr toller Sitznachbar auf sie aufmerksam werden, aber von ihm ist glücklicherweise weit und breit nichts zu sehen. Nach etwa zwanzig Minuten beginnt das Band, das für ihre Maschine bestimmt ist, endlich zu laufen, und die ersten Koffer erblicken aus den Katakomben des Flughafengebäudes das Neonlicht der Halle. Nach und nach ergreifen die Fluggäste ihr Gepäck und verschwinden zum Einreiseschalter. Inzwischen warten nur noch fünf Leute mit Mara, die ungeduldig von einem Bein aufs andere tritt, um das Kribbeln loszuwerden. Nach und nach erscheinen weitere Gepäckstücke, und schließlich stoppt das Band, ohne Maras Koffer ausgespuckt zu haben.

Das Abenteuer fängt ja gut an. Wenn das kein schlechtes Omen bedeutet. Was soll sie tun? Ratlos peilt sie den Ausgang an, um einen Sicherheitsbeamten zu fragen, wie sie an ihr Gepäck kommt. Dieser zeigt ihr den Wegweiser für verlorengegangene Fracht. Vor dem Schalter hat sich bereits ein kleiner Stau gebildet. Offensichtlich erleiden auch Passagiere aus anderen Maschinen Maras Schicksal.

Endlich ist sie an der Reihe und wird von einer Angestellten freundlich nach ihrem Gepäckabschnitt gefragt.

„Was für ein Abschnitt ?" Mara versteht nur Bahnhof.

Wahrscheinlich erkennt die Dame, keine Vielfliegerin vor sich zu haben. „Bitte zeigen Sie mir mal Ihr Ticket."

Mara tut, wie ihr geheißen.

„Hier, schauen Sie. Am Ticket hängt der Beweis, dass Sie ein Gepäckstück aufgegeben haben, und mit dem Code darauf kann ich danach forschen."

„Aha", ist das Einzige, was Mara stammelt.

„Ich benötige Ihre Adresse auf Sri Lanka, wohin der Koffer bei Auffindung gebracht werden soll."

„Ich habe keine Ahnung, wo ich wohnen werde." Maras Stimme klingt verzweifelt.

„Wie eine Rucksacktouristin sehen Sie gar nicht aus."
„Bin ich auch nicht, aber der Entschluss, hierher zu reisen, war tatsächlich spontan", erwidert Mara fast trotzig. Sie verspürt keine Veranlassung, den wahren Grund zu nennen.
„Dann schreiben Sie bitte Ihre Handynummer auf das Formular. Entweder Sie holen Ihren Koffer persönlich hier ab oder geben uns später eine Adresse durch."
Zum Abschluss erhält Mara als kleine Entschädigung für die Unannehmlichkeiten einen Kulturbeutel mit den nötigsten Utensilien wie Zahnbürste, Kamm und Seife. Das war's. Mara tritt mit ihrem kleinen Handkoffer aus dem Flughafengebäude ins Freie. Schwülwarme Luft, die süßlich und feucht schmeckt, empfängt sie und erschwert das Atmen. Die richtige Einstimmung auf dieses ferne, fremde Land Südasiens. Wie sehr sie Hitze verabscheut, hat Mara anscheinend verdrängt, als sie die Flugtickets gekauft hat. Was würde sie in diesem Augenblick für eine kühle, frische Nordseebrise geben. Dieser unbeschreibliche Lärm hin und her eilender Menschen trägt außerdem nicht zu ihrem Wohlbefinden bei.
Was sieht denn hier nach einem Taxi aus? Sogleich ist Mara von mehreren Einheimischen umringt, und unverständliches Kauderwelsch prasselt wie Hagelkörner mindestens in Himbeergröße auf sie nieder. Ein ganz dreistes Exemplar von Taxifahrer will ihr sogar ihre Tasche entreißen. Energisch umklammert Mara ihr Gepäck und steuert auf einen jungen Mann zu, der lässig an seinem Fahrzeug lehnt und es wohl nicht nötig hat, um Gäste zu buhlen. Erfreulicherweise spricht er gebrochen Englisch. Mara hält ihm das Fax mit der Botschaftsadresse unter die Nase. Ein Nicken des Fahrers genügt ihr, um ihm den kleinen Handkoffer zu überreichen und einzusteigen.
Wie dankbar ist sie ihrer Freundin Irene im Nachhinein für den Tipp, ins Handgepäck Unterwäsche, Nachthemd und Kleidung zum Wechseln zu packen. Irene fliegt häufiger für ihre Marketingfirma durch die Weltgeschichte und

kennt das Problem mit verlorenen Koffern. Ausgelacht hat Mara sie und prophezeit, dass ihr so etwas garantiert nicht auf ihrem Jungfernflug passiert. Was für eine Fehleinschätzung. Jetzt möchte sie nur endlich ankommen, ein kaltes Wasser trinken, eine Dusche genießen und dann am liebsten schlafen, um an nichts mehr zu denken.
Sicher weiß der Botschafter eine schöne Unterkunft für sie.
In halsbrecherischer Fahrt, bei der es anscheinend keine Verkehrsregeln einzuhalten gilt, saust der Taxifahrer durch die quirlig-belebten Straßen Colombos. Dummerweise verfügt das Vehikel über keine Haltegurte, sodass Mara bei den waghalsigen Fahrmanövern hin und her geworfen wird. Einer inneren Eingebung zufolge hat sie sich nach hinten gesetzt, wo ihre Arme den Vordersitz zum Festhalten umklammern können. Trotzdem werden einige Hämatome wohl unvermeidbar sein.
„Ich heiße Kumar und du?“, hallt es nach hinten.
Mara ist gerade damit beschäftigt, ihre Finger ins Polster zu krallen, um nicht nach links geschleudert zu werden, als es scharf in eine Kurve geht. Ihr ist wirklich nicht nach Konversation zumute. Dennoch antwortet sie höflich. „Mara.“
Kumar gibt sich damit nicht zufrieden. „Deutschland?“
„Ja.“
„München?“
„Nein, Hamburg.“
„Oktoberfest.“
„Nein, Reeperbahn.“
In diesem Moment findet das wortreiche Gespräch ein jähes Ende, als Kumar wild schimpfend die Hupe betätigt, weil ihm von links ein Fahrzeug in die Quere kommt. Es grenzt an ein Wunder, dass der Mann überhaupt etwas durch seine verdreckte Windschutzscheibe sieht, die von einer in allen Farben leuchtenden Lichterkette umrandet ist. Vom blinden Rückspiegel baumeln Talismane aus aller Welt herab, sogar ein Eiffelturm und ein kleiner Maßkrug.

Deshalb verbindet Kumar wahrscheinlich Deutschland mit München, kombiniert Mara messerscharf. Bestimmt zählten einige Bayern zu seinen Gästen und haben ihm den Minikrug geschenkt.
„Gefällt dir mein Fahrstil nicht?“, fragt Kumar und lacht, als Mara bei der nächsten Vollbremsung aufschreit.
„Bei uns hättest du gar keinen Führerschein“, ist ihre ehrliche Feststellung.
Schließlich hält das Auto vor einem modern aussehenden Gebäude mit der Aufschrift *German Ambassy*.
Mara scheint am Ziel zu sein. Natürlich hat die Zeit aufgrund der überstürzten Abreise nicht gereicht, um Geld in Sri Lanka-Rupien zu tauschen. Für Kumar ist das überhaupt kein Problem. Euros sind immer willkommen. Während sein marodes Vehikel in Deutschland den TÜV nicht überleben würde, zückt er sein nagelneues Smartphone und drückt auf die Umrechnungstabelle. Er erhält trotz seines fragwürdigen Fahrkönnens ein großzügiges Trinkgeld, und schon drückt Kumar wieder aufs Pedal und verschwindet im Dunst der Auspuffgase.
Müde und kraftlos schleift Mara den Handkoffer hinter sich her und betätigt die Messingklingel der Botschaft.
Nichts rührt sich. Ihr Blick richtet sich auf das Schild mit den Öffnungszeiten neben der Tür. Zu ihrem Entsetzen zeigt ihre Armbanduhr an, dass sie eine halbe Stunde zu spät ist. Bitte nicht. Verzweiflung macht sich in Mara breit. Die Schuld daran trägt allein der verlorengegangene Koffer beziehungsweise das Frachtunternehmen. Mara fühlt sich als Pechvogel des Tages, denn sie wollte den Botschafter nach einer Unterkunft fragen. Nun hat sie sich kein bisschen vorbereitet und weiß nicht, wo ein Hotel in der Nähe zu finden ist. Entmutigt plumpst sie auf die steinerne Treppenstufe vor dem Eingang, und Tränen der Erschöpfung laufen über ihr Gesicht. Sie fühlt sich in diesem Augenblick nicht mal in der Lage, ihr Smartphone nach Übernachtungsmöglichkeiten zu befragen.
„Warum habe ich diese absurde Tour auf mich genom-

men?“ Sie schnieft. „Ich könnte gemütlich in Großmutters Wintergarten bei einem Früchtetee und einem Stück Apfelstrudel mit Vanillesoße sitzen. Stattdessen hänge ich in dieser dreckigen, stickigen Stadt mit der Aussicht fest, auf der Straße unter einem verdorrten Strauch nächtigen zu müssen. Und das alles deinetwegen, Hendrik, weil du deinen Dickschädel durchgesetzt hast.“ Mara tippt sich an die Stirn, als sie realisiert, laut vor sich hingesprochen zu haben. Das bleibt sonst Menschen vorbehalten, die allein leben und niemanden zum Reden haben. Zunächst bemerkt Mara nicht, dass ein halbwüchsiger Junge in Schuluniform ihrem Monolog offenbar in geringer Entfernung gelauscht hat.

Vorsichtig wie Winnetou auf Mokassins schleicht er heran und hält ihr plötzlich ein Taschentuch hin. „Da, bitte nehmen Sie“, bietet er in bestem Deutsch an.

Mara traut ihren Ohren nicht, nimmt das Schnupftuch wie in Trance entgegen und putzt unelegant ihre Nase. Gut, dass dies Amalie nicht sieht, die so großen Wert auf tadelloses Benehmen legt. „Danke, wieso sprichst du so super Deutsch?“

„Ich gehe auf die Internationale Schule und habe eine deutsche Großmutter“, kommt es zurück. „Entschuldigung, aber ich habe gehört, was Sie gesagt haben. Sie sind fremd hier, nicht?“

„Ja, allerdings, und ich habe nicht die geringste Idee, wo ich heute Nacht schlafen soll.“

„Ich kenne ein Hotel, das etwa einen halben Kilometer von hier entfernt liegt.“

„Dich schickt wirklich der Himmel.“ Mara schaut nach oben, als wollte sie einen Dank ins Universum schicken.

Der Junge packt wie selbstverständlich den Handkoffer und geleitet Mara bis zum Hotel. Sie kramt ihr Portemonnaie aus der Handtasche, um dem hilfsbereiten Jungen einen Euroschein in die Hand zu drücken.

„Ich bin ein Gentleman und habe Ihnen gern geholfen“, meint der Schüler, und der Ton seiner Stimme klingt ein

wenig eingeschnappt, als er ergänzt, „ich nehme dafür kein Geld."
„Das ist ganz lieb von dir. Es tut mir leid, ich wollte dich nicht beleidigen. Richte deiner Mutter bitte aus, dass sie einen tollen Sohn hat."
Der Junge deutet eine Verbeugung an und ist kurz darauf um die nächste Ecke gebogen.
Ausnahmsweise hat Mara einmal Glück und ergattert das letzte freie Einzelzimmer.

♥

KAPITEL 3

Das Hotelzimmer mutet winzig an im Vergleich zu Maras Reich in der Villa ihrer Großmutter, verfügt dafür aber glücklicherweise über eine Klimaanlage.
Bevor Mara ihre wenigen Habseligkeiten ausräumt, schaltet sie ihr Handy ein. Sieben Nachrichten werden angezeigt, jeweils drei von Amalie und Irene und eine von Lukas. Umgehend teilt sie der Großmutter und der Freundin mit, gut angekommen zu sein, aber erst am nächsten Morgen mit dem Botschafter sprechen zu können.
Der Gepäcksuchdienst vom Flughafen erhält ebenfalls eine Mitteilung mit der Adresse ihres Hotels. Dann öffnet Mara Lukas' Nachricht.

Tut mir leid, mein Schatz. Bin im Stau steckengeblieben. Warum hast du nicht auf mich gewartet?

Nerven hat dieser Mann, als ob ein Flugzeug auf einen Passagier warten würde, der seiner Tante vorher ein Abführmittel besorgt. Lukas scheint es nicht zu interessieren, ob sie heil in Colombo gelandet ist. Hat er eine Antwort verdient? Nein. Wütend wirft Mara ihr Handy aufs Bett. Soll er doch bei Tantchen bleiben. Sie kommt auch ohne ihn klar. Wer solch einen langen Flug übersteht, schafft auch den Rest. Allerdings ist ihr Vorsatz größer als ihr tatsächlicher Mut.
Es muss schon weit nach Mitternacht sein, als ein lautes Klopfen an der Tür Mara aus dem Schlaf reißt, die es vor Erschöpfung nicht einmal bewerkstelligt hat, sich auszuziehen. Darüber ist sie allerdings nun froh, denn im Nachthemd würde sie sicher niemandem öffnen. Ihr Herz schlägt einige Frequenzen schneller, und erst einmal fragt sie vorsichtig nach, wer etwas von ihr will.

„Ich bringe Ihren Koffer."
„So spät?" Mara ist sofort misstrauisch, aber die Frau am Flughafenschalter hat schließlich gesagt, dass gefundenes Gepäck zu jeder Uhrzeit ausgeliefert wird, auch nachts.
„Wollen Sie ihn oder nicht? Sonst muss ich den Koffer wieder mitnehmen, denn Sie müssen den Erhalt quittieren", schallt es etwas ungeduldig durch die Tür, die abrupt auffliegt und fast mit der Stirn des Überbringers zusammenprallt.
„Hey, geht's noch?" Der dunkelhäutige Mann in Firmenuniform hält sich eine Hand an den Kopf.
„Entschuldigung. Habe ich Sie verletzt?"
„Beinahe." Als der Mann Maras besorgten Gesichtsausdruck entdeckt, ringt er sich ein Lächeln ab, reicht ihr den Koffer und verlangt auf einem Formular ihre Unterschrift.
„Wo ist mein Gepäck denn gefunden worden?", möchte Mara wissen.
„Der Gepäckwagen Ihrer Maschine ist versehentlich zu einem anderen Band gefahren worden." Ohne ein weiteres Wort sucht der Mann im schummrigen Licht das Weite.
Zum Glück weist der Koffer keine Schäden auf und ist auch nicht geöffnet worden. Doch wo hat Mara bei der überstürzten Abreise bloß den kleinen Schlüssel hingesteckt? Das Wühlen in allen Kammern ihrer Handtasche bringt keinen Erfolg. Es darf nicht wahr sein, dass er womöglich zu Hause auf dem Nachttisch liegen geblieben ist, nachdem Amalie das Abschließen übernommen hatte. Maras angekurbelte Gehirnzellen arbeiten nach den Strapazen der letzten dreißig Stunden besonders langsam. Plötzlich kommt jedoch die Eingebung, das Gesuchte könnte in der Geldbörse sein. Tatsächlich klebt der Schlüssel förmlich auf einem Bild von Lukas, das in einem Fach mit durchsichtiger Folie steckt, als wären sie unzertrennlich mitinander verbunden. Wäre es besser gewesen, das andere Flugzeug zwei Tage später zusammen mit Lukas zu besteigen? Wahrscheinlich wären alle Unannehmlichkeiten dann nicht passiert. Aber es ist müßig, über die Frage zu

spekulieren. Mara fühlt sich in diesem Moment Lukas ganz fern und Hendrik ganz nah. Wie bei vielen Zwillingen verbindet eine Gedankensymbiose sie miteinander.
Schon oft in der Vergangenheit hat Hendrik das ausgesprochen, was Mara gerade dachte und umgekehrt.
Hinzu kommt der Umstand, dass ihre Mutter bei ihrer Geburt gestorben ist. Sauerstoffmangel der Babys machte einen Notkaiserschnitt erforderlich, aus dessen Narkose ihre Mutter nicht mehr aufgewacht ist. Stundenlange Wehen zuvor hatten ihren Körper zu sehr geschwächt.
Ein Drama für alle. Glücklicherweise gab es Amalie, die sofort zur Stelle war und zusammen mit Maras und Hendriks Vater die ersten anstrengenden Jahre mithilfe einer Nanny meisterte. Sie waren nahezu unzertrennlich bis zu dem Tag, als Hendrik seine Weltumsegelung startete. Obwohl Mara damals diesen Entschluss nicht guthieß, kann sie sein Handeln heute nachvollziehen. Der Vater war für sie beide immer ein großes Vorbild, sowohl beruflich als auch menschlich. Hendrik wollte immer so sein wie er und studierte Schiffsbau, um später die Werft zu übernehmen, die zurzeit vorübergehend vom langjährigen Geschäftsführer geleitet wird, bis Hendrik zurückkommt.
Mara verschwendet keinen Gedanken daran, dass dies nicht der Fall sein könnte. Ihr Bauchgefühl suggeriert, dass ihr Bruder zwar in Schwierigkeiten steckt, aber auf jeden Fall lebt. Sicher weiß der Botschafter mehr. Die Erinnerungen wühlen Mara so auf, dass an Schlaf nicht mehr zu denken ist, und sie wälzt sich ruhelos von einer Seite auf die andere. Schließlich steht sie um sechs Uhr auf und gönnt sich eine ausgiebige Dusche, als wäre das Wasser in der Lage, alle Probleme wegzuspülen.
In frischen Kleidern und vom Frühstück gestärkt trifft Mara in der Botschaft ein, die vor einer Minute geöffnet hat. Der Botschafter empfängt sie persönlich und heißt sie auf Sri Lanka willkommen. Als wollte er Zeit schinden, bietet er ihr erst einmal einen Platz und einen Kaffee an, den Mara jedoch freundlich ablehnt.

„Bitte spannen Sie mich nicht auf die Folter. Was ist mit meinem Bruder?“
„Hm ... es gibt immer noch keine Spur von ihm.“
Mara hat das Gefühl, der Boden würde sich auftun und sie einfach verschlucken. Sie will es nicht wahrhaben. „Ist wirklich alles unternommen worden, um nach Hendrik zu forschen? Er würde sein Boot niemals aufgeben.“ Ihr vorwurfsvoller Unterton ist nicht zu überhören.
„Natürlich haben wir alles getan, um den Verbleib Ihres Bruders zu klären“, erwidert der Botschafter leicht gekränkt. „Schließlich ist es unsere primäre Aufgabe, uns um unsere Landsleute hier zu kümmern. Es hat schließlich eine Weile gedauert, bis wir geklärt hatten, wem die Clara gehört und wer mit ihr unterwegs war. Ich habe gestern mit Ihrer Großmutter korrespondiert, die mir schrieb, dass Ihr Bruder ständig seine Standorte wechselt. Woher kam gleich seine letzte Karte?“
„Es waren Grüße von den Malediven etwa vor vier Wochen“, bringt Mara mühsam hervor. Sie verspürt keinerlei Lust mehr, ihre Zeit mit nutzlosen Dialogen zu vergeuden und lässt sich vom Botschafter den Weg nach Galle beschreiben, wo die Jacht im Hafen liegt.
„Viel Erfolg“, wünscht er ihr zum Abschied. „Sie können sich jederzeit an mich wenden, wenn Sie Hilfe benötigen. Für die Überführung des Schiffes nach Deutschland kann ich Ihnen gern einen Kontakt zu einem erfahrenen Skipper herstellen.“
„Danke, aber den werde ich nicht brauchen. Ich finde meinen Bruder.“
Kurze Zeit später checkt Mara an der Rezeption ihres Hotels aus und erkundigt sich nach der besten Möglichkeit, nach Galle zu reisen. Zu ihrer Überraschung scheint das mit öffentlichen Verkehrsmitteln nicht so einfach zu sein, wie ihr die Angestellte mitteilt. Züge und Busse sind regelmäßig überfüllt. Vielen Reisenden bleibt nichts anderes übrig, als sogar auf den Dächern mitzufahren, was ein riskantes Unterfangen bedeutet. Das

kommt für Mara überhaupt nicht infrage. Hören die Probleme denn gar nicht mehr auf? Ein Taxi für die Distanz in den Süden sprengt ihr bescheidenes Budget. Die gestrige Fahrt hat ihr schon gereicht. Als sie gerade mit ihrem Gepäck die Hotelhalle mit hängenden Schultern verlassen will, hört sie plötzlich ihren Namen.

„Wait a minute, Mrs. Matern", ruft die Stimme der Rezeptionistin hinter ihr her.

Daraufhin dreht sich Mara um und traut ihren Augen nicht. Niemand anderes als das Knoblauchmonster aus dem Flugzeug lehnt dort an der Theke und winkt ihr zu. Strahlend eilt es ihr entgegen.

„Na so was, man sieht sich mindestens zwei Mal im Leben, ha, ha, ha. Die Dame am Empfang sagt, Sie suchen einen fahrbaren Untersatz nach Galle."

„Kann schon sein, aber wieso erzählt diese Frau Ihnen, was ich vorhabe? Das geht niemanden etwas an." Maras Ton lässt keinen Zweifel, dass sie die Geschwätzigkeit nicht gerade amüsiert.

„Keine Sorge, Mrs. Swing ist ansonsten die Verschwiegenheit in Person. Aber sie kennt mich sehr gut und weiß, dass ich nichts Böses mit jungen Damen wie Ihnen im Sinn habe. Und Sie wirken so desillusioniert. Ich bin übrigens Gunnar Acker aus Bochum und habe beruflich in der Nähe von Galle zu tun." Wie einem alten Kumpel schlägt er der sprachlosen Mara auf die Schulter, die fast unter seinem Prankenschlag zu Boden strauchelt und sich im letzten Moment auf den Koffer stützt.

Sie kann es sich nicht leisten, Gunnars Angebot abzulehnen, und willigt zögernd in die Mitfahrgelegenheit ein. Bestimmt verfügt Herr Acker über einen klimatisierten Mietwagen, den er sich, wie gestern angekündigt, am Flughafen gegönnt hat. Sein Geschwafel wird sie aushalten. Wenigstens stinkt er heute nicht mehr ganz so extrem nach Knoblauch. Im Flugzeug hätte selbst der hartgesottenste Vampir vor ihm Reißaus genommen und sich sofort in seinen Sarg verkrümelt.

Ganz gentlemanlike trägt Gunnar sogar Maras Koffer nach draußen, wo ihnen die tropische Luft entgegenschlägt.
Am liebsten würde Mara sogleich wieder ins kühle Hotel flüchten. Am frühen Morgen auf dem Weg zur Botschaft war es nicht annähernd so stickig wie jetzt.
Suchend hält Mara Ausschau nach der Limousine, die sie in den Süden der Insel fahren soll. Weit und breit kein entsprechendes Fahrzeug zu entdecken.
„Nun kommen Sie schon“, dringt es an Maras Ohren. Gunnar hat sich bereits mit dem Gepäck in Richtung Parkplatz entfernt. „Wir werden jeden Moment abgeholt.“
Mara ist beeindruckt. Sogar einen Chauffeur leistet sich Herr Acker. Hat sie sich mit ihrer vermeintlichen Menschenkenntnis total verrannt? Hat das Schicksal es gut gemeint und ihr deshalb diesen Sitznachbarn im Flugzeug zugelost? Seltsamerweise fragt der sonst so Wissbegierige gar nicht nach dem Grund ihres Ziels.
Jede weitere Spekulation wird jäh im Keim erstickt, als ein Kleinlaster heranknattert und wenige Zentimeter vor Mara und Gunnar stoppt. In Deutschland wäre dieses verrostete Gefährt mit den profillosen Reifen längst in der Schrottpresse gelandet. Es zeichnet sich besonders durch eine Fahrerkabine ohne Türen aus, ist dafür aber mit einem Dutzend silberglänzenden Lampen und Signalhörnern bestückt. Der Besitzer, ein Singhalese mittleren Alters, strahlt hinter dem Steuer über sein ganzes Gesicht und winkt freundlich zum Gruß. Die Ladefläche des Vehikels ist mit Kisten voller Hühner zugestopft, die aufgeregt zu gackern anfangen. Das hält Gunnar allerdings nicht davon ab, das Gepäck dazwischenzuquetschen.
Zu Maras Überraschung hält er seine Hände wie zur Feuerleiter bereit und nickt ihr aufmunternd zu. „Na los, junges Fräulein, wollen Sie hier Wurzeln schlagen? Ich habe einen Termin.“
„Was? Ich soll auf der Plattform mitfahren?“ Ungläubig starrt Mara auf das gackernde Federvieh.
„Das ist sicherer als in der Fahrerkabine ohne Tür und

ohne Gurt. Hamed ist für seinen außergewöhnlichen Stil bekannt und Sie könnten hinausfallen."
Widerspruch erscheint Mara sinnlos. Sie hat keine andere Alternative. Wie gut, dass sie eine strapazierfähige Jeans und flache Schuhe angezogen hat.
Gunnar knallt die Ladeklappe hinter ihr zu und überlässt seine Mitfahrerin ihrem Schicksal.
Den Hühnern gefällt die aufgezwungene Gesellschaft überhaupt nicht. Wild mit den Flügeln schlagend begrüßen sie Mara.
Schon taucht der Lastwagen in den Irrgarten der Großstadt ein.
Das soll eines der schönsten Länder dieser Erde sein? Mara ist enttäuscht, während sie sich mit Mühe an der Laderampe festhält und die Hühnerkisten in jeder Kurve bedrohlich unter dem hysterischen Gegacker ihrer Insassen auf sie zurutschen.
Doch je länger die ungeplante Rundfahrt dauert, desto weniger kann sich Mara dem besonderen Flair dieser Asienmetropole entziehen. Es ist eine bunte Stadt, in der sich Völkervielfalt und Kolonialgeschichte widerspiegeln.
Der Baustil entspricht einer Mischung aus viktorianischen Elementen der Briten, die fast ganz Südostasien ihren Stempel aufgedrückt haben, und orientalischem Prunk.
Dazwischen ragen als krasser Gegensatz stillose Betonbauten heraus, die sich den Platz mit Tempeln und Kirchen aller möglichen Religionen teilen. Die Fahrt verläuft durch Villensiedlungen mit alten, großen Bäumen und als Kontrast dazu wieder durch die erbärmlichen Viertel der Armen mit ihren Wellblechbehausungen.
Mara staunt über das Gewimmel von Ochsenkarren, Lastwagen, Bussen, Taxis und modernen Luxusautos, die sich wie Tausendfüßer durch die engen Straßen quälen. Dazwischen bahnen sich sowohl Menschen mit westlichem Chic oder eleganten Saris den Weg durch die Blechlawine, als auch Mönche in ihren typischen safrangelben Kutten und Bettler. Sogar tropische Gärten

und Parks fehlen nicht. Der Reichtum an Farben und Gerüchen, die klebrige Luft – das alles ist wohl unter dem Begriff *Exotik* zu verbuchen.
Bei der chaotischen Tour in Kumars Taxi hatte Mara keine Möglichkeit, diese Dinge zu bestaunen. Mittlerweile findet sie Gefallen daran, obwohl sie sich auch hier ständig festhalten muss, um nicht zwischen die Tierkisten zu geraten. Trotzdem ist sie erleichtert über die flacher werdenden Häuserschluchten, ein Zeichen, dass Colombo bald hinter ihnen liegen wird. Die dampfige Luft weicht einer etwas kühleren Meeresbrise, die Mara genussvoll aufsaugt. Eine ganz andere Welt breitet sich aus, eine faszinierende Skala an Farben und Formen der Landschaft. Das pastellfarbene Grün der jungen Reisfelder und als Gegensatz dazu das dunkle Grün der Teehügel lassen erahnen, dass Sri Lanka zu Recht *strahlend schönes Land* heißt.
Sobald Hendrik aufgetaucht ist, werden sie die Metropole zusammen unter die Lupe nehmen und alle Sehenswürdigkeiten in Ruhe erobern. Nichtsdestotrotz verspürt Mara eine innere Unruhe, was sie in Galle erwartet.
Bevor weitere düstere Gedanken von ihr Besitz ergreifen, stoppt Hamed abrupt am Straßenrand des Ortes Kalutara, wo einige Händler Kokosnüsse und saftige Mangofrüchte anbieten. Sogleich ist das Vehikel umringt von Dorfbewohnern, die um ihre Kaufgunst kämpfen. Ein älterer Mann öffnet ungefragt die Ladeklappe und reicht Mara eine Hand zum Aussteigen, die froh ist, ihre Glieder ausstrecken zu können und nicht ahnt, dass die Freundlichkeit nicht ganz uneigennützig erfolgt. Kurz darauf schiebt der Mann Mara in Richtung Dorf, dem Zentrum der Korb- und Strohflechter, bis vor sein eigenes Geschäft. Hier verweben und färben blutjunge Mädchen von morgens bis abends Kokosfasern. Überall baumeln Hüte, Fußabtreter und Flurläufer von den Hütten herab und warten auf ihre Käufer. Tatsächlich kann Mara einen Strohhut mit breiter Krempe gegen die unbarmherzige

Sonne gebrauchen, und unter den begeisterten Ausrufen der Flechterinnen wandert ein Modell nach dem anderen auf ihren Kopf. Die Mädchen stecken sie regelrecht mit ihrer Fröhlichkeit an, und dabei gerät für einen Moment in Vergessenheit, dass Mara nicht zum Einkaufen auf die Insel geflogen ist.
Gunnar bereitet dem Modenschauspektakel ein jähes Ende. „Wo bleiben Sie denn? Wir haben leider keine Zeit für solche Shoppingtouren."
„Tut mir leid. Der Ladeninhaber wusste offensichtlich, dass ich dringend eine Kopfbedeckung benötige", verteidigt sich Mara.
„Logisch, in seinen Augen braucht jeder Tourist seine Waren." Gunnar murmelt irgendetwas auf Singhalesisch zu dem Mann, der lächelt und einen Geldschein entgegennimmt.
Erstaunlich, dass der Typ diese Sprache beherrscht, ein Indiz für zahlreiche Aufenthalte auf der Insel. Obwohl Englisch als Umgangssprache weit verbreitet ist, reden die Menschen auf den Dörfern nur ihre eigenen, einheimischen Dialekte.
„So, der Hut, den Sie aufhaben, gehört Ihnen und nun aber flott", drängt Gunnar.
Es bleibt Mara keine Zeit, sich bei ihrem Gönner, der trotz seines Wohlstandsbauches leichtfüßig den Laster anpeilt, für das Geschenk zu bedanken. Schon komisch, dass dieser Mann, der im Flieger so geschwätzig war, während ihres jetzigen Zusammenseins kein einziges Mal nachgebohrt hat, was Mara in diesem Land überhaupt macht.
Hält er sie tatsächlich für eine gewöhnliche Touristin, die mit ihrem Koffer von Ort zu Ort die Insel erobern will? Wahrscheinlich ist das Gunnar völlig egal. Er und Hamed haben bestimmt allein ihre Geschäfte im Kopf. Hauptsache, die Männer sind so nett, sie mitzunehmen.
Mara hat ganz andere Fragen zu klären.
Hamed hat inzwischen einige Früchte gekauft und erfreut Mara damit, die dankbar eine aufgeschlagene Kokosnuss

ergreift und gierig den flüssigen Inhalt trinkt.
„Wir haben es bald geschafft“, versichert Hamed und lächelt ihr aufmunternd zu. „Halten Sie noch bis Galle durch?“
Mara nickt. „Sicher, ich habe ja nun die richtige Kopfbedeckung. Vielen Dank für die Kokosnuss.“
„Gern. Wo soll ich Sie denn rauslassen?“
„Ich möchte zum Hafen. Geht das?“
„Kein Problem.“ Gleich verschwindet Hamed wieder hinter dem Steuer, und weiter geht die, abwechslungsreiche Reise durch lebhafte Siedlungen mit Moscheen, kleinen Tempeln, Gummiplantagen und Kokoswäldern. Die immer neuen, zauberhaften Ausblicke auf die berühmtesten Badebuchten der Insel lassen Mara ihr unbequemes Transportmittel fast vergessen. Ist sie dabei, sich in dieses Land zu verlieben?
Schließlich heißt es, von Gunnar und Hamed Abschied zu nehmen.
„Danke für alles“, meint Mara und extra zu Gunnar gewandt, „was bin ich Ihnen für den Hut schuldig?“
„Nichts. Betrachten Sie ihn als ein Willkommensgeschenk. Passen Sie auf sich auf, Mädchen.“ Mit einem spitzbübischen Augenzwinkern schwingt sich Gunnar Acker wieder auf den Beifahrersitz.
„Werde ich machen. Gibt es hier irgendwo ein Hotel?“, versucht sich Mara in letzter Sekunde Gehör zu verschaffen. Aber zu spät, denn die Männer sind bereits davongeknattert, und Mara steht allein mit ihrem Gepäck und schmerzenden Gliedern am Hafenbecken von Galle. Es ist nur nach Süden geöffnet und zugänglich für den Südwestmonsun, der Hendrik mit seiner Jacht Clara von den Malediven aus womöglich hierher verschlagen hat. Nach dem verheerenden Tsunami vor einigen Jahren wurde der alte Hafen durch einen großen Steinwall gesichert.
Gerade wird frischer Fangfisch aus den Booten in mehrere Kühl-Lkws aus allen Teilen des Landes verladen, und Mara würgt es aufgrund des beißenden Gestanks im Hals. Wie

soll sie die Jacht in dem Wirrwarr von Fischkuttern, Kähnen und Schiffen finden? Bevor sich Verzweiflung in ihr breitmachen kann, erinnert sie sich an den Zettel, den ihr der Botschafter überlassen hat. Er steckt zerknüllt in ihrer Hosentasche, ist aber zum Glück noch lesbar. Nr. 205 ist der Liegeplatz. Mittlerweile bilden sich Schweißflecken auf Maras Top. Wenn sie nur ihre Koffer irgendwo unterstellen könnte. Nirgendwo ist eine Hafenmeisterei zu sehen, wie sie es von deutschen Häfen kennt. Es bleibt keine Wahl, sie muss ihr Gepäck weiter schleppen.
Endlich, Mara glaubt es kaum. Sie hat die Clara gefunden, die sich in einem verwahrlosten Zustand präsentiert. Kein Wunder, wenn man bedenkt, dass die Jacht schon längere Zeit ohne Pflege dahingammelt. Das Deck ist gänzlich mit Vogelkot überzogen, und die uralten Autoreifen, die an der Kaimauer als Fender dienen, haben ihr schwarzes Gummi an den weißen Rumpf des Bootes abgegeben. Schoten und Taue sind nicht ordentlich aufgeschossen, sondern liegen kreuz und quer im Weg. Dabei war das Schiff der ganze Stolz ihres Vaters, der es nach seiner Frau benannt hatte. Es wurde nach ihrem Tod ihr zu Ehren und Gedenken von ihm entworfen und in der eigenen Werft gebaut. Von klein auf sind Mara und Hendrik mitgesegelt.
Sogar Amalie war immer mit von der Partie, um zu verhindern, dass sie über Bord hüpften. In den Sommerferien ging es regelmäßig zum Inselhopping von Wangerooge über Langeoog nach Norderney oder nach Helgoland. Sie durften auch Freunde einladen. So erstaunt es nicht, dass Mara und ihr Bruder eine enge Beziehung zum Segeln haben.
Irene gehörte oft zu der Crew, und schließlich verliebte sie sich mit fünfzehn Jahren in Hendrik. Bei ihm dauerte es eine Weile, bis er diese Gefühle erwiderte. Er ist mehr der Typ einsamer Wolf und lässt sich ungern in die Emotionskarten schauen. Mara hat sich gefreut, als die beiden ein Paar wurden. Schließlich gehören sie neben Amalie und Lukas zu ihren engsten Vertrauten. Leider ist das

Geschichte. Schade, dass ihre beste Freundin kein Familienmitglied mehr wird. Dabei haben Mara und Irene schon an eine große Doppelhochzeit gedacht, von der die beteiligten Männer allerdings nichts ahnen. Mara versteht jedoch, warum Irene mit der Ungewissheit, wann Hendrik nach Hamburg zurückkehren und ob er sie dann überhaupt noch lieben wird, nicht weiter ihr Dasein fristen möchte. Mit diesen Gedanken entert Mara das Schiff und lässt sich nach dem notdürftigen Reinigen mittels eines Taschentuchs erschöpft auf die Innenbank fallen. Sind es Tränen oder Schweißperlen, die sich in ihren wasserblauen Augen bilden? Welcher Teufel hat sie veranlasst, diese Reise auf sich zu nehmen?

Wenn doch Lukas bei ihr wäre! Mit ihm an ihrer Seite würde sich alles sicherer anfühlen. Aber er lässt sich nun mal nicht wie Spock und sein Raumschiff einfach herbeamen. Mara weiß nicht, wie lange sie grübelnd auf dem Deck hockt, als ein Schatten auf sie fällt. Vorsichtig versucht sie, durch ihre verweinten Augen zu blinzeln.

Ist dies eine Fata Morgana? Hat sie Halluzinationen? Ein merkwürdiges, aus dem Dornröschenschlaf gewecktes Kribbeln ergreift Besitz von ihrem Körper. Handelt es sich um eine göttliche Erscheinung, die da vor ihr steht? Das hinreißende Lächeln lässt ihre Tränen auf der Stelle wie im Wüstensand versiegen. Der Mann ist höchstens zwei oder drei Jahre älter als sie, also Ende zwanzig. Mara wird jäh aus ihrer Lähmung gerissen.

„Hallo. Du musst Mara Matern sein."

Woher kennt dieser Mensch ihren Namen? Endlich findet sie zu ihrer Sprechfähigkeit zurück, kann jedoch ihren starren Blick nicht von dem schönen, braunhäutigen Mann abwenden. „Ja, die bin ich. Wieso weißt du, wie ich heiße?"

„Der Botschafter hat dich angekündigt, und seine Beschreibung von dir passt perfekt. Ich habe den Schlüssel für die Jacht in Verwahrung." Charmant hält der Singhalese Mara seine Hand entgegen und überreicht ihr den Bordschlüssel.

„Ich bin Ravi."
Wie Samt fühlt sich seine Hand an. Am liebsten würde Mara diese gar nicht mehr freigeben. „Wer hat die Clara gefunden?", möchte sie ihre Verlegenheit überspielen. Ihr sind das verschwitzte Top und der davon möglicherweise ausgehende Schweißgeruch plötzlich sehr peinlich.
„Das war ich. Frühmorgens lag die Jacht vor Weligama auf einer Sandbank."
„Weligama?" Verständnislos schaut Mara in Ravis verführerisch blickende Augen. „Ich dachte, die Clara wäre hier in Galle gefunden worden."
„Nein, das Boot wurde nur hierher verlegt, weil die Polizei es für ihre speziellen Untersuchungen so wollte."
„Wo befindet sich dieses Dorf?"
„Weligama ist mein Heimatort. Er liegt nicht weit von hier entfernt."
„Wie komme ich dorthin?" Allmählich kehren Maras Lebensgeister zurück, als würde ihr dieser exotische Mann frische Energie einhauchen.
„Ich kann dich mitnehmen und dir die Stelle zeigen, wo ich die Jacht gefunden habe."
„Und vom Verbleib meines Bruders weißt du nichts?"
„Nein, leider nicht", antwortet Ravi mit betretener Miene.
„Können wir gleich hin?"
Der Singhalese lächelt gewinnend. „Ich stehe dir zur uneingeschränkten Verfügung."
„Angenommen." Mara staunt über sich selbst. Wie kann ihr dieser Mann so vertraut vorkommen? Amalie hatte beim Abschied an sie appelliert, nicht zu leichtgläubig zu sein und genau zu überlegen, wen sie anspricht. Wie gut, dass die Großmutter nicht ahnt, mit wem und auf welche Art Mara schon unterwegs war. Gunnar Acker hätte sicher nicht ihren Vorstellungen von Vertrauenswürdigkeit entsprochen.
„Kannst du mir vielleicht ein gutes Hotel in Weligama oder hier in Galle empfehlen? Allzu teuer sollte es nicht sein, denn ich weiß ja nicht, wie lange ich benötige, um

meinen Bruder zu finden."
„Da mach dir mal keine Sorgen. Meine Mutter hat das Gästezimmer bereits für dich herrichten lassen, als sie hörte, dass du heute eintriffst."
Jetzt beschleicht Mara doch ein ungutes Gefühl. Wie können dieser Fremde und seine Familie ihr Haus öffnen? Eine Frau vom anderen Ende der Welt einfach aufnehmen, ohne sie zu kennen?
Ravi scheint ihre Gedanken zu lesen. „Bei uns ist das ganz normal, Besuchern ein Dach über dem Kopf zu gewähren, egal, ob man reich oder arm ist, das gehört zur Gastfreundschaft", betont er wie selbstverständlich. Und wir sind beleidigt, wenn man sie ausschlägt." Ohne zu zögern, ergreift er Maras Gepäck, reicht ihr eine Hand und hilft ihr, an Land zu springen.
Wieder dieses Prickeln, als er sie anfasst. Nur zu gern folgt sie ihm zu seinem Auto. Im Gegensatz zu dem Transportmittel, das sie nach Galle brachte, gleicht Ravis fahrbarer Untersatz einer Luxuskarosse.
Die Fahrt geht in Richtung Osten durch Galle. Sie verlassen das bunte Stadtviertel mit seinen kleinen Läden, Märkten und jenen Schreihälsen, die um die Gunst der Touristen buhlen, die mit ihren Minibussen die Insel erkunden sollen. In diesem Stadtteil wimmelt es von Menschen, und es herrscht ein Gestank, an den sich ein Europäer kaum zu gewöhnen vermag.
„Du wirst gleich erlöst von den Gerüchen, und der Anblick des Ozeans wird dich entschädigen", verspricht Ravi mit dem bereits bekannten Lächeln auf seinem Gesicht.
Seine Prophezeiung bewahrheitet sich bald darauf. Als er auf einer kleinen Anhöhe sein Auto stoppt und Mara übermütig hinausbugsiert, eröffnet sich ihnen die Insel in ihrer ganzen Pracht. Ein traumhafter Küstenstreifen mit einem perlweißen Sandstrand offenbart ihren Augen das Paradies.
Ravi zeigt in Richtung Indischer Ozean. „Die Wasserwüste

erstreckt sich von hier fast achttausend Kilometer ins Eis der Antarktis. Ist das nicht eine gigantische Vorstellung?"
Mara kann lediglich sprachlos nicken, so ergriffen ist sie von diesem Panorama. Wie anders ist diese Welt im Vergleich zu Hamburg und zur Nordsee.
Als würde Ravi ihre Gedanken an die Heimat erraten, möchte er wissen, wo sie lebt.
„In Hamburg."
„Das ist ja toll. Unsere winzigen Häfen hier können da wohl nicht mithalten. Dafür sind sie aber sehr romantisch und übersichtlich."
„Nein, mit Hamburg zwar nicht, aber auch bei uns gibt es kleine Häfen an der Nordsee. Und unser Wattenmeer ist einzigartig in der Welt."
„Das möchte ich auch eines Tages mal sehen und erleben. Ein Freund war schon mal dort und schwärmt von eurem Land."
„Dann könnte ich mich für deine Hilfsbereitschaft revanchieren. Allerdings wirst du sicher bei uns sehr frieren. Ist das immer so heiß hier?"
„Selten unter dreißig Grad. In den Bergen sind die Temperaturen moderater."
„Berge?"
„Ja, im Hochland. Der Höchste ist über 2.500 Meter."
„Da, wo ich wohne, ist alles völlig platt." Mara schämt sich, von Sri Lanka rein gar nichts zu wissen. Jeder Pauschaltourist ist bestimmt informierter.
Ravi scheint es nicht zu bemerken, denn er fährt fort: „Dein Angebot nehme ich trotzdem gern an, wenn ich mal Urlaub habe. Wir sollten aufbrechen."
Es fällt Mara schwer, sich von der Betrachtung der Küste loszureißen, aber ihr Begleiter zieht sie sanft zum Auto zurück.
Das Dorf Weligama taucht auf, und Ravi parkt seinen Geländewagen am Strand.
Mara traut ihren Augen nicht. Etwa zwanzig Meter vom Ufer entfernt sitzen einige Männer im Wasser auf Pfählen,

die von dort aus angeln und ihre Netze auswerfen. Diese eigenwillige Art zu fischen war ihr bisher unbekannt. Wie anstrengend muss es sein, stundenlang in dieser Position auszuharren und sich allein mit den Beinen am Pfahl festzuhalten.

„Wenn du willst, kannst du das mal ausprobieren. Dort hinten hockt mein Freund Manu." Ravi winkt hinüber und erhält ein wildes Fuchteln mit der Angel zurück.

„Vielleicht." Maras Stimme klingt alles andere als überzeugt. „Sieht so aus, als müsste man für dieses Stelzenfischen eine ziemlich gute Kondition haben."

Endlich erreichen Mara und Ravi etwas weiter westlich am Strand die Stelle, wo Hendriks Jacht im Sand stecken geblieben ist. Intuitiv ergreift Ravi Maras Hand. Woher weiß dieser Mann, dass sie mit den Tränen kämpft und seine Berührung ihr guttut? Es ist fast unheimlich. „Gab es denn keinen Hinweis im oder am Boot, warum mein Bruder die Clara zurückgelassen hat?" Mara schnieft, ringt nach Worten und lässt sich in den Sand fallen.

„Ich habe der Polizei direkt Bescheid gegeben, und alle weiteren Ermittlungen haben die Beamten erledigt. Mehr weiß ich auch nicht." Ravi setzt sich neben Mara und nimmt verstohlen ihr Profil in Augenschein. Ihre langen blonden Locken haben etwas Engelhaftes, das ihn zu faszinieren scheint.

„Ich verstehe Hendriks Verschwinden einfach nicht. Wir beide sind mit dem Boot aufgewachsen, kennen jeden seglerischen Handgriff im Schlaf. Er kann nicht einfach vom Erdboden verschluckt sein oder sich in Luft aufgelöst haben. Hier wimmelt es von Touristen, oder die Fischer müssten etwas bemerkt haben. Es kommt sicher nicht jeden Tag vor, dass eine solch große Jacht einfach strandet. Mein Bruder würde das Boot niemals ohne triftigen Grund aufgeben. Die beiden sind seit über einem Jahr unzertrennlich über die Weltmeere geschippert. Gab es vielleicht einen Sturm?"

Ravi schüttelt den Kopf. Er hat Maras Statement

angespannt gelauscht, die sich ihre Tränen mit einem T-Shirt-Zipfel abtupft, bevor sie fortfährt: „Wie kommst du überhaupt an den Bootsschlüssel?“

„Nachdem dein Bruder als Eigentümer der Jacht festgestellt war, hat mich der Botschafter gebeten, ein Auge darauf zu haben.“

„Wieso? Kennst du den deutschen Botschafter persönlich?“

„Ja, ich habe vor einigen Monaten seinen Privatgarten gestalten dürfen“, erzählt Ravi und ist offenkundig erleichtert, das Thema zu wechseln.

„Dann bist du gar kein Stelzenfischer?“, klingt es fast ein wenig enttäuscht aus Maras Mund.

„Nein. Ich bin Landschaftsarchitekt und verschönere Gärten und Parks auf der ganzen Insel. Zurzeit habe ich den Auftrag, den Garten dort drüben zu entwildern.“ Ravi deutet auf ein kleines Eiland, das kaum mehr als hundert Meter von der Küste entfernt aus dem Meer ragt.

„Wem gehört das denn?“ Mara ist beeindruckt.

„Einer französischen Adelsfamilie. Sie verbringt einige Monate im Jahr in ihrem Herrenhaus. Bevor sie eintreffen, soll alles tipptopp hergerichtet sein.“

„Einfach beneidenswert, wenn einem solch ein Paradies ganz allein gehört.“

„Auf der anderen Seite der Insel gibt es sogar einen Minihafen, wo die eigene Jacht bereitliegt und Besucher ankern können. Ich nehme dich gern mal dorthin mit und zeige dir alles.“

„Danke, das ist wirklich nett von dir, aber wie du weißt, bin ich leider nicht zum Vergnügen hier. Die Suche nach meinem Bruder duldet keinen Aufschub.“

„Entschuldige, du hast natürlich recht.“ Ein Blick auf die Armbanduhr verrät Ravi augenscheinlich, dass es Zeit zum Aufbruch ist. „Meine Mutter erwartet uns zum Abendessen. Sie ist schon ganz neugierig auf dich.“

„Ich habe nicht einmal ein Mitbringsel für deine Eltern. So kann ich nicht ihre Gastfreundschaft beanspruchen.“

„Kannst du, mach dir darüber keine Sorgen. Auch meine beiden Schwestern werden sich über deine Anwesenheit freuen.“
Das Haus von Ravis Eltern thront auf einem Hügel über dem Meer und ist von einer hohen Mauer umgeben, die keinem Fremden Einblicke gewährt. Hier wohnen offenbar keine armen Leute. Das Hausmädchen mit Namen Sheela hilft Ravi mit dem Gepäck und geleitet Mara in ihr Zimmer. Es ist mit einem Himmelbett aus Mahagoni ausgestattet, wie sie es sich immer als Jugendliche gewünscht hat. Allein das Moskitonetz wirkt auf den ersten Blick störend.
Auf dem Sideboard lädt eine Schüssel mit exotischen Köstlichkeiten wie Mangos, Papayas und Passionsfrüchten zum Zugreifen ein. Mara kann ihr Glück kaum fassen. Ein solches Zimmer im Hotel hätte ihr Reisebudget niemals erlaubt. Zunächst gönnt sie sich eine Dusche, und die Spuren der anstrengenden Reise und der Tränen werden danach von ihr geschickt mit ein wenig Make-up und Kajal vertuscht.
Anschließend zieht Mara das pastellfarbene Kleid an, das ihr Amalie zum Lehrerexamen geschenkt hat.
Sheela klopft nach einer Stunde an die Tür und fragt, ob sie Mara zu Tisch geleiten darf.
„Gern.“, erhält das Hausmädchen zur Antwort, und Mara wirft einen zufriedenen Blick in den toskanisch anmutenden Spiegel neben dem Kleiderschrank.
Als Mara und Sheela den Flur in Richtung Esszimmer entlanglaufen, schlägt Maras Herz ein wenig schneller. Was mag sie wohl erwarten? Menschen anderer Kulturen sind ihr fremd. Hoffentlich macht sie in ihrer Gegenwart nichts falsch.
Ihre Ängste entpuppen sich als unbegründet. Ravi stellt Mara lässig seine Familie vor: seine Mutter Ajala, seinen Vater Madan und seine jüngeren Schwestern Bhavani und Ela. Alle verrichten nacheinander eine Verbeugung und falten die Hände vor sich zusammen. Es soll nach

srilankischem Brauch bedeuten: Sei gegrüßt. Mögest du ein langes Leben haben.
Mara tut es ihnen gleich und wird mit einem Lächeln belohnt. Der Empfang ist so herzlich, als wäre sie eine uralte Bekannte.
„Du hast aber ein tolles Kleid an“, nimmt Ela Mara ihre anfängliche Scheu und zaubert ihr mit dem Kompliment eine leichte Röte ins Gesicht.
„Danke, es ist ein Geschenk meiner Großmutter.“
Bald darauf sitzen alle an dem langen Tisch, an dessen Kopfende Madan den Überblick behält.
Sheela serviert raal paal poriyal, gewürzte Garnelen in einer heißen Buttersoße aus Büffelmilch, eine der Spezialitäten Sri Lankas. Zu Maras Überraschung befindet sich kein Besteck neben ihrem Teller. Wurde es bei ihr vergessen?
Offensichtlich bei den anderen auch, wie ein Kontrollblick bestätigt. In Sri Lanka ist es nicht üblich, mit Messer, Gabel und Löffel zu essen.
Madan beginnt, mit den Fingern seiner rechten Hand eine Portion Essen aufzunehmen und zum Mund zu führen. Die anderen Familienmitglieder folgen seinem Beispiel. Bevor sich Mara anschickt, ebenso zu verfahren, reicht Sheela ihr das gewohnte Esswerkzeug.
Aber sie möchte keine Extrawurst und benutzt stattdessen ebenfalls ihre Hand zum Essen, was ihr ein Lächeln ihrer Gastgeber beschert. Mara spült die ungewohnte Schärfe des Gerichts mehrfach mit Wasser nach, aber es schmeckt ihr köstlich.
Merkwürdigerweise werden ihre Fragen über das Verschwinden ihres Bruders nur vom Familienoberhaupt knapp, aber höflich beantwortet. Die anderen schweigen dazu. Demnach wissen sie auch nicht mehr als Ravi. Geschickt lenkt Madan das Thema in eine andere Richtung, indem er Mara nach ihrer Heimat und ihrer Familie aushorcht.
Alle sind sehr betroffen, von den Schicksalsschlägen zu erfahren, die die Materns im Laufe der Zeit heimgesucht

haben. Mara ist zu sehr mit der ungewöhnlichen Art des Essens beschäftigt, als dass ihr die zweideutigen Blicke auffallen würden, die die Familienmitglieder untereinander austauschen.

Nach dem Dessert, einer Kokosnusscreme, entgehen Ravi anscheinend Maras müde aussehende Augen nicht, und deshalb ist sie ihm dankbar, einen Spaziergang durch den Garten vorzuschlagen. Daraufhin verabschiedet sich Mara von der restlichen Familie, nicht ohne das leckere Essen zu loben und sich für das Dach über dem Kopf zu bedanken.

Draußen ist es bereits dunkel. Die Sonne geht das ganze Jahr über auf Sri Lanka immer gegen Viertel nach sechs Uhr unter, und innerhalb weniger Minuten herrscht Finsternis. Lange, romantische Sonnenuntergänge wie in Europa sind den Sri Lankern daher nicht vergönnt.

Die Anlage um das Haus herum präsentiert sich trotzdem in einem warmen Licht, das geschickt von einigen versteckten Solarlampen verursacht wird. Ein Pfad führt zwischen tropischen Stauden wie Bananengewächsen und Bambus zu einem riesigen Teich, dessen Wasseroberfläche ebenfalls illuminiert ist.

„Oh, sehen die Seerosen toll aus, und wie wunderbar sie duften“, ruft Mara begeistert aus.

„Es sind Lotusblumen, aber du hast recht, sie gehören auch zu den Seerosengewächsen“, erklärt der Blumenfachmann.

„Ama würde das gefallen. Schade, dass ich in der Eile keinen Fotoapparat eingesteckt habe.“

„Ama?“

„So nennen Hendrik und ich unsere Großmutter, die Amalie heißt. Sie ist eine leidenschaftliche Gärtnerin und nennt ein Rosenparadies ihr Eigen“, verkündet Mara mit Stolz in der Stimme. „Ihr Garten würde dir bestimmt gefallen.“

„Ich kann dir meine Kamera leihen. Zurzeit arbeite ich an einem Gartenbuchprojekt mit und bekomme dafür einen Spezialapparat vom Verlag gestellt. Die Arbeiten auf der

Adelsinsel, die ich dir heute gezeigt habe, werden ebenfalls Bestandteil des Bildbandes sein als Vorher-Nachher-Reportage."

„Und schreibst du auch die Texte?"

„Nein, dazu habe ich leider kein Talent. Das macht eine Kollegin."

„Wenn das Buch fertig ist, schickst du es mir dann mit Widmung nach Deutschland?"

„Ehrensache!"

Weiter schlendern Mara und Ravi am Teich vorbei bis zum Grundstücksrand. Hier befindet sich eine große Terrasse mit zahlreichen Liegestühlen, die von Kübelpflanzen und strohgedeckten Sonnenschirmen umrahmt werden.

Ein atemberaubender Blick eröffnet sich ihnen auf das Dorf Weligama und die Küste, die von einem fast vollen Mond beschienen werden.

„Traumhaft, fast zu kitschig, um real zu sein." Mara seufzt beeindruckt.

„Kann es sein, dass aus dir eine Romantikerin spricht?", neckt Ravi und trifft damit den Nagel auf den Kopf.

„Ja, ich oute mich."

„Und dein Bruder? Ist er dir darin ähnlich?"

„Nein, Hendrik ist in dieser Beziehung total nüchtern." Ohne dass Ravi es wohl gewollt hat, zerstört das Thema Zwillingsbruder die vermeintliche Idylle. „Ich bin müde und möchte schlafen gehen", lässt Mara prompt verlauten und tritt den Rückweg an. „Danke für alles." Sie verabschiedet sich kurz darauf vor ihrer Zimmertür und erntet wieder dieses verführerische Lächeln, das in der kommenden Zeit in ihrem Kopf spuken wird.

Sie wirft sich aufs Bett und checkt die Eingänge auf ihrem Handy. Nichts. Niemand hat angerufen oder ihr eine Nachricht geschickt. Von Ama, die selten WhatsApp nutzt, war auch keine zu erwarten, aber Lukas? Macht er sich keine Sorgen um sie? In Deutschland dürfte es Nachmittag sein, also steht einem Anruf nichts entgegen. Lukas' Handy ist wie so oft abgeschaltet. Mara sträuben

sich zwar bei dem Gedanken, seine Tante wieder an die Strippe zu bekommen, innerlich die Nackenhaare, aber es bleibt ihr keine Wahl. Ihr Albtraum bewahrheitet sich keine zwanzig Sekunden später.
„Gerlinde Bechthold."
„Hallo, hier ist Mara. Kann ich bitte Lukas sprechen? Er ist auf seinem Handy nicht zu erreichen."
„Ach, du", ertönt es desinteressiert aus fast 9.000 km Entfernung. „Wahrscheinlich hängt er in einem Funkloch."
Mara glaubt, falsch verbunden zu sein. Spinnt Gerlinde? Hat sie zu viele Abführtabletten genommen, die ihre Wirkung statt auf den Darm aufs Gehirn verübt haben? „Seit wann gibt es bei euch im Haus ein Funkloch?"
„Doch nicht hier! In Grottendorf!"
„Grottendorf?" Mara versteht nur Bahnhof. Was faselt die Alte denn da?
„Der Ort liegt dreißig Kilometer entfernt von hier", klärt Gerlinde hörbar genervt auf und fährt mit ihrem unmissverständlichen Sarkasmus im Tonfall fort: „Nun ja, du hast Sport und Englisch studiert und nicht Geografie."
„Was macht Lukas dort?" Mara versucht, die Spitzzüngigkeit der Tante zu ignorieren.
„Er ist bei Dr. Kranich."
„Wer ist das?"
„Ein Arzt."
„Wieso, ist Lukas krank?" Noch nie hat Mara von einem Arzt mit diesem Namen gehört, und ihr Freund geht schon ewig zu einem Internisten in seinem Wohnviertel.
„Doch nicht er", bläht sich Gerlinde künstlich auf, „Baldo hat sich einen Splitter in die Pfote getreten. Das ist mit Sicherheit die Schuld von Frau Hase nebenan. Sie behauptet immer, dass Baldo auf ihre Nelken im Vorgarten pinkelt und die deswegen nicht blühen. Ich wette, dass dieses Biest extra Scherben für meinen armen Liebling dort ausgelegt hat."
Ohne Punkt und Komma schwätzt Gerlinde weiter. „Dr.

Kranich hat heute Bereitschaftsdienst. Ich muss Schluss machen, meine Telenovela fängt gerade an.“ Keine Sekunde später ist der Oberfeldwebel aus der Leitung verschwunden.

Wenn Mara gedacht hat, Gerlinde könnte sie nicht vom anderen Ende der Welt aus überraschen, dann ist es ihr jetzt gelungen. Fassungslos starrt sie auf ihr Handy. Hat Gerlinde gelogen, um sie zu ärgern? Zuzutrauen wäre es ihr. Bestimmt hat es ihr überhaupt nicht in den Kram gepasst, dass Lukas mit nach Sri Lanka fliegen wollte. Seine Abwesenheit hätte ihr ziemliche Unannehmlichkeiten bereitet, denn der brave Patensohn erledigt sämtliche Einkäufe, spielt den allzeit bereiten Chauffeur, hält Haus und Garten in Ordnung und ist rund um die Uhr als Hundesitter tätig. Sicher hat Gerlinde überhaupt keine Tabletten benötigt, sondern Lukas absichtlich in die Apotheke geschickt, damit er den Flieger nicht mehr rechtzeitig erwischt. Was hat sie gegen Mara? Will sie verhindern, dass Lukas ihretwegen bald auszieht? Als Mara ihren Studienkollegen vor vier Jahren kennenlernte und er zum ersten Mal bei ihr in der Villa der Großmutter übernachtete, gab es um Mitternacht ein heftiges Gewitter. Lukas schreckte aus dem Schlaf hoch, zog sich in Windeseile seine Klamotten über und hauchte Mara einen Kuss auf die Stirn mit den Worten: „Ich muss zu Tante Gerlinde. Sie hat schreckliche Angst vor Gewitter.“

„Aber sie hat doch einen Hund, der sie beschützt“, protestierte Mara damals.

„Baldo hat auch Angst“, war die wenig befriedigende Antwort.

Mara glaubte sich im falschen Film. Sie hatte mit Lukas ihre erste Liebesnacht, und er musste auf Tante und Hund aufpassen. Was sie damals vielleicht als Fürsorge zu verbuchen versuchte, beeinträchtigt ihre Beziehung inzwischen erheblich. Trotzdem hat Mara bis heute die Hoffnung nicht aufgegeben, dass sich Lukas ändert, wenn sie beide zusammenziehen. Gerlinde wird spätestens dann

einsehen, dass ihr Neffe ihr nicht mehr grenzenlos zur Verfügung steht. Irene und Ama dagegen haben Mara schon oft dezent ihre Kommentare zu Lukas' Verhalten kundgetan. Die beiden Hobbypsychologinnen sind sich darüber einig, dass sein Pflichtgefühl Gerlinde gegenüber völlig übertrieben ist und er niemals damit aufhören wird. Lukas stammt aus bescheidenen Verhältnissen und ist in einem kleinen Dorf nahe der polnischen Grenze mit sechs Geschwistern aufgewachsen. Wie er Mara erzählt hat, hätten ihm seine Eltern kein Studium ermöglichen können. Aber es gab Patentante Gerlinde, die keine eigenen Kinder besaß, ihren Mann reich beerbt hatte und ihrer Schwester vorschlug, den intelligenten Lukas bei ihr in Hamburg studieren zu lassen. Für das kostenlose Dach über dem Kopf und die Verpflegung sollte er lediglich einige Gefälligkeiten für sie ausführen. Das Ausmaß dieser Tätigkeiten erahnte Lukas vermutlich nicht. Während seine Mutter, die ihre Schwester offensichtlich gut einzuschätzen wusste, Lukas von dem fragwürdigen Angebot abriet, war ihr Sohn Feuer und Flamme. In Hamburg zu leben, erschien ihm das größte Glück auf Erden. Er wollte schon immer in die Großstadt und studieren. Alle seine Träume sollten mithilfe von Tante Gerlinde in Erfüllung gehen. Er schlug alle Bedenken seiner Mutter in den Wind und mutierte stattdessen zu Gerlindes Leibeigenem.
Wie die meisten Verliebten wollte Mara bisher keine negativen Dinge über ihren Freund wahrnehmen. Heute bröckelt zum ersten Mal Lukas' Sockel, auf den sie ihn all die Jahre postiert hat. Trotz der Grübeleien wird es eine traumlose Nacht im bequemen Himmelbett.

♥

KAPITEL 4

Am nächsten Morgen nimmt Mara halbwegs ausgeschlafen am Frühstückstisch Platz . Neben ihrem Teller liegt die versprochene Kamera und ein Zettel von Ravi, der bedauert, auf der kleinen Insel zur Arbeit zu müssen. Das Dienstmädchen ist angewiesen, ihre Wünsche zu erfüllen, und der Jeep vor dem Haus steht ihr zur freien Verfügung. Ratlos zerknüllt sie den Zettel in ihrer Hand. Was soll sie mit dem Tag anfangen? Wo kann sie mit der Suche nach Hendrik beginnen? Es gibt keinerlei Anhaltspunkte. Insgeheim ist Mara davon ausgegangen, dass Ravi ihr behilflich sein und sie beim Dolmetschen unterstützen würde. Nicht alle sprechen Englisch. Außerdem kennt sie sich in der Gegend nicht aus. Die Enttäuschung steht ihr ins Gesicht geschrieben, als Sheela freundlich nach ihren Frühstücksbedürfnissen fragt.

„Wenn ich bitte einen Orangensaft haben könnte? Das wäre cool."

„Gern. Und zu essen?"

„Nichts, danke, ich bin von dem leckeren Essen gestern noch satt." Das stimmt zwar nicht, aber Mara ist der Appetit vergangen. Sie will sich so schnell wie möglich auf den Weg machen und stürzt den Inhalt des herbeigebrachten Glases in einem Zug hinunter.

„Soll ich nachschütten?", bietet Sheela an.

„Nein, das ist lieb, aber kannst du mir bitte erklären, wie ich zum Hafen von Galle komme? Ich habe beim Herfahren nicht aufgepasst." Wie gut, dass man im Englischen zwischen Duzen und Siezen nicht unterscheidet, und die Menschen in erster Linie beim Vornamen nennt. Wenigstens hierbei setzt sich Mara kaum in die Nesseln.

„Einen Moment bitte, ich bin gleich zurück." Zwei

Minuten später taucht Sheela mit dem Autoschlüssel auf. „Du musst nur den Hafen ins Navi eingeben, dann wirst du hingeleitet."

Klar, als ob es auf Sri Lanka keine Navis gäbe. Schließlich wohnen hier die Leute auch nicht hinter dem Mond. Mit einem Dankeschön verlässt Mara den Essbereich, um sich ins Abenteuer zu stürzen.

Wie gewohnt will sie als Fahrerin auf der linken Seite des Jeeps einsteigen, wo das Steuer fehlt. Leichte Panik ergreift von ihr Besitz, als sie realisiert, dass auf der Insel Linksverkehr herrscht. Auf Hamids Laster ist es ihr in dem Gewimmel der Großstadt nicht weiter aufgefallen, und später auf der Küstenstraße war ihr Blick entweder auf die Hühnerkisten oder die Landschaft fixiert.

Mit der anderen Hand zu schalten, ist mehr als gewöhnungsbedürftig. Zum Glück ist die Anordnung der Fußpedale gleich. Das Getriebe krächzt unter der ersten Fehlschaltung, doch dann kommt der Wagen endlich ins Rollen. Der Schweiß auf Maras Stirn basiert also nicht allein auf dem tropischen Klima, sondern auch auf ihrer Anspannung. Nicht auszudenken, wenn ihre Unkenntnis zusätzlich einen Autoschaden zur Folge hätte! Geradeaus zu fahren funktioniert schon mal, aber als das Navi befiehlt, die nächste Straße nach rechts abzubiegen, landet der Jeep auf der rechten Fahrbahn. Im letzten Moment weicht das entgegenkommende Vehikel, eine Art motorisiertes Dreirad, dem Hindernis aus. Zu Tode erschrocken lenkt Mara zurück auf die richtige Spur und hört die Verfluchungen nicht, die der Mann hinter ihr herbrüllt. Das ist so eben noch einmal gut gegangen.

Heute gibt es am Hafen erfreulicherweise keinen Fischmarkt, sodass Parkplätze zur Verfügung stehen. Mara mag den klimatisierten Jeep gar nicht verlassen, als ihr beim Öffnen der Tür wieder diese Gluthitze das Atmen erschwert. Wie halten die Menschen das hier aus?

Nachdem sie den Geländewagen abgeschlossen hat, erreicht Mara die Clara.

In der Kajüte schlägt ihr der Geruch ihres Bruders entgegen, eine Mischung aus seinem Deo und dem nach Kirschen duftenden Tabak, den er in seiner Pfeife zu rauchen pflegt. Seine Gegenwart spürend beginnt Mara, das Innere des Bootes gründlich zu durchsuchen. Irgendeinen Hinweis muss es doch geben. Jeder Schubladen- oder Schrankinhalt kann einen Anhaltspunkt auf seinen Verbleib enthalten.

Sie durchwühlt jeden Winkel und hält schließlich das Logbuch der Jacht in den Händen. Der letzte Eintrag war vor zwei Wochen.

Malediven: liege in der herrlichen Bucht eines Fünf-Sterne-Resorts. Gerade wird dort eine Hochzeit gefeiert, und ich würde mich gern am Bufett bedienen. Die Reparatur des Großsegels war teurer als eingeplant. Trotzdem werde ich mir heute ein Essen im Restaurant gönnen. Die Vorräte für die Weiterreise nach Sri Lanka, wohin ich demnächst aufbrechen werde, müssen reichen, denn erst dort kann ich wieder Geld abheben.

Nachdenklich lässt Mara das Buch in ihren Schoß sinken. Leider enthält der Vermerk keinerlei Hinweis, was passiert sein könnte. Ob es Hendrik unterwegs schlecht geworden ist, weil er nicht genug zu essen und zu trinken hatte? War er vielleicht dehydriert und nicht mehr fähig, die Jacht zu manövrieren? Aber alle Spekulationen erklären nicht den Umstand, warum er spurlos verschwunden bleibt. Weiter stöbert Mara in Hendriks Sachen und entdeckt im hinteren Bereich des Schiffes einige Damenbekleidungsstücke. Erstaunt hält sie einen Sari hoch, der so kostbar anmutet, dass er nur für einen besonderen Anlass bestimmt sein kann. Wie kommen diese Gewänder hierher? Hendrik hat nie erwähnt, jemanden mitgenommen zu haben. Ein ungutes Gefühl beschleicht Mara. Hoffentlich handelt es sich nicht um eine Reisebegleitung, die ihrem Bruder etwas angetan hat. Bisher schaffte sie es, den Gedanken an ein Unglück oder gar an Hendriks Tod zu verdrängen. Sie hätte gefühlt, wenn ihr Zwilling nicht mehr am Leben wäre.

Rasch wirft sie diese schrecklichen Überlegungen über Bord und prüft die Geräte im Cockpit. Auch dabei löst Mara das Rätsel nicht, denn es scheinen alle funktionsfähig zu sein.
Ratlos schickt sich Mara an, das Boot wieder zu verlassen, als ihr Blick auf einen roten Sari fällt, der auf der Bank des Salons sein zerknittertes Dasein fristet. Vielleicht hat hier im Hafen jemand eine Frau bemerkt, die in letzter Zeit solch ein Gewand getragen hat. Kurz entschlossen wandert es in ihre Umhängetasche.
Die anschließende Suche und das Fragen nach der Unbekannten gestalten sich schwierig, da Mara nur des Englischen mächtig ist. Die einheimischen Fischer zucken verständnislos die Schultern, nicht bereit, ihre Arbeit wegen Mara zu unterbrechen. Auch in den diversen, zum Teil schmutzigen Hafenkneipen ist ihre Recherche nicht von Erfolg gekrönt. Dabei steckt extra ein Bild von Hendrik im Portemonnaie, aber niemand mag ihn gesehen haben.
Ziellos schlendert Mara weiter durch Galle. Hier riecht es modrig, von einigen Häusern blättert der Putz ab, und sogar die Palmen sehen verstaubt aus. Die wenig anheimelnde Stimmung passt zu ihrem Innenleben. Schließlich ändert sich diese Szenerie, als sie die Altstadt mit ihren vielen kleinen Läden, Märkten und Teestuben erreicht. In diesem Stadtteil brodelt das Leben, und Mara bahnt sich den Weg energisch durch die Menschen, die geschäftig hin und her laufen und an einigen Ständen wild feilschen. Für ihre ungeübten Ohren hört es sich an, als würden die Kontrahenten gleich mit einer Schlägerei beginnen.
Plötzlich erregt ein sonnengebräunter junger Mann, der seitlich aus einer schmalen Gasse tritt und sofort in den Sog der anderen Leute gerät, Maras Aufmerksamkeit.
Für den Bruchteil einer Sekunde realisiert sie, dass er Hendrik ähnlich sieht, soweit sie das aus der Entfernung beurteilen kann. Ihre Lebensgeister kehren augenblicklich

zurück, und sie schreit über die vielen Köpfe hinweg: „Halt, Hendrik, so warte doch. Ich bin es, Mara.“ Sie rudert regelrecht mit ihren Armen, um die Menschen beiseitezudrängen, die ihr den Weg zu ihrem vermeintlichen Bruder versperren.

Einige Touristen schimpfen in allen möglichen Sprachen auf sie ein. Bald verliert Mara den Kopf, den sie für den von Hendrik gehalten hat, aus den Augen. Wütend und verzweifelt trommelt sie gegen die nächste Hauswand. War das wirklich Hendrik? Oder hat sie sich das nur aus einem starken Wunschdenken heraus eingebildet? Aber wo sollte sich ihr Bruder in Galle aufhalten, wenn nicht auf der Clara? Das macht alles keinen Sinn. Sie glaubt, Hendrik erkannt zu haben, weil sie es sich so sehnlichst wünscht. Es war bestimmt ein fremder Mann mit einer gewissen Ähnlichkeit.

In einer der typischen Teestuben mit kleinen Sitzschemeln versucht Mara, ihre wirren Gedanken zu ordnen.

Plötzlich klingelt das Handy in der Tasche, und auf dem Display erscheint Lukas’ Nummer.

„Na endlich meldest du dich auch mal.“ Sie unterdrückt einen verärgerten Unterton in der Stimme nicht.

„Wieso? Meine Tante hat dir doch gesagt, dass ich mit Baldo zum Tierarzt war.“

„Immerhin hat sie dir ausgerichtet, dass ich angerufen habe“, stellt Mara etwas versöhnlicher fest, aber eine Sekunde später macht Lukas ihre Bereitschaft, sein bisheriges Schweigen zu verzeihen, mit einem Schlag zunichte.

„Baldo musste der Splitter herausoperiert werden. Er hat auf dem Rückweg so furchtbar gejault.“ Lukas setzt weiter an, in epischer Breite sein Erlebnis auszuschmücken, als Mara die Notbremse zieht.

„Armer Baldo, er tut mir wirklich leid.“ Das meint sie ehrlich. Der Hund kann schließlich nichts für sein ätzendes Frauchen. „Aber mir ist auch zum Jaulen zumute. Schön, dass du dich um den Hund kümmerst, aber interessiert dich gar nicht, wie es mir geht? Ich weiß nicht mehr weiter. Eben hatte ich schon Halluzinationen und glaubte, Hendrik in der Menschenmenge untertauchen zu sehen. Wärst du nur hier und würdest mir helfen! Ich fühle mich so allein. Willst du nicht nachkommen?“

Am anderen Ende der Leitung herrscht Schweigen.

„Hey, bist du noch da, Lukas?“

„Hm ... weißt du“, druckst er herum, „Gerlinde fährt ungern Auto, und ich muss in drei Tagen wieder mit Baldo zur Kontrolle nach Grottendorf.“

„Und mir wird grottenschlecht. Es gibt sicher genügend Tierärzte in Hamburg, zu denen Gerlinde zur Not mit dem Taxi kann.“

„Es soll aber Dr. Kranich sein. Alle ihre Freundinnen gehen mit ihren Viechern zu ihm hin. Er ist eine Kapazität.“

„Worin? Im Schneiden der Hundekrallen?“

„Ja, auch.“ Entweder überhört Lukas die Ironie in Maras Stimme oder ignoriert sie einfach.

„Was du nicht sagst.“ Mara ist nahe daran, die Geduld zu verlieren. Es hat keinen Zweck, gegen Gerlindes Monopolstellung ankommen zu wollen. Dieses Spiel geht regelmäßig verloren. Dennoch spucken ihre Lippen den Frust heraus. „Ich gebe mich geschlagen. Baldo und deine Tante haben selbstverständlich absoluten Vorrang vor mir.“

„Nun sei nicht gleich eingeschnappt. Schließlich zahle ich bei ihr nichts.“

„Für die Besenkammer, in der du haust, würde niemand etwas zahlen. Das steht in keiner Relation zu deinen Sklavendiensten. Außerdem könntest du dir schon lange von deinem Gehalt eine eigene Wohnung leisten.“

„Ich ...“, setzt Lukas zur üblichen Rechtfertigung an, aber Mara drückt energisch auf den roten Hörer ihres Handys. Sie weiß genau, was er wieder vorbringen wollte. Dass er auf diese Weise den größten Teil des Gehalts in einen Bausparvertrag für eine gemeinsame Wohnung investieren kann. Genug von Lukas' Geplänkel. Maras Kopf muss frei sein für die Suche nach Hendrik. Baldo und Gerlinde bleiben zukünftig außen vor. Sollte Lukas den Drang verspüren, etwas von Mara und ihrem Bruder hören zu wollen, muss er sich schon bemühen. Von diesem Moment an steht ausschließlich Hendriks Verbleib im Vordergrund.

Wo könnte sie etwas über ihren Bruder erfahren? Als wäre ihre Frage im Universum gehört worden, betritt plötzlich ein Mann in Uniform den Raum und bestellt ein Wasser. Das ist es. Wieso kam ihr nicht eher die Idee? Hastig springt Mara vom Hocker auf und spricht den Polizisten an, der ihr erklärt, wo die nächste Polizeistation zu finden ist.

Leider entpuppt sich dort der diensthabende Hüter des Gesetzes nicht als Freund und Helfer. Der Fall Hendrik Matern wurde mit der Weiterleitung an die deutsche Botschaft längst zu den erledigten Akten gelegt.

Verzagt und mit Mühe die Tränen unterdrückend, kehrt Mara zum Hafen zurück. Es darf einfach nicht sein, dass sie diese irrwitzige Reise umsonst unternommen hat und Hendrik nicht aufspürt. Amas schwaches Herz würde das kaum aushalten. Auf jeden Fall muss ein Skipper angeheuert werden, der bereit ist, die Jacht zurück nach Deutschland zu segeln. Mara traut sich die weite Strecke allein nicht zu. Der Botschafter hat ihr zwar diesbezüglich seine Hilfe angeboten, aber einer inneren Eingebung folgend hofft sie, über das Skippergesuch vielleicht eine Fährte zu Hendrik zu finden. Ein herausgerissenes Blatt aus ihrem Notizbuch fungiert als Aushang. Zum Glück befindet sich in der Kajüte ein Klebeband, und wenig später hängt das Gesuch an der Reling. Hoffentlich hat Ravis Familie nichts dagegen, dass deren Telefonnummer als Kontakt angegeben ist. Der Akku von Maras Handy wird nämlich bald schwächeln, und in all der Aufregung ist das Ladegerät zu Hause in Hamburg geblieben.

Kaum hat sie diesen Gedanken abgehakt, hält ein

Motorroller neben der Clara. Erst, als der Fahrer den Helm abnimmt, erkennt sie Ravi. Ein wohliges Gefühl breitet sich in ihrem Körper aus. Warum kann sie nichts dagegen tun?

Dieser Mann strahlt Ruhe und Vertrauenswürdigkeit aus. In seiner Nähe fühlt sie sich geborgen und beschützt, als könnte nichts auf der Welt ihr etwas Böses anhaben.

„Ahnte ich doch, dass du hier bist. Hast du etwas über deinen Bruder in Erfahrung gebracht?“ Sein smarter Blick trifft sie mitten ins Herz.

„Leider nein, aber ich habe Frauenkleidung, genauer gesagt, zwei Saris in der Kajüte gefunden. Das ist sehr merkwürdig, denn Hendrik hat keine weibliche Begleitung erwähnt.“

Mara entgeht Ravis leichtes Zusammenzucken bei ihrer Äußerung, denn ihm kommt mühelos eine plausible Erklärung über die Lippen. „Vielleicht hat er die Saris gekauft, um sie dir und deiner Großmutter mitzubringen.“

„Die Kleider sind für eine kleine, zierliche Frau. Weder Ama noch ich könnten sie tragen. Aber du hast bestimmt den richtigen Riecher. Irene besitzt die passende Figur.“

„Irene?“

„Meine Freundin. Sie war bis vor Kurzem mit Hendrik liiert. Wahrscheinlich hat er die Klamotten gekauft, bevor sie mit ihm Schluss gemacht hat.“

Ravi wechselt das Thema. „Hast du Lust, mit an den Strand zu kommen? Einige Freunde wollen heute ihren Fischfang opfern und über dem Feuer grillen. Dann kannst du das Stelzenfischen ausprobieren.“

Letzteres möchte Mara ganz sicher nicht, aber dem Zusammensein mit Ravi widersteht sie nicht. „Ja, cool, ich habe riesigen Hunger“, gibt Mara zu. Das Essen war den ganzen Tag durch die vielen Eindrücke in den Hintergrund gerückt. Lediglich ein sogenannter Hopper, eine Art Pfannkuchen mit fruchtigem Inhalt aus einer der zahlreichen Garküchen, hatte ihren Magen ein wenig gefüllt.

„Aber vorher möchte ich dir etwas anderes zeigen."
„Was denn?", fragt Mara, in der Hoffnung aufkeimt, es hat etwas mit Hendrik zu tun.
„Lass dich überraschen!"
Ravi hält einen zweiten Helm bereit. „Den Jeep holen wir morgen. Komm, steig auf!"
Zu gern folgt Mara seiner Aufforderung. Zum ersten Mal umschlingen ihre Arme seinen wohlgeformten Körper, und während der Fahrt schmiegt sie sich an ihn im Glauben, er würde es nicht bemerken.
Nach circa zwanzig Minuten passieren sie das Eingangstor zu einer Teeplantage. Vor dem Gebäude parken viele Touristenbusse, deren Fahrer sich die Zeit mit Rauchen und Trinken vertreiben.
„Komischer Strand", bemerkt Mara, schenkt Ravi ein verschmitztes Grinsen und schüttelt die vom Helm zerdrückten Locken.
„Du kannst nicht hier auf Sri Lanka gewesen sein, ohne eine Teeplantage besichtigt zu haben."
Schon greift Ravi Maras Hand und führt sie in die fabrikeigene Teestube. Sogleich eilen einige Bedienstete herbei und begrüßen ihn freudig. Es sind schöne Frauen, in edle Saris gekleidet, die auf eine perfekte Figur schließen lassen. Spürt Mara etwas wie Eifersucht? Woher kennen diese Mädchen Ravi und tun so vertraut? Bevor sie weiter nachdenkt, hält sie eine Tasse mit herrlich duftendem Ceylontee und selbst gebackenen Kuchen in den Händen und wird von Ravi sanft in einen Korbstuhl gedrückt.
„Wartest du bitte einen Moment? Wenn ich schon einmal hier bin, nehme ich meinem Vater die neuen Lieferscheine mit nach Hause."
Bevor Mara zustimmt, ist er hinter einer Bürotür verschwunden.
Also Madan gehört diese Teeplantage. Kein Wunder, dass er sich das komfortable Haus mit einer Angestellten leistet. Wieso arbeitet sein einziger Sohn dann als Landschaftsarchitekt und nicht als sein potenzieller Nachfolger? Mara

wird jäh aus ihren Überlegungen gerissen, als Ravi unvermutet die Hand auf ihre Schulter legt.
„Wenn es dich interessiert, zeige ich dir die Teeherstellung vom Pflücken angefangen. Oder ist dein Hunger zu übermächtig?"
Sie wendet sich zu ihm und schüttelt ihre Haarpracht. Dabei bleibt eine Locke über ihrem Auge hängen. Reflexartig streichen Ravis Samtfinger sie ihr vorsichtig aus dem Gesicht, als würde er dies öfter tun. Einen Moment lang ist Mara in Versuchung, seine Hand einfach festzuhalten, hat sich aber schnell im Griff . Es erscheint ihr unerklärlich, wieso ausgerechnet dieser Mann sie derartig in seinen Bann zieht. Bisher waren es die blonden, blauäugigen Hünen aus Norddeutschland wie Lukas, die ihr Herz aus dem Takt brachten. Ravi dagegen entspricht in keiner Weise diesem Beuteschema. Dunkelhaarig, braunäugig und eher von schmaler Statur bildet er einen krassen Gegensatz dazu. Ach, wenn doch Irene jetzt mit ihr quatschen könnte! Wie fast alle Freundinnen vertrauen sie sich gegenseitig ihre Träume und Vorstellungen vom Leben an, natürlich auch, was sie von Männern erwarten. Wie wohl Irenes neue Liebe aussieht? Ein Ebenbild von Hendrik? Irgendwie seltsam, dass die beiden nun getrennte Wege beschreiten.
Ein leichter Stups von Ravi beendet Maras Fantasien.
„Was ist? Wollen wir?"
„Klar, mein Appetit kann warten. Ich habe sogar deine Kamera dabei, und solch eine Privatführung lasse ich mir nicht entgehen."
Nach wenigen Minuten erreichen Mara und Ravi einen von mehreren Teehügeln, die zur Plantage gehören. Die Landschaft ist wunderschön, und das satte Grün der Teepflanzen glänzt im Sonnenschein. Bereits aus einiger Entfernung sind die vielen Pflückerinnen zu erkennen, deren Finger wie von Zauberhand geführt über die Sträucher fliegen und mit geübten Handgriffen stets zwei Blätter und eine Knospe aus dem jeweiligen Strauch

abzupfen und hinter sich in einen Sack werfen. Diesen tragen sie wie ein Stirnband an ihren Köpfen befestigt. Die Tee-Ernte ist auf Sri Lanka eine reine Frauentätigkeit. Ravi erklärt, dass eine Arbeiterin für ein einziges Kilo schwarzen Tee mindestens zweitausend Mal zulangt, und Mara staunt, dass die über den Kopf geworfene Ernte zielgenau in den Rucksäcken landet. „Wie lange dauert so eine Schicht?“, erkundigt sie sich neugierig, denn es ist für sie kaum vorstellbar, dass ein Mensch diese eintönige Arbeit ewig aushält.
„Nicht länger als drei bis vier Stunden.“
„Glaubst du, eine Pflückerin lässt es mich mal ausprobieren?“
„Bestimmt.“ Keine zwei Sekunden später bittet Ravi eine Frau, Maras Wunsch zu erfüllen, die ihr den Stirnbandrucksack gleich umbindet und sie kurz in die Geheimnisse des richtigen Erntens einweist. Das Abzupfen funktioniert, wenn auch, gemessen an den anderen Arbeiterinnen, im Schneckentempo. Leider landen die Blätter jedoch nicht im Sack, sondern irgendwo in den Büschen hinter Mara, die über ihre eigene Ungeschicklichkeit lacht. Das Stirnband verrutscht über ihren Augen, sodass die Sicht erheblich eingetrübt ist. Sollte sie gedacht haben, dass die Tätigkeit einfach und flink zu erledigen ist, wird sie gerade eines Besseren belehrt. Ohne dass Mara es bemerkt, schießt Ravi Fotos von der einzigartigen Aktion. Es dauert keine zehn Minuten, und die Einheimische darf Mara wieder ablösen, die sich für diese Erfahrung bedankt.
„Und, wirst du dich bei meinem Vater als neue Pflückerin bewerben?“, neckt Ravi und grinst.
„Dazu mangelt es mir wohl an Talent. Hätte nie vermutet, dass die Arbeit so viel Geschicklichkeit erfordert. Bewundernswert, was die Frauen leisten.“
„Komm, ich zeige dir, was mit den Blättern und der Knospe passiert.“
Sie laufen zurück zum Fabrikgelände, in dem Ravi mit seinen fachmännischen Erläuterungen fortfährt. „Im

Obergeschoss welken die Blätter über Nacht auf sogenannten Hurden. Dann rutschen sie über Luken und Trichter ins Erdgeschoss, um zerrieben und zerhackt zu werden. In Heißluftkesseln erfolgt anschließend das Trocknen. Durch das spätere Anfeuchten mit Wasser duftet der Tee dann aromatisch."

Ravi hat es geschafft, Mara zu beeindrucken. Oft hat sie sich über die Teepreise im Café geärgert, aber nun weiß sie, dass diese mehr als gerechtfertigt sind.

Die Zeit verfliegt, und die Sonne droht bereits im Meer zu versinken, als Ravi und Mara den Strand von Weligama erreichen, der durch den bereits am Himmel aufgehenden Mond in ein märchenhaftes Licht getaucht wird. Romantik pur. Ravis Freunde haben eine Feuerstelle errichtet, und Fische auf Spießen brutzeln darüber. Allerdings macht Ravi keine Anstalten, direkt zu ihnen zu stoßen. „Du musst dir das Essen erst verdienen. Teeblätter zu pflücken, hast du schon gelernt, nun ist das Stelzenfischen an der Reihe."

Ehe Mara protestiert, es sei dafür längst zu dunkel, entkleidet sich der Singhalese bis auf die Badehose und springt mit einem Satz in die Fluten. Wie zur Salzsäule erstarrt, blickt sie ihm nach.

„Mach schon, Mara. Das Wasser ist herrlich."

Soll sie sich wirklich trauen? Das Fass des Blamierens ist für heute längst voll.

Zögernd stülpt sie ihr Kleid über den Kopf. Als hätte sie geahnt, dass das Element Wasser heute auf dem Programm

steht, wird ihr schwarz-weiß getupfter Bikini sichtbar, der ihre athletische Figur optimal betont. Mara hört, wie Ravi leise durch die Zähne pfeift Das warme, seichte Wasser ergreift von Maras Körper Besitz, und mit wenigen Zügen hat sie Ravi eingeholt. Dieser erklimmt geschmeidig wie eine Raubkatze eine Stelze, als würde er den ganzen Tag nichts anderes machen. Kaum oben angekommen folgt ein eleganter Kopfsprung zurück ins Meer. Als Ravi direkt vor

ihr wieder auftaucht, ermutigt er sie. „Du bist dran."
Leichter gesagt als getan. Obwohl Mara sehr durchtrainiert ist und in der Halle locker am Seil hochklettert, bemüht sie sich vergeblich, die glatte Stange zu erklimmen und fällt immer wieder ins Meer zurück. Sie muss darüber so lachen, dass sie zu viel Wasser schluckt und Ravi sie spontan in die Arme schließt, damit sie nicht vor lauter Prusten untergeht. Als sich ihre Körper berühren, halten beide wie elektrisiert inne und schauen sich tief in die Augen. Ravi nimmt Maras Kopf in seine Hände und küsst sie sanft auf die Lippen. Den Kampf gegen ihre Gefühle verliert Mara augenblicklich. Dem Bann dieses berauschenden Moments widersteht sie nicht, obwohl die sanft dahinplätschernden Wellen zu flüstern scheinen: *Du darfst dich nicht in diesen Mann verlieben. Du bist einzig hier, um deinen Bruder zu finden, und zu Hause warten Lukas, Amalie und neue Aufgaben auf dich.*
Als Ravi mit seiner weichen Zunge das Innere ihres Mundes zu erkunden versucht, drückt sie ihn von sich, obwohl ihr Verlangen fast ihren Verstand zerreißt. „Bitte nicht", haucht Mara. „Deine Freunde warten bestimmt auf uns." Insgeheim hofft sie, dass niemand vom Strand aus ihren Kuss bemerkt hat. Es wäre ihr unendlich peinlich.
Augenblicklich lässt Ravi von ihr ab. Der magische Moment zerplatzt wie eine Seifenblase.
Schweigend schwimmen sie, jeder seinen Träumen und Fantasien nachhängend, ans Ufer zurück.
Obwohl Ravis Freunde Mara kurze Zeit später wie eine alte Bekannte in ihrer Mitte aufnehmen, fühlt sie sich sehr unwohl. Wie konnte sie Ravis Zärtlichkeit zulassen? Ist sie völlig übergeschnappt? Was denkt er sich überhaupt dabei? Sie gehört ganz sicher nicht zu den Touristinnen, die nach Sri Lanka reisen, um ein amouröses Abenteuer mit einem Beachboy zu erleben. Ob Ravi sie so einschätzt? Dann war es gut, rechtzeitig die Notbremse zu ziehen. Auf der anderen Seite erweckt dieser Mann nicht den Eindruck, auf eine Affäre aus zu sein. Aber wer weiß das genau? Maras

Wunschdenken wurde in den letzten Tagen oft ein Schnippchen geschlagen.
Ravis Freund Manu bereitet ihren Grübeleien ein jähes Ende, denn er bietet ihr einen fertig gebratenen Fisch am Spieß an und verkündet stolz, ihn eigenhändig am Nachmittag auf einer Stelze sitzend gefangen zu haben.
Dankbar nimmt Mara den Fisch entgegen. Ihr Magen knurrt seit einiger Zeit vor Hunger. „Du bist also ein echter Stelzenfischer", beginnt sie die Konversation. „Könnt ihr von dem Fang leben?"
„Nein, mit dieser Methode gehen höchstens zwei bis drei Fische am Tag ins Netz. Die meisten Angler hier schwingen sich für die Touristen auf die Pfähle und bekommen dann für ein Foto wesentlich mehr Geld, als sie jemals für die karge Beute erlangen würden." Offensichtlich wurde Manu bereits von Ravi informiert, wer Mara ist und was sie auf der Insel sucht, denn ohne Umschweife fragt er, ob ihre Nachforschungen hinsichtlich ihres Bruders erfolgreich waren.
„Nein, leider nicht." Mara knabbert zunächst weiter an der Makrele, um dann ihrerseits das Gespräch in diese Richtung fortzusetzen. „Hast du eine Idee, wie ich etwas über Hendrik in Erfahrung bringe? Oder hast du vielleicht sogar an dem besagten Tag auf einer Stelze gehockt und das Stranden der Jacht beobachtet? Oder deine Freunde?"
„Hm ..." Manu kratzt sich am Kinn, und es ist ihm anzumerken, dass er um eine Antwort verlegen ist. „Ich war an dem Tag nicht am Strand, soweit ich mich erinnere", kommt es zögerlich über seine Lippen, ohne Mara anzublicken. „Das Fischen mache ich nur gelegentlich zum Spaß in meiner Freizeit. Ansonsten arbeite ich in einem Hotel, das eine Bucht weiter liegt. Kannst mich gern dort mal besuchen. Ich spendiere dir einen Sundowner." Vermutlich glaubt er, sich elegant aus der Affäre gezogen zu haben.
Aber Mara lässt sich nicht so leicht irritieren und vom Thema abbringen. Dabei sind ihre nächsten Worte mit

Ironie gespickt. „Seltsam, dass hier alle nichts sehen oder hören. Ich lerne dieses Land zwar gerade erst kennen, aber es können doch nicht nur Blinde und Taube hier wohnen."
Ravi rettet seinen Freund aus dem kommunikativen Fangnetz, indem er sich zu ihnen gesellt und Mara fragt, ob sie noch etwas zu essen oder trinken haben möchte. Eilfertig nutzt Manu die Gelegenheit, um neue Fische übers Feuer zu hängen.

Maras Laune ist gänzlich auf den Nullpunkt gesunken, was Ravi womöglich an ihrem traurigen Gesichtsausdruck erkennt.

„Lass uns gehen", schlägt er deshalb vor.

KAPITEL 5

Das heisere Krächzen der Krähen und das Gegacker der Hühner in der Nachbarschaft dringen in das Innere des Gästezimmers und wecken Mara auf. Langsam versucht sie, sich in der Dunkelheit zu orientieren. Hinter dem durchsichtigen Vorhang werden die Konturen von Palmwedeln sichtbar, die wie ein Scherenschnitt anmuten.
Wie spät mag es wohl sein? Mara hat überhaupt kein Zeitgefühl. Ein Blick auf ihre Armbanduhr, die zum Glück über Leuchtziffern verfügt, verrät ihr, dass es noch zu früh zum Aufstehen ist. Es war eine unruhige Nacht, in der sie sich hin und her wälzte und ihre Sehnsüchte um Ravi kreisten. Der Gedanke an seine Lippen und seine Umarmung verursachte bei ihr Schweißperlen, die aus allen Poren hervortraten. Hat sie das jemals bei Lukas erlebt? Falls ja, muss sie an einer Amnesie leiden. Eine diesbezügliche Erinnerung ließ sie jedenfalls in diesem Moment gänzlich im Stich. Mara beschloss in der Nacht, am folgenden Tag alle Krankenhäuser in der Umgebung nach Hendrik abzuklappern. Erst mit diesem Vorhaben konnte sie endlich ein wenig Schlaf finden.
Alle Glieder von sich streckend rekelt sich Mara unter dem Laken. Was soll sie tun? Aufstehen oder noch ein bisschen weiterschlafen? Kurz entschlossen entscheidet sie sich für die erste Möglichkeit, stülpt sich nach einer kurzen, erfrischenden Dusche ein Baumwollkleid über und schlüpft in ihre Sandalen. Leise wie eine Indianerin auf Kriegspfad schleicht Mara aus dem Haus, in dem noch alles still ist. Der Garten empfängt sie mit einem betörenden Blütenduft, den ihr Atem genussvoll einsaugt. Die Vögel beginnen, in den Palmwipfeln eine Melodie zu komponieren, und Libellen surren durch die bereits lauwarme Luft. Eine Krähe hockt am Teichrand, putzt sich

und löscht ihren Durst. Eine Szene wie aus dem Bilderbuch. Als das Tier plötzlich Mara wahrnimmt, fliegt es erschrocken in den Himmel, der sich zunächst in einem milden Rosa präsentiert. In den Tropen bricht der Tag viel rascher an als in den gemäßigten Breiten, und es wird deshalb sehr schnell heiß.
Mara erreicht die Terrasse mit dem Ausblick aufs Meer, der ihr ein Lächeln aufs Gesicht zaubert. Kann es eine schönere Bühne geben? Wolken bauen sich über dem Ozean zu Gebirgen auf, Fischerboote dümpeln im Wasser, und am Strand wiegen sich die Palmblätter im sanften Wind. Von Minute zu Minute wechselt die Farbe am Horizont. Wie aus dem Nichts, schiebt sich der gigantische Sonnenball aus dem Meer und taucht die wenigen Auslegerboote in ein bizarres Licht. Sri Lanka erwacht. Wenig später rücken die ersten braungebrannten Beachboys mit ihren Surfbrettern am Ufer an und werfen sich den Wellen entgegen. Sicher hätten sie bei einem Casting für die US-Serie Baywatch gute Chancen, engagiert zu werden. Wie Ravi beiläufig erzählt hat, sind es vor allem Australier, bei denen es zu dieser Jahreszeit kalt und regnerisch wird, während an der Küste Sri Lankas optimale Bedingungen herrschen. Mara entfährt ein Seufzer. Wäre sie nur unter anderen Umständen auf der Insel und könnte den Aufenthalt genießen.
Es wird Zeit, ins Haus zurückzukehren, auch wenn es noch so schwer fällt, sich von der Kulisse vorerst zu verabschieden. Am liebsten wäre sie wieder allein beim Frühstück, denn sie möchte Ravi nicht unter die Augen treten.
Zunächst scheint ihre stille Bitte in Erfüllung zu gehen, aber nach und nach trudeln alle Familienmitglieder im Esszimmer ein, als Letzter Ravi. Mara vermeidet den direkten Blickkontakt zu ihm, spürt aber, dass ihr trotzdem die Röte ins Gesicht schießt. Hoffentlich bemerkt es niemand.
Ravi ist gutgelaunt wie immer, setzt sich neben Mara und

beginnt mit Small Talk. „Hattest du schöne Träume?"
Misstrauisch blickt Mara ihn aus dem Augenwinkel an und fragt sich, ob das eine Anspielung auf den gestrigen magischen Moment sein soll. „Nein, ich war wohl zu müde zum Träumen", erwidert sie, ohne mit der Wimper zu zucken. Genau genommen waren es ja auch Wachträume, also nicht gelogen. Hastig nippt sie am Glas mit Orangensaft, um ihre Unsicherheit zu überspielen.
Ajala eilt ihr unbewusst zu Hilfe. „Wie sehen heute deine Pläne aus?"
„Ich werde in den nahegelegenen Krankenhäusern nach Hendrik forschen. Möglicherweise hat ihn jemand verletzt dorthin gebracht, und niemand kennt seine Identität."
Als hätte Ravi auf ein Stichwort gewartet, schlägt er vor, Mara bei ihrem Vorhaben zu helfen. Er muss für zwei Tage nach Kandy, und auf dem Weg dorthin kommen sie an einigen staatlichen Krankenhäusern vorbei.
Madan nickt seinem Sohn unmerklich zu, als wollte er sagen: *Beschäftige sie gut, damit wir Zeit gewinnen.*
Das hat Mara gerade noch gefehlt, mit Ravi allein durch die Gegend zu kutschieren. Nur das nicht. Doch sie hat die Rechnung ohne die anderen Familienmitglieder gemacht, die ihr wie auf Kommando den Trip schmackhaft machen.
„Kandy ist ein Muss für jeden Sri Lanka-Besucher", schwärmt Bhavani.
„Oh ja, daran führt kein Weg vorbei", tutet Ela ins Horn ihrer Schwester.
„Mein Sohn wird dir bestimmt auch das Elefantenwaisenhaus zeigen", pflichtet Ajala bei. „Es liegt nicht weit von Kandy entfernt. Du wirst es lieben."
„Siehst du, meine Familie weiß, was für dich gut ist", ergänzt Ravi und zwinkert ihr zu.
„Ich kann nicht zwei Tage so tun, als wäre ich eine Touristin. Ich muss für den Fall hierbleiben, dass sich jemand auf das Skippergesuch meldet oder Hendrik gar selbst", gibt Mara zu bedenken.
Madan ergreift das Wort. „Selbstverständlich benachrich-

tigen wir dich sofort. Zerbrich dir darüber nicht den Kopf."
Wie ein Aal, der in der Badewanne kurz vor Weihnachten auf sein Schicksal wartet, windet sich Mara. Urplötzlich schießt es ihr in den Sinn, dass Ravi und sie irgendwo übernachten müssen. Das kommt wohl gar nicht infrage.
Offenbar hat Ravi ihren letzten Gedanken erraten. „Dann lernst du meinen Onkel und seine Familie kennen. Sie wohnen auf einem der Hügel bei Kandy. Von ihrem Haus aus hat man eine traumhafte Aussicht auf die Stadt. Wir werden dort schlafen."
„Mein Bruder spricht einige Worte deutsch. Er wird sich riesig freuen, seine Kenntnisse zum Besten zu geben", fährt Ajala mit ihrer Werbung für den Kandybesuch fort.
Aller innerer Widerstand nutzt nichts. Maras anfängliche Standhaftigkeit schmilzt bei den charmanten Überredungskünsten dahin wie Kuvertüre im heißen Wasserbad.
Ravis Mutter lässt es sich nicht nehmen, ihnen einen Korb voll Proviant mitzugeben, als ginge es zu einer Expedition.
Kurze Zeit später bringt Madan seinen Sohn und Mara mit seinem Auto zum Jeep am Hafen und verabschiedet sich. „Viel Erfolg, Mara. Ich rufe euch an, wenn es etwas Neues gibt."

♥♥♥

Ihr erster Haltepunkt ist das Krankenhaus in Galle. Als Ravi vor dem Portal stoppt, macht er keine Anstalten, auszusteigen.
„Kommst du nicht mit?" Maras Tonfall klingt bittend und fordernd zugleich.
„Du sprichst genauso gut englisch wie ich, wenn nicht besser. Ich kann hier in der Anfahrtzone für Krankenwagen ohnehin nicht stehen bleiben."
In ihren Ohren hört sich Ravis Aussage nach einem Alibi an. Warum will er ihr nicht helfen? Er hatte sie mit diesem Versprechen geködert, um sie zum Mitfahren zu über-

reden. Hartnäckig fährt Mara fort: „Aber dir als Einheimischem werden sie eher Gehör schenken als mir."
„Ich komme ja gleich nach, wenn ich einen Parkplatz gefunden habe", lautet Ravis Kompromissvorschlag.
Mit mulmigem Gefühl im Magen betritt Mara den Eingangsbereich, wo sich eine kleine Informationsstelle für Besucher befindet. Ihr Herzschlag nimmt rasant Fahrt auf, als sie die Angestellte fragt, ob in den letzten Tagen ein Mann mit Namen Hendrik Matern eingeliefert wurde. Die dunkelhäutige Schönheit schenkt ihr ein Lächeln. „Sind Sie eine Angehörige?"
„Ja, seine Schwester."
„Weisen Sie sich bitte aus? Ich darf Ihnen sonst keine Auskunft geben."
„Ja, sicher. Moment." Mara wühlt vor lauter Aufregung in ihrer Tasche nach ihrem Portemonnaie und reicht der Frau schließlich das Gewünschte. Daraufhin schaut diese in ihren Computer, was Mara wie gefühlte drei Stunden vorkommt. Angespannt betrachtet sie das Gesicht der Krankenschwester, um eventuell Erfolg oder Misserfolg abzulesen. „Und? Ist er hier?"
„Es tut mir leid, aber Ihr Bruder ist nicht eingeliefert worden. Ich habe die Eingänge der vergangenen zwei Wochen überprüft."
Mara will es nicht glauben. „Sind Sie ganz sicher? Bitte sehen Sie noch einmal nach. Vielleicht haben Sie den Namen einfach übersehen." Die Dringlichkeit in ihrer Stimme bewegt die Krankenschwester tatsächlich, erneut alle Namen durchzuscrollen. „Beim besten Willen, ein Hendrik Matern ist nicht unter ihnen. Was ist denn passiert? Hatte Ihr Bruder einen Unfall?"
„Ja, in Weligama. Es kann deshalb sein, dass er sein Bewusstsein verloren hat und sich nicht selbst melden kann." Eine Träne bahnt sich über Maras Gesicht. Sie kann nichts dagegen tun. „Vielleicht liegt jemand im Koma und Sie konnten ihn nicht identifizieren?"
„Zurzeit ist mir ein solcher Fall in unserem Haus nicht

bekannt. Ich würde Ihnen gern helfen. Schreiben Sie mir bitte Ihren Namen auf und Ihre Telefonnummer. Sollte ich etwas über den Verbleib Ihres Bruders erfahren, melde ich mich."

„Danke, das ist sehr freundlich von Ihnen." In wenigen Sekunden hat Mara alles auf den hingehaltenen Zettel geschrieben und verabschiedet sich. Ihr Blick schweift draußen über das Gelände. Seltsam, Ravi hat lediglich zwanzig Meter weit entfernt geparkt.

Kräftiger als nötig reißt Mara die Beifahrertür auf. „Du wolltest mich doch unterstützen. Warum bist du nicht nachgekommen?", erkundigt sie sich und kann nicht verhindern, dass sich ein angriffslustiger Tonfall in ihre Stimme schleicht, als sie im Auto wieder Platz nimmt.

Es ist Ravi anzumerken, dass er die Frage am liebsten überhört hätte, denn er lässt den Motor an und schaut überhastet zum Ausparken nach hinten. „Ich bekam einen dringenden Anruf, nachdem du aus dem Auto ausgestiegen bist. Ich soll mir die Pflanzen im Botanischen Garten und nicht wie geplant in der Gärtnerei ansehen. Das hat den Vorteil, dass du gleich eine weitere Attraktion des Landes geboten bekommst."

„Aha." Mehr spuckt Maras Mund nicht aus. Ravis Aussage klingt irgendwie fadenscheinig.

In die nächste Klinik, die an der Strecke nach Kandy liegt, begleitet Ravi Mara zwar, hält sich jedoch mit der Konversation ganz im Hintergrund und nestelt unruhig mit seinen Händen am blütenweißen Hemd, das er lässig über seine Jeans trägt. Dieses merkwürdige Verhalten fällt Mara allerdings nicht auf. Zu sehr ist sie mit ihren bohrenden Fragen nach Hendrik beschäftigt. Leider bleibt die Suche fruchtlos.

Der dritte Anlauf eine halbe Stunde später scheint die erhoffte Wende zu bringen. Hier gibt es sogar in der Klinik direkt am Eingang eine Anlaufstelle für Besucher und Patienten. Ein Mann mittleren Alters wendet sich höflich an Mara, die ohne Umschweife ihr Begehren erläutert.

Nach dem intensiven Studium der Computerdaten linst der Angestellte über seinen Brillenrand und strahlt Mara an. „Vor drei Tagen wurde ein Komapatient eingeliefert, dessen Identität wir bis heute nicht festgestellt haben. Er gilt bei der Polizei auch nicht als vermisst. Das könnte passen."

Maras Herz droht auf der Stelle aus dem Brustkorb hinauskatapultiert zu werden, so aufgeregt ist sie. „Und kann ich zu meinem Bruder?"

„Er befindet sich auf der Intensivstation. Ich bestelle mal eine Schwester, die Sie dorthin führt."

Während der Mann auf der entsprechenden Station anruft, wendet sich Mara Ravi zu, der es vorgezogen hat, auf einem der Stühle zu warten.

„Stell dir vor, Hendrik ist möglicherweise hier. Begleitest du mich zu ihm?"

Langsam erhebt sich Ravi, legt seinen Arm auf Maras Schulter, als wüsste er, dass besagter Patient nicht die herbeigesehnte Person ist.

„Sei bitte nicht zu euphorisch. Es passiert in unserem Land öfter, dass Menschen nicht identifiziert werden. Es leben viele Illegale hier."

Augenblicklich windet sich Mara aus seinem Arm und stellt fast ein wenig böse fest: „Heute habe ich den Eindruck, du willst gar nicht, dass ich ihn finde."

„Ich möchte dir nur eine Enttäuschung ersparen", weist Ravi ihre Anschuldigung vehement zurück.

„Danke, aber diesmal bin ich sicher, dass es Hendrik ist."

In diesem Moment stößt eine zierliche Brünette zu Mara und Ravi. Freundlich fordert sie die beiden auf, ihr zu folgen. Der Weg führt zwei lange Flure entlang, an dessen Seiten Bett an Bett steht und Menschen laut stöhnen. Es riecht nach Blut und Erbrochenem, sodass Mara ein aufsteigendes Würgegefühl im Hals die Kehle zuschnürt.

Das Krankenhaus scheint hoffnungslos überfüllt zu sein.

Beinahe wünscht sie sich, Hendrik möge nicht hier untergebracht sein. Wer weiß, was mit ihm angestellt wurde.

Intuitiv greift Mara nach Ravis Hand, der sie sofort drückt, was ihr Sicherheit einflößt. Vergessen ist sein merkwürdiges Verhalten.
Endlich erreichen sie die Intensivstation, in die jedoch Mara nur allein hinein darf. Nachdem sie die vorgeschriebene Schutzkleidung übergestülpt hat, holt eine andere Bedienstete sie ab und geleitet sie in einen Saal. Maras Herzschlag droht auszusetzen, als die junge Frau am vierten Bett links anhält. Wird sie Hendrik endlich wiedersehen? Aber soll sie sich überhaupt wünschen, dass er es ist? Vielleicht hat er schwere Kopfverletzungen und bleibt ewig im Koma. Wie sollen sie alle damit umgehen? Tausend Möglichkeiten schießen Mara durch den Kopf, als sie näher ans Krankenlager tritt, um ihren vermeintlichen Bruder in Augenschein zu nehmen.
Das stellt sich als sehr schwierig dar. Der Kopf des Mannes ist komplett bandagiert wie bei einer Mumie, und in Mund und Nase stecken Schläuche, sodass sein Gesicht kaum zu sehen ist. Hendrik wäre an seinen wasserblauen Augen zu erkennen, aber diese sind bei dem Mann geschlossen. Also unmöglich, Hendrik eindeutig zu identifizieren.
„Ist das Ihr Bruder?“, fragt die Krankenschwester flüsternd.
„Ich weiß es nicht“, bringt Mara mühsam über die Lippen, die aufsteigenden Tränen unterdrückend. „Aufgrund des Verbandes kann ich das nicht mit Sicherheit feststellen.“
„Hat Ihr Bruder ein besonderes Merkmal am Körper? Eine Tätowierung vielleicht?“ Die Schwester scheint die Hoffnung nicht aufzugeben, wenigstens diesem Patienten seine Identität zurückzugeben.
„Nein, es sei denn, er hat sich auf seiner Weltreise inzwischen eine stechen lassen. Das kann ich mir aber bei ihm nicht vorstellen.“ Fieberhaft überlegt Mara, woran sie Hendrik eindeutig erkennen könnte. Plötzlich kommt die Erleuchtung. Natürlich, sie waren vor einigen Jahren mit der Clara auf der Nordsee in die Ausläufer eines Sturms

geraten. Beim Reffen der Segel brach und quetschte sich ihr Bruder den Mittelfinger, der daraufhin genäht und geschient wurde. Die Bruchstelle ist leider schief angewachsen, und die rote Narbe der Naht erstreckt sich längs über den ganzen Finger und ist nie verblasst.

Aufgrund ihrer Schilderung zieht die Pflegerin vorsichtig die Decke beiseite, bis die rechte Hand sichtbar wird. Mara hält buchstäblich die Luft an und beugt sich hinunter. Doch alle Finger sind makellos, sieht man über den Dreck unter den Nägeln großzügig hinweg. Es handelt sich eindeutig nicht um Hendrik. Mara schüttelt den Kopf und wendet sich abrupt ab. Die Tränen lassen sich nicht mehr zurückhalten und tropfen hemmungslos auf den Boden.

„Es tut mir so leid“, meint die Frau und schiebt die aufgelöste Mara sanft aus dem Saal.

Diesmal leistet sie keinerlei Widerstand, als Ravi sie im Flur ohne ein Wort in die Arme nimmt und an sich drückt. Stützend geleitet er sie hinaus zum Auto.

Weiter geht die Reise in Richtung Kandy. Auf der Fahrt redet niemand ein Wort. Mara möchte am liebsten auf der Stelle umkehren, zu enttäuscht ist sie über den Misserfolg, tut ihr Bedürfnis jedoch nicht kund, obwohl ihr Ravis unmittelbare Nähe plötzlich Unbehagen einflößt. Seine spontane Annäherung im Krankenhaus hat wieder dieses undefinierbar gute Gefühl in ihr geweckt. Mit keiner Silbe hat er bis jetzt den gestrigen Abend erwähnt. Kann er den Kuss im Meer so einfach abhaken, als hätte es ihn und ihre Umarmung nie gegeben? Sie hingegen schafft es nicht. Immer wieder erscheint vor ihrem inneren Auge sein sinnlicher Mund, riecht sie seinen Atem und fühlt seine samtweiche Brust. Bei dieser Erinnerung zieht sich eine Gänsehaut über ihren Körper. Was passiert mit ihr? Sie glaubte sich bis vor zwei Tagen glücklich mit Lukas, plante eine genaue Zukunft mit ihm. Zu genau? Das Leben scheint offensichtlich nicht so lenkbar, wie allein ihre überstürzte Abreise zu dieser Trauminsel zeigt. Bei der nächsten Gelegenheit muss Ravi wissen, dass es in

Deutschland Lukas gibt. Es darf nicht weiter zu Missverständnissen kommen. Eventuell ist auch er gebunden und hat es ihr bisher nicht gestanden? Schließlich läuft niemand mit einem Schild *Bin schon besetzt* um den Hals durchs Leben. Längst trägt nicht jeder mehr einen Verlobungs- oder Ehering. Bei den meisten jungen Pärchen ist das in Europa fast aus der Mode gekommen. Maras Freundinnen, die schon vor den Traualtar getreten sind, haben darauf verzichtet, um sich lieber eine Hochzeitsreise für das Geld zu gönnen. Hier auf Sri Lanka wird es andere Beziehungsbräuche geben. Mara gesteht sich jedoch insgeheim ein, gar nicht wissen zu wollen, ob Ravi eine Freundin hat. Zu unerträglich wäre diese Vorstellung und verursacht augenblicklich Magenkrämpfe. Allerdings ist kaum anzunehmen, dass es sich bei so einem tollen Typen um einen Single handelt. Auf der anderen Seite hätten die Familienmitglieder sicher nicht auf Maras Mitfahren nach Kandy gedrängt, sondern dies eher mit Rücksicht auf die Gefühle der Freundin verhindert.

Das Stoppen des Jeeps an einer Brücke bereitet Maras Spekulationen ein jähes Ende.

„Komm, wir steigen aus. Du kannst eine Pause vertragen. Ich will dir was zeigen“, durchbricht Ravi das lange Schweigen.

Ohne zu zögern, folgt Mara seiner Aufforderung und ist froh, dadurch ihre Gedankenspiele zu verdrängen.

Von Weitem ist ein Rauschen zu vernehmen, und nach wenigen Minuten erreichen sie einen gigantischen Wasserfall, der sich etwa hundert Meter die Felsen hinab in die Tiefe stürzt. In der Gischt breitet sich ein Regenbogen aus, der in mehreren Pastellfarben schillert.

„Oh, das ist ja wunderschön“, lässt Mara ihrer Begeisterung freien Lauf. „Wo kommt denn hier das viele Wasser her?“

„Das feuchte Klima und die Lage zum Indischen Ozean spenden der Insel das gesamte Jahr über reichlich Regen, der sich in zahlreichen Flüssen vom Hochland aus den

Weg ins Meer bahnt." Ravi zückt seine Flachbildkamera aus der Jackentasche und bittet Mara, sich vor dem Wasserfall zu postieren, die seinen Wunsch gern erfüllt.
Nicht weit entfernt lädt ein lauschiges Restaurant zu einer Erfrischungspause ein. Seltsamerweise herrscht kein Massentourismus, wie man es an einem solchen Ort vermuten würde.
„Warum sind hier so wenige Leute?", hinterfragt Mara, kippt die kühle Kokosnussmilch gierig hinunter und kann sich vom Anblick des Naturereignisses kaum losreißen.
„Diesen Wasserfall kennen nur die Einheimischen. Die Touristen werden zu anderen geführt, bei denen es dann entsprechend zugeht. Ich meide diese Plätze."
„Bist du oft hier?"
„Immer, wenn ich nach Kandy fahre, mache ich einen Zwischenstopp. Das heruntertosende Wasser symbolisiert meine Gedanken, die häufig einem tiefen Fall ausgesetzt sind, aber dann unten wieder in einem Sammelbecken aufgefangen werden. Das tröstet mich jedes Mal."
„Bedrückt dich heute auch etwas?", wagt Mara einen Vorstoß auf Ravis Innenleben.
„Ich müsste lügen, um das abzustreiten. Wen plagen nicht Gewissensbisse oder andere Sorgen?" Mehr ist Ravi nicht zu entlocken.
Mara seufzt kaum hörbar. Wie schön wäre es, das Naturereignis mit Hendrik zusammen zu erleben. Außerdem wäre sein Rat hinsichtlich ihrer Gefühle zu Ravi Gold wert. Sie haben sich als Heranwachsende immer über alles ausgetauscht. Vor allem in Liebesangelegenheiten waren Hendriks Tipps aus direkter Sicht eines Mannes unbezahlbar. Er fand es zum Beispiel spannend, wenn eine Frau den ersten Schritt wagte, während Mara davon überzeugt war, dass eine Frau so etwas nie machen, sondern bis zum eindeutigen Zeichen des Mannes abwarten sollte. Hendriks Offenbarung gab sie damals gleich an Freundin Irene weiter, weil sie nämlich bis dahin vergeblich auf ein Annäherungszeichen von ihm gehofft hatte. Auf Maras

Rat hin lud sie Hendrik mutig zu einem DVD-Abend ein, zu dem die anderen angeblichen Gäste plötzlich abgesagt hatten. Von dem Zeitpunkt an waren die beiden ein Paar. Was würde Hendrik Mara in diesem Augenblick in Bezug auf Ravi raten? Das Flämmchen am Zündholz sofort zu löschen? Sie daran erinnern, dass zu Hause Lukas auf sie wartet? Dass sie rein gar nichts von Ravi und seiner fremden Kultur weiß und alles, was ihr in Deutschland vertraut und lieb ist, aufs Spiel setzen würde?
Hendrik hätte leider recht. Verstohlen schiclt Mara zu Ravis Profil, der selbst ganz mit seinen Gedanken der Welt entrückt zu sein scheint. Seine Stirn ist in Falten gezogen, und seine Augen lassen das sonstige Leuchten vermissen. Ob er an den gestrigen Abend denkt oder an seine Arbeit auf der Insel? Zu gern würde Mara in ihn hineinschauen. Womöglich wäre es dann leichter, ihn nur als netten Gastgeber zu betrachten.
Nun wäre solch ein Moment, wo ihr Mund ausspucken könnte: *Schade, dass mein Freund Lukas nicht hier ist. Das würde ihm auch gefallen.*
Los, Mara, sag es, flüstert ihre innere Stimme eindringlich. Stattdessen verhindert ein mächtiger Kloß im Hals, endlich Klartext zu sprechen.
Das magische Band zwischen Ravi und ihr würde sofort in tausend Stücke zerrissen, was ihr Herz nicht erträgt. Schon verrauscht die Gelegenheit, denn Ravi drängt zur Eile, weil der Termin im Botanischen Garten wartet.
Maras Gefühlskarussell nimmt erneut Fahrt auf, ohne irgendeinen Einfluss darauf nehmen zu können.

♥

KAPITEL 6

Der Botanische Garten in der Nähe von Kandy ist ein echtes Erlebnis für Pflanzen- und Blumenliebhaber.
Sowohl im Freien, als auch in Gewächshäusern, laden allein dreihundert Arten von Orchideen die Besucher zum Staunen ein. Insgesamt nennt die Anlage über viertausend verschiedene Blumen und Sträucher aus allen tropischen Teilen der Erde ihr Eigen. Einst als königlicher Lustgarten angelegt, verliehen ihm im 19. Jahrhundert die Briten sein heutiges Aussehen.
Während Ravi mit einem Gärtner in ein Gewächshaus verschwindet, nutzt Mara die Gelegenheit, Ama anzurufen, die sich sofort meldet, als hätte sie sehnsüchtig auf eine Nachricht gewartet. „Endlich. Ich mache mir solche Sorgen um dich. Hast du was über Hendrik herausgefunden?"
„Nein, ich habe heute in drei Krankenhäusern nach ihm geforscht. Er bleibt wie vom Erdboden verschluckt", gesteht Mara und hat ihrerseits Angst, dass die Großmutter diese Botschaft schlecht verkraftet.
„Gibt es denn den Hauch einer Chance, dass du ihn noch findest?"
„Hm ..." Mara möchte Ama die Illusion nicht gänzlich rauben. „Ich will weitersuchen", und etwas zögerlich, „stehst du mit Lukas in Kontakt?"
„Wieso fragst du? Telefonierst du nicht mit ihm?"
„Mein Akku wird nicht mehr lange halten. Deshalb hebe ich die restliche Sprechdauer für dich auf."
„Und was mache ich, wenn ich dich erreichen will?" Amas Stimme klingt dramatisch. „Ich sterbe, wenn ich nichts mehr von dir höre."
„Hast du einen Zettel und einen Stift zur Hand?"
„Ja."
Mara diktiert ihrer Großmutter sowohl die Handynummer

von Ravi, als auch die Festnetznummer seiner Eltern.
„Aber ich kann doch nicht so gut Englisch", protestiert Amalie.
„Es reicht, wenn du meinen Namen nennst. Dann weiß jeder dort Bescheid, und ich warne alle vor, dass du dich melden und nach mir verlangen könntest."
„Soll ich Lukas die Verbindungen durchgeben?"
Mara überlegt fieberhaft, was sie auf Amas Vorschlag antworten soll. Wenn Lukas tatsächlich bei Ravis Eltern anruft, kann die Familie zwei und zwei zusammenzählen, dass es sich um Maras Freund handelt. Will sie das riskieren? Womöglich nimmt Ravi das Gespräch entgegen. Er wird sich fragen, warum sie ihm gegenüber Lukas nie erwähnt hat. Sie wäre umgekehrt auch vor den Kopf geschlagen, zufällig von einer eventuellen Partnerin von Ravi zu erfahren. Deshalb lässt sie Amalie wissen: „Nein, brauchst du nicht. Ich schreibe Lukas besser eine Mail vom Internetcafé aus. Wirklich zu dumm, dass ich meinen Laptop in all dem Chaos nicht mitgenommen habe."
„Ist gut, Kind. Ich wäre so glücklich, wenn ihr Zwillinge endlich wieder bei mir wäret. Ich vermisse euch so sehr."
„Ich weiß. Bald wird das der Fall sein." Ganz so überzeugt wie zwei Tage zuvor klingt Maras Stimme nicht. Um Ablenkung bemüht, will sie Ama gerade davon vorschwärmen, in welchem Pflanzenparadies sie sich befindet, als ihr Handy seinen Geist endgültig aufgibt. „Mist!", entfährt es ihr. Nicht mehr entscheiden zu können, wann und mit wem man telefonieren möchte, ist wirklich gewöhnungsbedürftig. Auf einmal fühlt sich Mara schutzlos ohne Kontakt zur Heimat. Das Handy dabeizuhaben, vermittelt ihr immer eine Portion Sicherheit, vor allem, wenn sie allein unterwegs ist. Seit Lukas seine Lehrertätigkeit angefangen hat, ist er noch ausgehfauler als vorher. Oft klagt er über Müdigkeit und Überbelastung, die Mara ihm nicht so ganz abnimmt. Sicher spielen die Aufträge von Tante Gerlinde eine entscheidende Rolle dabei. Kaum ist Lukas von der Schule zurück, muss er

einkaufen, Rasen mähen und sich um den Hund kümmern. Für die Heftkorrekturen und die Vorbereitungen für die nächsten Unterrichtsstunden bleibt ihm deshalb allein der Abend übrig, wenn Tantchen vor dem Fernseher hockt. Deswegen hatten Mara und Lukas in den vergangenen Monaten öfter Streit. Aber demnächst wird sie selbst beurteilen, ob der Schulalltag die Lust auf abendliche Unternehmungen eindämmt. Sie liebt Kinobesuche bei Popcorn oder Nachos mit feurig-scharfer Soße oder Treffen mit ihren Freundinnen im Bistro, in dem es die besten Cocktails vom Stadtviertel gibt. Seit sie Studentinnen sind, nutzen sie die Happy Hour mit Drinks zum Vorteilspreis und quatschen oft, bis der Barkeeper die *Es-ist-Schluss-Glocke* läutet.
Irene ist meist mit von der Partie, was Hendrik nie gestört hat. Er hat es stets vorgezogen, Zeit für sich allein zu haben und an seinen Modellschiffen zu basteln. Wenn Mara dann nach diesen Unternehmungen ohne Begleitung nach Hause geht, weil Irene woanders wohnt, hat sie in einer Jackentasche das Handy, in der anderen Pfefferspray. Glücklicherweise kamen diese Schutzmaßnahmen bis heute nicht zum Einsatz. Apropos Einsatz : In diesem Moment fällt Mara ein, für ihre Großmutter viele Fotos von den exotischen Pflanzen im Park zu schießen. Vor allem begeistert natürlich die grandiose Orchideenvielfalt in allen erdenklichen Farben von Pink- über Violett-, Gelb- und Rottönen. Eine Art ist schöner, leuchtender und strahlender als die andere. Wie gern würde Mara sie alle einpacken und mit nach Hamburg nehmen. Eine der Hauptattraktionen in diesem paradiesischen Gelände ist eine riesige Birkenfeige, die auf mehreren Stelzen steht. Angeblich handelt es sich um den größten Baum der Welt. Einige Äste werden durch Pfähle abgestützt, weil der Baum sie nicht mehr tragen kann. Seine Krone überspannt sage und schreibe eintausendsechshundert Quadratmeter. Wenn man unter ihr durchläuft, wird ein Gefühl wie im Dschungel vermittelt. Mara schaut sich überall staunend

um, bis sie das andere Ende der imposanten Feige erreicht hat. Ravi will sie nach seiner Besprechung mit dem Gärtner dort abholen. So ist es verabredet. Doch von dem Landschaftsarchitekten fehlt jede Spur. Wahrscheinlich hat er sich einfach verplaudert und die Zeit vergessen.
Ratlos und auch ein wenig erschöpft lässt sich Mara auf einem Ausläufer des Baumriesen nieder. Zu dumm, dass ihr Handy nicht funktioniert. Geduldig zu warten, gehört nicht zu ihren Tugenden. Allerdings macht es keinen Sinn, Ravi entgegenzulaufen, der womöglich einen anderen Weg einschlägt.
Viele verschiedene Sprachen dringen an ihre Ohren, und immer wieder erstrahlt die Birkenfeige in einem Blitzlichtgewitter der zahlreichen Touristen, die sich in Gruppen oder einzeln der Faszination des Baumes hingeben.
Eine kleine niedliche Chinesin mit einem viel zu überdimensionierten Sonnenhut setzt sich dicht neben Mara und starrt mit ihren treuherzig blickenden Mandelaugen ungeniert ihr Seitenprofil an. Wahrscheinlich hat sie noch nie zuvor eine Frau mit blonden, lockigen Haaren gesehen, und Mara ist offensichtlich für sie viel interessanter als der Baum. Zögernd streckt die Kleine ihre Hand aus, um sanft eine Locke zu streicheln. Dabei behält sie mit festem Blick Maras Gesicht im Auge, das sich mit einem Lächeln zu ihr wendet. Bevor Mara jedoch etwas sagen kann, greifen zwei behaarte Männerarme nach dem Kind. Es wehrt sich mit Geschrei und zappelnden Beinen, als hätte man ihm gerade sein Lieblingsspielzeug entrissen. Schade, Mara hätte ihre neue Verehrerin gern fotografiert. Wann hat man schon mal solch ein nettes Erlebnis?
Mara weiß nicht, wie lange sie in Grübeleien versunken ist, als von hinten zwei Hände ihre Augen verdunkeln.
Natürlich errät sie sofort, wem sie gehören.
„Hat deine Familie Neuigkeiten?“, fragt Mara Ravi hoffnungsvoll.
Sein Lächeln weicht einer bedauernden Mimik, und er hebt die Schultern an, um sie gleich darauf wieder zu senken.

„Nein, tut mir wirklich leid. Ich habe eben mit meinem Vater telefoniert. Es gibt nichts Neues."
„Ich hätte nicht mitkommen sollen. Können wir nicht heute wieder zurückfahren? Ich komme mir so schlecht vor, hier in diesem Paradiesgarten zu sein, während Hendrik irgendwo auf dieser Insel dringend Hilfe braucht." Eine Träne bahnt sich über Maras Gesicht, die sie hastig mit dem Handrücken abwischt. Es ist ja nicht Ravis Schuld, dass ihr ein schlechtes Gewissen zusetzt. Schließlich war ihr Entschluss, ihn zu begleiten, freiwillig, auch wenn seine Familie auf charmante Weise nachgeholfen hat. Außerdem gesteht sie sich insgeheim ein, jede Sekunde zusammen mit diesem Mann zu genießen. Darum hofft Mara, dass Ravi ihrer Bitte nach dem Zurückfahren nicht folgt.
Er enttäuscht sie nicht. „Es wird in zwei Stunden dunkel, und du hast ja selbst festgestellt, wie miserabel die Straßenverhältnisse sind. Wir würden uns nur unvorhersehbaren Gefahren aussetzen", hält er ein Plädoyer fürs Bleiben. „Ich könnte dir dann auch gar nicht meine Überraschung zeigen." Dabei setzt Ravi die Miene eines kleinen Jungen auf, der hinter seinem Rücken etwas Selbstgebasteltes für den Muttertag verbirgt.
„Wahrscheinlich hast du recht. In einem der Schlaglöcher möchte ich auf keinen Fall stecken bleiben und womöglich einem Waran begegnen, der aus dem Unterholz kriecht und uns beim Reifenwechsel helfen will."
„Vernünftig." Ravi reicht Mara die Hand, um sie vom Baumstamm hochzuziehen.
Ungefähr nach hundert Metern über einen Pfad, den die Touristen wohl nicht kennen, erreichen sie hohes Schilf. Hinter ihm duckt sich eine Hütte, als würde sie Schutz suchen.
Mara traut ihren Augen nicht, als sie den darin gedeckten Tisch erblickt. Sogar eine Papiertischdecke mit Früchtemuster bildet die Grundlage für allerlei Köstlichkeiten.
„Wann hast du das denn hergerichtet? Ich dachte, du wärst

mit dem Gärtner unterwegs."
„War ich auch. Es war kein großer Zeitaufwand, den Proviant meiner Mutter aus dem Auto hierher zu holen."
„Da läuft mir das Wasser im Mund zusammen."
„Setz dich. Was möchtest du trinken? Kokosnussmilch oder Toddy?", übernimmt Ravi die Gastgeberrolle.
„Toddy? Was ist das?"
„Ein leicht alkoholischer Palmwein."
„Ist es dafür nicht zu früh?", gibt Mara zu bedenken. „Ich vertrage keinen Alkohol."
Ravi gießt trotz ihres Einwandes etwas aus der Flasche in einen Becher und hält ihn ihr hin. „Koste ihn einfach. Er ist wirklich harmlos."
Tatsächlich schmeckt dieses Gesöff himmlisch, und Mara spürt auf der Zunge ein Gefühl von Leichtigkeit, das ihr guttut. Beherzt greift sie nach den dargebotenen Delikatessen. Es gibt Roti, ein aus Mehl und Kokosraspel hergestelltes Fladenbrot, Papadam, Linsenmehl-Chips, Kavun, süße Ölkuchen und Curd, ein aus Büffelmilch gewonnener Joghurt.
„Lieb von deiner Mutter, uns so zu verwöhnen."
„Sie mag dich eben." Ravis Blick trifft bei seiner Feststellung Mara wieder ins Mark und lässt sie ungewollt erröten. Um ihre innere Unruhe zu übertünchen, betupft sie ihren Mund einige Male mit der Serviette, beginnt, die Teller zusammenzustellen und schlägt einen sachlichen Tonfall an. „Vielen Dank für das leckere Essen, aber sollten wir nicht aufbrechen? Wie du treffend bemerkt hast, wird es bald dunkel."
„Zu den Elefanten in Pinnawela schaffen wir es noch, wenn wir uns beeilen", greift Ravi ihren Vorschlag auf. Nachdem er den Picknickkorb mit den Resten im Auto verstaut hat, geht die Reise weiter.
Unterwegs erzählt Ravi, dass der Elefant hierzulande hohes Ansehen genießt und als Symbol der Kraft und Weisheit verehrt wird.
„Und was hat es mit dem Elefantenwaisenhaus auf sich?"

Beim besten Willen kann sich Mara nichts darunter vorstellen, kennt sie Elefanten lediglich aus dem Tierpark Hagenbeck.
„Das wurde gegründet, um kleine Jumbos zu retten, die ihre Mütter verloren haben."
„Verloren? Ich denke, Elefantenmütter lassen ihre Kinder niemals im Stich", wirft Mara ein.
„Nicht im Sinne von *verlassen*, sondern die Kleinen haben ihre Mütter durch Wilderer verloren, die sie getötet haben. Ohne die Mutterkühe würden die Babys nicht überleben."
„Wie traurig."
„In der Auffangstation werden sie sofort von älteren Elefantenkühen adoptiert oder von den Pflegern mit der Flasche großgezogen."
„Nun hast du mich endgültig neugierig gemacht. Ich habe so etwas noch nie gesehen."
Kaum hat Mara den letzten Satz ausgesprochen, passiert der Wagen die Einfahrt zum Waisenhaus und hält vor einem Restaurant.
„Ein Gasthaus im Waisenhaus für Elefanten?", bemerkt Mara ungläubig.
„Das spült zusätzliches Geld in die Kasse, denn welcher Tourist möchte heutzutage nicht überall kulinarisch verwöhnt werden?"
„Alles wird vermarktet, aber wenn es den Tieren hilft, ist es ja sinnvoll."
Ravi nimmt Mara an der Hand und treibt zur Eile.
„Vielleicht sind wir noch rechtzeitig, um das Spektakel im Oja Fluss mitzuerleben."
„Was für ein Spektakel?"
„Überraschung."
Dicht gedrängt zwischen zahlreichen Besuchern erobern Mara und Ravi einen Platz auf den Restaurantterrassen direkt am Geländer. Von hier aus hat man eine uneingeschränkte Sicht auf die rund siebzig Elefanten, die mit ihren Mahouts wie bei einer Prozession in Richtung Fluss marschieren, um im kühlen Nass zu baden.

Der Anblick ist so einzigartig, dass Mara zunächst Ravis Arm um ihre Schultern gar nicht registriert.
Wie niedlich die kleinen Dickhäuter im Wasser spielen und von den anderen bespritzt werden.
Glutrot steht die Sonne über dem Fluss, und die Tiere werden von den Mahouts wieder an Land getrieben.
Plötzlich spürt Mara Ravis Atem dicht an ihrem Hals, sodass sich prickelnd die feinen Härchen in ihrem Nacken aufstellen. Sie wagt es nicht, zur Seite zu blicken, denn dann würden sich unweigerlich ihre Lippen treffen. Das darf nicht noch einmal passieren, sonst wird sie Lukas nicht mehr ohne Schuldgefühle unter die Augen treten können.
Glücklicherweise taucht, wie im Universum bestellt, ein junger Einheimischer hinter ihnen auf und schlägt Ravi freundschaftlich auf den Rücken. Damit gehört der kritische Moment der Vergangenheit an.
„Hey, Ravi, was machst du hier? Warum hast du dich nicht angekündigt?“
Es ist Ravi an seiner Mimik anzumerken, sich ungern von Mara zu lösen, um sich dem Fremden zuzuwenden. „Hallo, Elijoan. Ich bin spontan hier, um euer Waisenhaus meinem Gast zu zeigen. Darf ich dir Mara aus Deutschland vorstellen?“
„Freut mich sehr, deine Bekanntschaft zu machen.“ Ein dunkelgrünes Augenpaar strahlt Mara an. „Verbringst du deinen Urlaub bei uns?“
„Eher nicht. Ich suche meinen Bruder auf der Insel.“ Mara erstattet kurz Bericht und stellt rein obligatorisch die Frage an Elijoan, ob er etwas von der Jacht und dem Verschwinden Hendriks gehört hat.
Dieser schüttelt den Kopf. „Bis hierher dringen solche Nachrichten von der Küste nicht. Es tut mir leid für dich, aber ich werde die Ohren offenhalten, versprochen.“
Dafür erntet er von Mara gleich einige Sympathiepunkte.
„Darf ich euch zum Essen einladen? In einer Stunde gibt es ein tolles Currybufett“, schlägt Elijoan vor und wendet

sich an Ravi, „bis dahin könntet ihr eine Runde auf Nelly reiten."
„Nelly?" Mara kapiert nicht, was er damit meint.
Ravis Erklärung folgt umgehend. „Bei Nelly handelt es sich um Elijoans Lieblingselefanten. Es ist eine Ehre, auf ihm reiten zu dürfen."
„Das ist unglaublich toll, aber werden wir nicht in Kandy längst von deinen Verwandten erwartet?", gibt Mara zu bedenken. Insgeheim ist ihr die Aussicht auf einen Elefantenritt nicht geheuer. Sie möchte sich ungern wieder blamieren, wie schon so oft in den letzten Tagen.
Bevor Ravi etwas erwidert, brummt Elijoans Handy. Er entschuldigt sich für einen Moment, tritt beiseite und kehrt nach zwei Minuten zurück. „Die Fahrt nach Kandy könnt ihr für heute knicken. Dorthin kommt vor morgen früh niemand mehr."
„Wieso?", will Mara wissen.
Elijoan setzt eine ernste Miene auf. „Mich hat gerade der Tierarzt angerufen, der nach einer erkrankten Elefantenkuh schauen wollte, aber es nicht mehr hierher schafft. Vor einer Stunde sind zwei Lastwagen zusammengestoßen, und seitdem ist die Straße nach Kandy bis auf Weiteres gesperrt. Zum Glück ist nur die Ladung beschädigt und kein Insasse."
„Vielleicht ein Wink des Schicksals, der besagen soll, heute nach Weligama zurückzufahren?" In Mara keimt ein Hoffnungsschimmer auf. Ihr Gewissen belastet sie immer mehr. Sie besichtigt alle möglichen Sehenswürdigkeiten wie eine Touristin, statt sich verstärkt um die Suche nach Hendrik zu kümmern. Ama wartet auf positive Nachrichten.
Wieder antwortet Elijoan: „Das kannst du genauso vergessen. Die Strecke ist nachts lebensgefährlich." Er legt Ravi eine Hand auf die Schulter. „Selbstverständlich übernachtet ihr hier. Die Gästehütte, in der sonst der Tierarzt schläft, ist nun frei."
Auch das noch. Auf keinen Fall will Mara mit Ravi das

Nachtlager teilen. Ist sie irrtümlich in einen Film geraten? Solche Zufälle lassen sich nur Drehbuchautoren einfallen. Widerspruch scheint jedoch zwecklos, denn Ravi bedankt sich sogleich für Elijoans rettendes Angebot.

Keine fünf Minuten später befinden sie sich mit ihrem Gepäck auf dem Weg zum Gästeresort. Es ist umgeben von einem stabilen Zaun, wohl, um unliebsame Eindringlinge fernzuhalten. Wer würde schon gern in seinem Bett mit einem Elefanten oder gar mit einem Raubtier kuscheln?

Elijoan stoppt vor der dritten Rundhütte, die wie alle anderen komplett aus Bambus besteht, und öffnet die Tür. Sie werden von einem kleinen Raum empfangen. Das französische Bett mit Moskitonetz nimmt viel Platz ein, sodass es für Kleidung nur einen Ständer und ein Korbregal gibt.

„Ich hoffe, das passt so für euch. In einer Stunde werden auf der Terrasse Sundowner serviert, und anschließend könnt ihr euch am Bufett bedienen“, meint Elijoan und ergänzt mit einem verschmitzten Lächeln, „vielleicht tröstet euch das ja darüber hinweg, nicht mehr nach Kandy zu gelangen. „Bis später.“ Dann ist er verschwunden.

Erst nach einigen Sekunden bricht Mara ihr Schweigen und lässt sich auf dem einzigen Stuhl in der Hütte nieder. „Wieso entscheidet dein Freund einfach alles?“

„Weil er der Pächter ist. Er kennt sich nicht nur mit Elefanten und ihren Bedürfnissen sehr gut aus, sondern kocht auch sensationell. Beides vereint er hier wunderbar. Inzwischen locken seine einzigartigen Currygerichte auch die Einheimischen her.“

Es fällt Mara schwer, das Thema auf die bevorstehende Nacht zu lenken, aber es hilft nichts. Mit stockender Stimme trägt sie ihr Anliegen vor. „Wenn Elijoan so ein guter Freund von dir ist, kannst du nicht bei ihm schlafen?“

Ravi, der gerade seinen Kulturbeutel aus der Reisetasche holt, dreht sich zu Mara um. „Glaubst du, ich würde diese

Notsituation ausnutzen und dir zunahetreten?"
„Natürlich nicht", bemüht sich Mara um Schadensbegrenzung, denn ihre Bitte ist ihr peinlich. Außerdem denkt sie hauptsächlich an sich. Würde sie neben diesem Mann einen ruhigen Schlaf finden? Wohl kaum.
„Ich glaube nicht, dass Jenny mich auf die Besucherritze einlädt." Ravi grinst.
„Wer ist Jenny?"
„Elijoans amerikanische Frau."
Froh darüber, dass Ravi ihr Anliegen auf die amüsante Schulter nimmt, vertieft Mara dieses Thema. „War sie als Touristin hier und hat sich in ihn verliebt?"
„Es war umgekehrt. Elijoans hat Jenny auf seinem Trip durch die USA in Dallas kennengelernt. Ihm waren die Dollars ausgegangen, und er musste die Reise per Anhalter fortsetzen. Das einzige Fahrzeug, das hielt, war Jennys. Einige Wochen danach besuchte sie ihn auf Sri Lanka und ist geblieben."
„Klingt romantisch."
„Ja, die beiden sind ein eingespieltes Team. Jenny leitet den Marketingbereich sehr erfolgreich und hat immer neue Ideen, Gäste anzulocken. Man kann sich sogar auf einem Elefanten das Jawort geben. Für ein Hochzeitspaar ist ein Elefantenritt nach unserer Tradition ohnehin ein Muss, denn er bringt ihm Glück."
Mara schaut skeptisch.
„Du glaubst mir nicht? Wenn du eines Tages hier einmal Urlaub machst, erlebst du vielleicht eine solche Hochzeit mit."
Mara ertappt sich bei dem Gedanken, sie würde mit Lukas auf diese Weise den Bund der Ehe eingehen, und Tante Gerlinde würde von einem anderen Elefanten aus Regieanweisungen erteilen. Sie kann nicht anders und lacht über ihren eigenen Einfall. Dafür erntet sie von Ravi ein Stirnrunzeln mit unsichtbaren Fragezeichen.
Fieberhaft sucht Mara nach einer plausiblen Erklärung für ihren Lachanfall, denn eine Hochzeit mit Lukas möchte sie

natürlich nicht thematisieren. „Ich dachte gerade an eine Bekannte, die ich mir auf dem Rücken eines Elefanten urkomisch vorstelle“, verkündet sie scheinheilig.
Offensichtlich gibt sich Ravi damit zufrieden. „Apropos, wollen wir nicht auf Nelly eine Runde reiten? Es bleibt gerade genügend Zeit vor dem Essen.“
„Hm ... ich habe Höhenangst.“ Diese Beichte entspricht wenigstens der Wahrheit.
Diese Beichte amüsiert Ravi erkennbar, indem er in Gelächter ausbricht. „Na, du bist immerhin nach Sri Lanka geflogen, und so hoch ist es auf dem Rücken eines Elefanten auch wieder nicht. Du hältst dich einfach an mir fest. Wir veranstalten mit Nelly ja kein Rennen. Alles geht ganz gemächlich zu, und ihr Mahout ist sowieso mit von der Partie.“
„Also schön.“ Auf keinen Fall möchte Mara als Feigling gelten.
Es sind nur wenige Minuten Gehzeit, bis sie ein größeres Elefantengehege erreichen. Ein Mahout erspäht sie und begrüßt Ravi. „Du bist lange nicht mehr bei uns gewesen. Elijoan hat mir Bescheid gegeben, dass ich Nelly für euch bereithalten soll.“
„Prima, Babu, dann kann es ja gleich losgehen“, sagt Ravi erfreut. „Das ist übrigens Mara aus Hamburg. Es wird ihr erster Ritt auf einem Elefanten.“
Als der Mahout Maras argwöhnischen Blick erhascht, beruhigt er gleich: „Nelly ist eine unserer gutmütigsten Elefantenkühe. Also keine Angst.“ Er pfeift durch die Zähne, und gleich löst sich ein Dickhäuter aus der Herde und trabt gemächlich auf sie zu. Er ist bereits für einen Ausritt präpariert.
„Und wie sollen wir auf das riesige Tier klettern?“, fragt Mara auf einmal von einem mulmigen Gefühl befallen. Hätte sie sich doch nur zu ihrer Feigheit bekannt. Nun gibt es wohl kein Zurück mehr.
Ravi deutet auf eine Holzplattform in kurzer Entfernung. „Die Mahouts machen es den Touristen natürlich bequem.

Wir brauchen lediglich die Stufen zu erklimmen, während sich Nelly davor stellt."
Babu führt das Tier bis zur Plattform, so, wie Ravi es prophezeit hat. Zuerst steigt Mara vorsichtig über die niedrige Metallbrüstung, die auf dem Elefantenrücken befestigt ist, gefolgt von Ravi.
Danach heißt es, rechts und links auf einem der Bänkchen Platz zu nehmen.
Entsetzt schaut Mara in die Tiefe. Runterzufallen würde unweigerlich schlimme Verletzungen verursachen. Nicht auszudenken, wenn sie womöglich nicht nur ohne Hendrik zu Ama heimkehrt, sondern zusätzlich mit Blessuren. Krampfhaft umklammert Mara das Geländer.
Langsam führt Babu den Elefanten in Richtung Fluss.
Zugegeben, wenn der fast vier Tonnen schwere Koloss vor sich hinstapft, schaukelt das etwas, aber Mara gesteht sich ein, dass dies im Vergleich zu den schlaglochbestückten Straßen bei der Anfahrt erholsam ist. Nur als es zum Fluss ein Stück bergab geht, kriecht wieder ein beklemmendes Gefühl in ihr hoch.
Als würde Ravi ahnen, was sie fühlt, ergreift er ihre freie Hand und hält sie fest. „Na, wie gefällt es dir? Haben wir nicht eine traumhafte Aussicht von hier oben?"
Mara schaut zum Fluss, der in der untergehenden Sonne golden schimmert. „Ja, du hast recht. Vielleicht könnte ich mich sogar daran gewöhnen."
„Wenn du dich traust, lässt uns Babu sicher auf dem Rückweg nach vorn klettern und den Logenplatz auf Nellys Hals einnehmen."
„Das ist nicht dein Ernst?" Mara glaubt, sich verhört zu haben.
„Mein voller. Ich setze mich ganz nach vorn, und du steigst hinter mich." Ohne eine weitere Reaktion von Mara abzuwarten, bittet Ravi Babu anzuhalten.
Keine drei Sekunden später hockt Ravi direkt hinter Nellys Kopf. Er dreht sich zu Mara um und lächelt sie aufmunternd an. „Trau dich!"

Ihr kommt dieses Abenteuer vor, als müsste sie über einen Graben Krokodile springen. Mit äußerster Konzentration kriecht Mara auf allen vieren hinter Ravis Rücken und schickt den Wunsch ins All, bloß nicht das Gleichgewicht zu verlieren. Es geht wider Erwarten alles gut. Sie presst ihre Schenkel gegen den Dickhäuter und umschließt mit ihren Armen Ravis Brust.
Auf den Befehl von Babu wendet Nelly und tritt die Rückreise an.
Vorn schaukelt es weit mehr, und Mara vergräbt ihr Gesicht an Ravis Schulter, um einen Blick in die Tiefe zu vermeiden. Sein Geruch betört sie erneut und lässt sie von einer Sekunde auf die andere jegliche Furcht vergessen. Es ist auf einmal sogar ihr Wunsch, dass dieser Elefantenritt nie enden möge. Ist sie in Ravi verliebt? Wenn dieser Mann solche Gefühle in ihr weckt, welche bleiben für Lukas übrig? Gäbe es nur einen Knopf, mit dem sie ihr Empfinden aus und den Verstand dafür einschalten könnte. Sie muss zukünftig mehr Abstand zu Ravi halten, aber leichter gedacht als getan. Schließlich wartet eine gemeinsame Nacht in der Hütte auf sie. Nie hätte Mara es in ihren kühnsten Träumen für möglich gehalten, sich für jemanden außer Lukas ernsthaft zu interessieren. Wäre er mitgeflogen, säße sie in diesem Moment nicht auf einem Elefanten und würde sich an einen anderen Mann klammern. Aber vermisst sie Lukas wirklich? Wenn Mara ehrlich zu sich ist, verschwendet sie selten einen Gedanken an ihn, seit sie auf der Insel eingetroffen ist. Hoffentlich hat die Suche nach Hendrik bald ein gutes Ende, und sie kann nach Hamburg zurückkehren. Ihr Bruder wird mindestens acht bis zehn Wochen benötigen, um die Clara nach Hause zu segeln. Theoretisch hätte sie Zeit, ihn zu begleiten, aber sie bringt es nicht übers Herz, Ama so lange allein zu lassen.
Die ganzen Überlegungen nützen ohnehin nichts, denn erst muss Hendrik wieder auftauchen.
Schließlich erreicht Nelly die Holztreppe.

Mara tastet sich vorsichtig rückwärts auf das Transportgestell und wartet auf der Bank, bis Ravi es ihr gleichgetan hat. Dann reicht er ihr die Hand, um vom Dickhäuter wieder auf die Treppe zu gelangen.
Als sie unten landen, hält Babu Mara einen Apfel hin.
Im ersten Moment denkt sie, er wäre für sie bestimmt, aber zum Glück fällt ihr rechtzeitig vor dem Hineinbeißen ein, dass er für Nelly sein könnte.
Prompt meint Babu: „Wenn dir der Ausflug gefallen hat, darfst du Nelly mit dem Apfel belohnen."
„Oh ja, vielen Dank. Es war eine tolle Erfahrung, die ich nicht vergessen werde." Mit der Frucht in der einen Hand nähert sich Mara dem Tier, mit der anderen streicht sie ihm sanft über dem Rüssel. Wie weich der sich anfühlt.
Nelly wartet geduldig, bis Mara ihr die begehrte Belohnung zaghaft ins Maul legt.
„Wollt ihr unser neustes Baby sehen?", schlägt Babu vor. „Ich muss ihm die Flasche geben."
„Ja, gern", ruft Mara begeistert aus, während Ravi einen Blick auf seine Armbanduhr wirft.
„Wir sollten allmählich zum Essen ins Restaurant gehen."
„Kann das nicht noch warten?" Fast flehend sieht Mara zu Ravi hinüber. „Wahrscheinlich werde ich nie wieder einem Elefantenbaby so nahe sein."
Unterstützt wird ihre Bitte durch ein heftiges Kopfnicken von Babu.
„Also gut", gibt Ravi nach.
Der Mahout schreitet allen voran in Richtung eines Gebäudes, in dem er kurz verschwindet und in dem sich die Versorgungsstation für die Tiere befindet. Mit einer Milchflasche kehrt er zurück und führt Ravi und Mara zur Kinderstube.
Ein niedliches Elefantenbaby harrt am Gatter aus und streckt Babu den kleinen Rüssel entgegen.
„Oh, ist das putzig", tut Mara ihre Begeisterung kund. „Wie heißt sie denn?"
„Es ist ein Bulle, und er heißt Meneke", klärt Babu auf.

„Du darfst ihm die Flasche geben." Er öffnet das Tor einen Spalt und schiebt Mara hinein.
Gierig saugt der Kleine an der Flasche, die Mara mit zwei Händen festhält, um der Kraft des Elefanten entgegenzuwirken.
Diesen lustigen Anblick nutzt Ravi für ein Foto, was Mara erst bemerkt, als der Blitz angeht. „Hey, ich habe gar nicht gelächelt."
„Es ist auch so ein schönes Foto geworden. Viel natürlicher als immer diese gestellten Aktionen."
„Ich fotografiere euch beide mit Nelly zusammen, wenn ihr wollt", ergreift Babu die Initiative. „Schade, dass du mir den Apparat nicht vorher gegeben hast, Ravi, sonst hätte ich euch beim Ritt abgelichtet."
„Ich habe total vergessen, dass die Kamera wieder in meinem Besitz ist. Ich hatte sie Mara für den Botanischen Garten ausgeliehen."
Nachdem Meneke die Flasche geleert hat, verabschiedet sich Mara wehmütig von ihm, bevor sich Babu beeilt, ein Foto mit Nelly, Ravi und ihr zu schießen.

KAPITEL 7

Wahrscheinlich trägt die wegen des Unfalls gesperrte Straße nach Kandy daran Schuld, dass die Restaurantterrasse nicht wie sonst aus allen Nähten platzt. Einige gedeckte Tische sind leer geblieben. Das tut dem romantischen Ambiente jedoch keinen Abbruch. Zahlreiche Fackeln am Geländer und Windlichter auf den Tischen laden zum Verweilen bei einem guten Wein und exotischem Essen ein. Wie geschaffen für Hochzeitsreisende oder verliebte Pärchen.

Der unvergleichliche Duft nach Curry zieht über das Gelände und regt den Appetit an.

Elijoan ist hinter einer Theke als Koch in seinem Element und winkt Mara und Ravi zu sich, als er sie entdeckt. „Ich habe euch gleich den Tisch dort vorn mit Blick auf den Fluss und nahe am Bufett reserviert." Von Mara möchte er wissen: „Wie gefällt dir meine Nelly? War sie anständig?"

„Ja, vielen Dank, dass ich auf ihr reiten durfte. Es war ein ganz besonderes Erlebnis."

„Sicher habt ihr beide großen Hunger. Vom Sundowner habe ich zwei Gläser für euch beiseite geschmuggelt."

Elijoan drückt Ravi die Getränke in die Hand und bietet Mara eine kleine Einweisung in die Geheimnisse der Currygerichte an.

Gespannt lauscht sie seinen Erklärungen.

„Die meisten Europäer kennen Curry als Gewürz. In Wahrheit ist es kein einzelnes, sondern eine Mischung aus verschiedenen Gewürzen. Einheitliche Currys gibt es nicht, denn jeder Koch und jede Hausfrau setzt den Ehrgeiz daran, eine besonders raffinierte, eigenständige Currysoße zu kreieren."

Maras neugieriger Blick in die verschiedenen Töpfe veranlasst Elijoan weiterzureden. Man merkt ihm an, dass

er mit Leib und Seele seinen Beruf ausübt. „Weißt du, warum die Currys unterschiedliche Farben haben?"
„Nein, keine Ahnung", gesteht Mara.
„Weiße Currys basieren auf Kokosmilch und sind meistens mild und suppig. Die roten enthalten in erster Linie viel Chili. Für ungeübte Gaumen ist also Vorsicht angesagt. Sehr beliebt bei den Touristen sind die schwarzen Currys, die dunkelbraun-gerösteten Koriander, Kreuzkümmel und Fenchel enthalten."
„Was empfiehlst du mir denn zum Anfang?"
„Wenn du gern Fisch magst, wird dir das Garnelencurry schmecken. Es hat allerdings Chili. Weniger scharf ist das Hühnercurry. Probieren darfst du sie natürlich alle."
Mara bedankt sich für den Kochkurs und nimmt mit Ravi an dem für sie reservierten Tisch Platz, nachdem er sich Gemüsecurry bestellt hat.
Dazu reicht eine Kellnerin im Sari eine große Schüssel mit Reis.
Ravi und Mara prosten sich mit dem Sundowner zu.
„Soll ich einen Wein und ein Wasser für uns bestellen?", bricht Ravi das Schweigen.
„Ja, gute Idee. Damit löschen wir die Schärfe des Currys ein wenig", sagt Mara, der dieses vertrauliche Beisammensein nicht geheuer erscheint, um einen neutralen Tonfall bemüht. Wie gern würde sie einen solchen Abend genießen. Stattdessen denkt sie unentwegt an die kommende Nacht und wie sie überhaupt nach Hendrik weitersuchen soll. Selbst eine Eingebung aus dem Universum lässt sie im Stich.
Elijoans plötzliches Auftauchen am Tisch bereitet ihren Grübeleien glücklicherweise ein Ende.
Er serviert gleich den Nachtisch auf einem Tablett gefüllt mit Bananen, Mangos und Avocados. Ein Schälchen Sahne und eines mit Zucker finden auf dem Tisch ebenfalls ihren Platz. In Sri Lanka schließt man eine Mahlzeit natürlich mit einem Ceylon Tee ab, den Elijoan in die Tassen gießt. Anschließend leistet er Mara und Ravi Gesellschaft.

Mara ist erleichtert, nicht mit Ravi allein zu sein. Er schaut sie nämlich, seit sie am Tisch sitzen, ganz besonders an, so, als wollte er ihr etwas Wichtiges erzählen.
„Na, Mara, wie haben dir die Currys geschmeckt? Magst du noch ein anderes probieren?“, bietet der Koch an.
„Es war alles super, und wenn mein Magen größer wäre, würde ich bestimmt einen Nachschlag annehmen.“
„Dann bin ich beruhigt.“
„Wo steckt überhaupt deine Frau? Jenny habe ich den ganzen Abend noch nicht gesehen“, erkundigt sich Ravi.
„Es tut ihr leid, sie kümmert sich um die Abrechnungen kümmern und gibt Bestellungen auf. Vielleicht trefft ihr sie morgen beim Frühstück. Jedenfalls soll ich euch herzlich willkommen heißen.“
Insgeheim bedauert Mara, Jenny nicht zu begegnen. Möglicherweise hätte sie das Gespräch auf eine separate Übernachtungsmöglichkeit für Ravi lenken können. Nun ist diese Chance dahin. Das Unvermeidliche rückt näher und bereitet ihr Magenschmerzen.
Auch Ravi scheint das Schlafengehen hinauszuzögern, denn immer, wenn Elijoan Anstalten macht, sie allein zu lassen, verwickelt er seinen Freund in ein neues Gesprächsthema.
Als die letzten Gäste gegen Mitternacht gegangen sind und die Bediensteten das Bufett aufgeräumt haben, verabschiedet sich der Currykoch jedoch endgültig, denn es verbleiben nur wenige Stunden Schlaf, bevor das Restaurant für Frühaufsteher wieder öffnet.

♥♥♥

In der Hütte stellt Mara entsetzt fest, dass es dort kein Badezimmer gibt. „Wo sind die Toiletten und die Duschen?“
„Für alle Rundhütten dient ein gemeinsamer Waschraum. Ich zeige ihn dir. Komm mit.“
„Wie? Das heißt, die Hütte nachts verlassen zu müssen

und im Finsteren zum Toilettenhäuschen zu laufen? Das darf nicht wahr sein." Wenn Mara gedacht hat, die gemeinsame Nacht wäre das einzige Problem, wird sie in diesem Moment eines Besseren belehrt.
„Das ist kein Luxusresort. Wo wäre in dieser Hütte Platz für ein Bad?"
„Dann schlage ich am besten gleich mein Lager im Waschraum auf", äußert Mara ihren Frust in einem patzigen Tonfall. „Hätte ich das gewusst, wäre ich sparsamer mit den Getränken gewesen.
„Das würde ich mir an deiner Stelle sehr gut überlegen. Hier unter dem Moskitonetz bist du geschützt vor den Stechmücken. Im Badehaus nicht. Außerdem kriechen diverse andere Tierchen draußen rum, deren Bekanntschaft du auf keinen Fall machen möchtest. Ich empfehle dir, feste Schuhe zu tragen."
„Was genau meinst du für Viecher?" Mara läuft eine Gänsehaut bei dem Gedanken über den Rücken, auf etwas Ekliges zu treten.
„Skorpione, Carudas, Schlangen."
„Oh nein, wie widerlich. Was sind denn Carudas?"
„Rötlichbraune Hundertfüßer mit bis zu fünfzig Beinpaaren."
„Bei uns gibt es Tausendfüßer, aber die sind völlig harmlos."
„Carudas sind unangenehme Zeitgenossen. Wenn sie dir über den Fuß laufen und sie sich von dir angegriffen fühlen, sondern sie ein Sekret ab, das zu schmerzhaften Verätzungen führt. Zusätzlich verfügen sie über Kieferzangen, über die sie bei einem Biss ein Zellen zersetzendes Gift injizieren."
„Und kann man daran sterben?"
„Das zwar nicht, aber der Biss führt zum starken Anschwellen der Haut und zu sehr schmerzenden Wunden."
„Wirklich keine angenehme Vorstellung", schaudert es Mara, die sich daraufhin die Hosenbeine ihrer Jeans in die Schuhe stopft.

„Auf jedem Nachttisch liegt extra eine Taschenlampe, damit man den Weg zum Waschraum zusätzlich ausleuchten kann."
„Sehr beruhigend", klingt es wenig überzeugt aus Maras Mund. Hätte sie doch bloß nicht wegen des scharfen Currys so viel getrunken. Bestimmt muss sie deswegen später auf die Toilette. Zu dumm, dass ihr das mit dem fehlenden Bad nicht gleich aufgefallen ist. Zu sehr war sie mit ihren Vorstellungen hinsichtlich des gemeinsamen Schlaflagers mit Ravi beschäftigt. Schließlich kann sie ihn nicht extra wecken, um ihr Geleitschutz zur Toilette zu geben.
„Sollen wir?" Ravi ist mit einer Taschenlampe bewaffnet und hält Mara ebenfalls eine hin. „Ich gehe vor und sichte mögliche Gefahren."
Warum grinst Ravi so? Macht er sich über Mara lustig? Sie ergreift das für Gäste bereitgelegte Handtuch vom Bett und ihre Kosmetiktasche aus dem Handkoffer. Ursprünglich hatte sie vor, ihre Nachtsachen, bestehend aus einem Spaghettiträger-T-Shirt und einer Boxershorts, im Waschraum anzuziehen, um sich nicht vor Ravi in der Hütte zu entblößen. Dieses Vorhaben wird jedoch in Anbetracht einer möglichen Begegnung mit Carudas und Co gleich verworfen.
Mit leicht beschleunigtem Puls folgt Mara ihrem potenziellen Beschützer dicht auf den Fersen.
Glücklicherweise leuchten die Taschenlampen den Pfad gut aus, denn das Licht der kleinen Laternen am Wegesrand spenden wenig Helligkeit.
Etwa die Hälfte der Strecke zum Badehaus ist bewältigt, als Ravi plötzlich stehen bleibt und den Schein seiner Taschenlampe ins Gestrüpp richtet. „Dort, siehst du den roten Caruda? So ein großes Exemplar habe ich ja noch nie gesehen!"
Fast meint Mara, Begeisterung aus Ravis Stimme zu hören. Intuitiv drängt sie sich ängstlich an ihn. „Ich möchte das Ungeheuer gar nicht anschauen, sonst spukt es als Alb-

traum heute Nacht in meinem Kopf herum. Lass uns bitte weitergehen."
„Dein Wunsch sei mir Befehl."
Sie erreichen den Waschraum ohne neue tierische Vorkommnisse, und auch auf dem Rückweg drohen keine Attacken.
Eines weiß Mara ganz sicher: Sie wird sich eher alles durch die Rippen schwitzen, als allein hier entlangzulaufen. Direkt erleichtert betritt sie die Hütte, und Ravi, der zu ahnen scheint, dass sie sich nicht vor ihm umziehen möchte, bleibt draußen.
„Ich schnappe noch ein bisschen Luft und schau, ob mein Onkel aus Kandy auf meine Nachricht geantwortet hat."
Von Luft schnappen kann kaum die Rede sein, denn sogar in der Nacht ist es so schwül wie am Tag. Aber Mara ist Ravi dankbar für seine Rücksichtnahme.
Als er später in der Hütte auftaucht, liegt Mara bereits unter dem Moskitonetz im Bett wie eine Mumie, denn das Laken lässt einzig ihren Kopf hinausschauen. Schweißperlen bilden sich auf ihrer Stirn, woran nicht nur ein fehlender Ventilator die Schuld trägt. Es gelingt ihr nicht, den Blick abzuwenden, als sich Ravi seiner langen Hose und des Hemdes entledigt. Sein Körper ist einfach makellos. Seine braune Brust glänzt im faden Licht der kleinen Deckenleuchte, und seine Bewegungen sind grazil, ohne unmännlich zu wirken. Wie soll Mara ihren beschleunigten Herzschlag unter Kontrolle bringen? Sie hat Sorge, dass auch er ihn wahrnimmt, sobald er neben ihr ruht. Doch das Leben lehrt, sich häufig unnötig über ungelegte Eier Gedanken zu machen.
Statt sich ins Bett zu begeben, schnappt sich Ravi das für ihn bestimmte Kissen und Betttuch und legt sich auf den Boden.
Maras Enttäuschung und Erstaunen stehen ihr ins Gesicht geschrieben. Zaghaft wagt sie zu fragen, ob der Boden nicht zu hart ist.
„Kein Problem, mich stört das nicht. Als Jugendlicher

habe ich oft am Strand geschlafen. Sand ist nicht weicher."
„Aber du hast keinen Schutz vor den Mücken."
„Einheimische schmecken denen nicht. Sie sind auf Touristen gedrillt."
„Wie du meinst, dann knipse ich das Licht aus. Gute Nacht."
„Danke, dir auch und lass den Caruda nicht in deine Träume."
Wenig später verraten seine gleichmäßigen Atemzüge, dass Ravi bereits eingeschlafen ist.
Ganz anders Mara. Aufgrund mangelnder Fenster ist es in der Hütte stockfinster, was ihr Unbehagen einflößt. Zu Hause in Hamburg dringt nachts immer etwas Licht von draußen in ihr Zimmer, sodass man wenigstens die Umrisse erkennt. So gänzlich ohne Orientierung zu sein, ist Mara nicht gewohnt. Selbst bei Ravis Eltern im Gästezimmer hat sie sich ohne Lampe zurechtgefunden.
Möglichst leise, um ihren Begleiter nicht zu wecken, wälzt sich Mara hin und her. Ohne jegliches Zeitgefühl weiß sie nicht, wie lange ihre Schlaflosigkeit andauert, als plötzlich ein Zischen direkt über ihrem Kopf ihre Aufmerksamkeit erregt. Bildet sie sich das Geräusch ein? Da, wieder dieses Zischen, sogar ein wenig näher. Lassen Schlangen nicht ihre Zunge vibrieren und erzeugen dabei einen solchen Laut? Auf einmal macht es Klick in Maras Kopf, und sie stößt einen gellenden Schrei aus, der sicher geeignet ist, alle Bewohner einschließlich der Elefanten des Resorts aufzuschrecken. „Ravi, wach sofort auf! Ich glaube, eine Schlange ist in der Hütte." Panisch sucht Mara den Lichtschalter, ertastet ihn aber nicht. Wieder dieses Zischen an ihrem Ohr. „Ravi, so hilf mir doch!"
Endlich ist der Gerufene auf dem Plan, schaltet die Taschenlampe ein und richtet sie auf das Bett.
Ein erneuter Schrei von Mara durchdringt die Hütte, als sie tatsächlich eine Schlange erblickt. Womöglich hat sie sich einen Weg durch das Dach und ein Loch im Moskitonetz gebahnt und ist gerade im Begriff, sich zu ihr abzuseilen.

„Bleib ganz ruhig, Mara! Es ist keine von den gefährlichen Reptilien, nur eine harmlose Viper. Das haben wir gleich."
Während Ravi das Netz beiseiteschiebt, schafft es Mara vorsichtig, das Licht einzuschalten.
Als wäre er Spezialist im Schlangenfang, packt Ravi das Tier kurz hinter dem Kopf und verschwindet mit ihm aus der Hütte.
Bange Minuten vergehen, in denen sich Mara um ihren Retter sorgt. Vielleicht ist das Vieh doch gefährlich und hat ihn gebissen oder erwürgt. Die Angst um ihn lässt sie alle Furcht vor den Gefahren des Dschungels vergessen. Wie in Trance wandelt sie barfüßig auf dem Pfad in Richtung Badehaus. „Liebe Carudas, ich tue euch nichts. Bitte bleibt, wo ihr seid", schickt sie ein Stoßgebet zu den Sternen.
Wie aus dem Nichts taucht Ravi aus dem Dunkel auf. „Hey, Mara, was suchst du hier?"
„Blöde Frage, dich natürlich."
„Machst du dir etwa Sorgen um mich?"
„Vielleicht."
„Ist das eure europäische Art zu flirten, nicht einfach mit Ja oder Nein zu antworten?"
„Quatsch, mir ist alles andere als nach Flirten zumute. Schließlich begegne ich nicht jeden Tag einer Schlange, die mich küssen will", entweicht es mit gespielter Coolness Maras Lippen.
„Wäre ich dir lieber?"
So musste ja Ravis Antwort lauten. Mara könnte sich ohrfeigen, seine Reaktion provoziert zu haben, gesteht sich allerdings ein, über eine andere enttäuscht gewesen zu sein. Dieser Mann nötigt Mara, alle guten Vorsätze über Bord zu werfen. Deshalb bemüht sie sich, das heikle Flirtthema in eine andere Richtung zu lenken. „Alles gut gegangen. Danke für deine Rettung, und jetzt sollten wir noch etwas schlafen, bevor die Sonne wieder aufgeht."
Genau wie einige Stunden zuvor, ist Ravi gleich in der Traumwelt gelandet, während Mara viel zu aufgewühlt ist. Was, wenn eine zweite Schlange ihr Glück durch das Loch

versucht? Sie muss es unbedingt stopfen. Fragt sich nur, wie? Erst einmal das Licht einschalten. Mara stellt sich aufs Bett, um festzustellen, dass ihre Größe nicht ausreicht, um ein Handtuch ins Loch zu pressen. Ihr Blick schweift über den schlafenden Ravi hinweg zum Stuhl. Die Lösung! Mit ihm als Verlängerung müsste es klappen. Die Aktion entpuppt sich leider als eine sehr wackelige Angelegenheit. Die Stuhlbeine versinken unterschiedlich in der Matratze. Mit Mühe tariert Mara das Gleichgewicht aus. Als sie das Handtuch ins Loch drapieren will, gerät der Stuhl ins Wanken und kippt um. „Aua!" Zwar ist sie auf die Matratze gefallen, hat sich jedoch am Stuhl das Knie verletzt. Es blutet.
Ravi ist gleich bei dem Schrei hochgeschreckt und zur Stelle. „Was machst du da? Hast du nicht gesagt, dass wir eine Mütze voll Schlaf nehmen sollten?"
„Ja, tut mir leid." Die Entschuldigung schleicht kläglich über Maras Lippen. „Ich hatte Angst vor einem Artgenossen unseres ungebetenen Gastes und wollte das Loch abdichten."
„Daran hätte ich auch denken sollen. Mein Fehler." Innerhalb von wenigen Sekunden hat Ravi dies erledigt und betrachtet anschließend Maras Knie. „Das sieht böse aus. Ich habe ein Spraypflaster dabei, das zusätzlich desinfiziert." Vorsichtig tupft der selbst ernannte Medizinmann das Blut mit einem Taschentuch ab und sprüht das Knie ein.
„Ohhh ... wie das brennt", heult Mara auf. Im nächsten Moment ist es ihr peinlich, so wehleidig zu sein wie ein Kleinkind.
„Es hört gleich auf. Leg dich hin und ruh dich aus. Es wird keine Schlange mehr deine süßen Träume stören." Liebevoll deckt Ravi Mara mit dem Laken zu. Als er sich zurück zu seinem Bodenlager bewegt, rafft sie allen Mut zusammen, wirft ihren Verstand über Bord und bittet: „Bleibst du bitte neben mir? Ich würde mich besser fühlen."
Ein erstauntes Augenpaar richtet sich auf sie. „Sicher?"

Ein fast unmerkliches Kopfnicken ist die Antwort.
Ravi lässt sich kein zweites Mal dazu auffordern. Er schlüpft zu ihr unter das Laken, legt einen Arm unter ihren Kopf, sodass sie sich ganz eng an ihn kuschelt. Den Atem anhaltend hört Mara sein Herz unrhythmisch schlagen. Wie gern würde sie ihn nicht nur riechen, sondern auch schmecken. Ein bisher nie gekanntes Lustgefühl durchströmt ihren Körper und überzieht ihn mit einer Gänsehaut. Was passiert gerade mit ihr? Wie kann sie so unvernünftig sein? Wie interpretiert Ravi ihre Einladung ins Bett? Als völlig harmlos? Will sie sich ihn mit allen Poren gönnen? Als hätte eine fremde Macht etwas dagegen, taucht Lukas vor ihrem inneren Auge auf. Hat er es verdient, nach all den Jahren aus einem momentanen Begehren heraus betrogen zu werden? Will sie wirklich die erstbeste Gelegenheit nutzen, sich von einem anderen Mann verführen zu lassen, beziehungsweise ihn selbst anzumachen? Oder sehnt sie sich nach all den Aufregungen der vergangenen Tage einzig nach Geborgenheit? Auf die Suche nach Hendrik sollte ihr Fokus gerichtet sein. Zu keinem anderen Zweck ist sie auf dieser Insel. Niemals wäre es zu vermuten gewesen, sich ausgerechnet bei dieser Mission in einen anderen Mann zu verlieben. Hat sie sich das gerade eingestanden? Es kann keine Zukunft für eine solche Liebe geben. Unweigerlich rollt eine Träne über ihr Gesicht. Wie gut, dass Ravi es im Dunkeln nicht bemerkt.
Niemand spricht ein Wort. Beide lauschen gespannt auf den Atem des anderen.
Mara wagt es nicht, sich zu bewegen, bis sie plötzlich realisiert, dass ihr Angebeteter heimlich, still und leise in den Tiefschlaf übergetreten ist. Damit haben sich zwar alle Probleme eines schlechten Gewissens Lukas gegenüber gelöst, aber auf einmal spürt Mara Enttäuschung. Offensichtlich empfindet Ravi nicht so wie sie. Womöglich hat sie lediglich seinen Beschützerinstinkt geweckt, nichts weiter. Für jede andere Frau in solch einer Situation würde er wahrscheinlich genauso handeln. Was bildet sich Mara

folglich ein? Nach einer Weile schläft auch sie über diese ernüchternden Gedanken ein. Glücklicherweise träumt sie nicht von Schlangen.

KAPITEL 8

Das Trompeten der Elefanten dringt an Maras Ohr, und sie rekelt sich auf dem Bett, um beim Öffnen der Augen festzustellen, dass sie allein darin liegt.
Schmale Sonnenstrahlen drängen sich durch die Bambusstäbe und ermöglichen einen Blick in den Raum. Weit und breit kein Ravi zu sehen. Ist er zum Waschraum gelaufen und hat sie extra noch eine Weile schlafen lassen?
Plötzlich brummt ein Handy. Um Maras kann es sich nicht handeln, da der Akku seit dem Besuch des Botanischen Gartens leer ist. Suchend schaut sie sich um, bis sie Ravis Mobiltelefon auf dem anderen Nachttisch entdeckt. Rasch wälzt sie sich auf die benachbarte Bettseite, um es zu ergreifen. Soll sie den Anruf tatsächlich entgegennehmen? Vielleicht ist er für Ravis Arbeit auf der Adelsinsel wichtig. Ohne weiteres Zögern landet ihr Finger auf dem grünen Symbol, ohne aufs Display zu schauen. „Hallo?"
„Mara? Bist du es?"
„Ja, Ama, ist etwas passiert?", fragt Mara perplex, und es schwant ihr nichts Gutes, denn sie hat ihrer Großmutter Ravis Nummer nur für den Notfall gegeben.
„Ist der gefundene Mann Hendrik?"
Mara vergewissert sich irritiert: „Welcher Mann?"
„Der Botschafter hat mir ein Fax geschickt, dass jemand, auf den die Beschreibung von Hendrik passt, gestern Nacht in der Nähe von Galle aufgegriffen wurde. Er ist total verwirrt und weiß nicht, wer er ist. Der Botschafter hat die Information von der dortigen Polizeistation erhalten. Hast du ihn schon gesehen?" Amas Stimme klingt hoffnungsvoll und ängstlich zugleich. „Ist es Hendrik?"
Mara ist zu sprachlos, um gleich zu antworten. „Ich habe keine Ahnung." In wenigen Sätzen schildert sie Amalie ihre Situation und dass sie erst am Nachmittag nach Galle

zurückkehrt. „Ich kapiere nicht, warum die Polizei Ravi nicht davon in Kenntnis gesetzt hat oder seinen Vater. Das ist ja eine sensationelle Neuigkeit. Sobald Ravi auftaucht, werden wir uns auf den Rückweg begeben. Ich rufe dich auf jeden Fall an, egal, wie spät es bei dir ist."

„Ja, mach das bitte. Ich sterbe vor Aufregung und kann es kaum erwarten, Hendrik und dich endlich wieder bei mir zu haben." Amalie beginnt zu schluchzen. Vermutlich ist sie mit ihren Nerven am Ende.

„Beruhig dich bitte, sonst muss ich mich um dich auch noch sorgen", appelliert Mara an ihre Großmutter.

„Entschuldige, aber die Ungewissheit ist nicht mehr zu ertragen. Was hast du mit der Jacht vor? Je nachdem, in welchem gesundheitlichen Zustand sich dein Bruder befindet, wird er nicht zurücksegeln können."

„Bisher hat sich kein potenzieller Skipper gemeldet. Aber ich gebe die Hoffnung nicht auf, dass Hendrik nichts passiert ist und er sich selbst um die Clara kümmern kann."

„Dein Wort in Gottes Ohr! Ich hoffe, meine Gebete werden endlich erhört."

„Ja, ganz bestimmt, Ama. Ich melde mich, versprochen. Zunächst suche ich Ravi, damit wir sofort losfahren. Mach es gut und denke positiv." Wie gern würde Mara das auch tun.

Schneller als ein Juwelendieb seine Beute einsteckt, räumt Mara ihre Habseligkeiten in den Handkoffer und streift sich T-Shirt und Jeans über. Verdrängt ist diese denkwürdige Nacht. Ein einziger Gedanke beherrscht ihr Tun: Bei dem unbekannten Mann handelt es sich ganz sicher um Hendrik. Er war es doch, den sie in der Gasse gesehen hat. Da er offenbar verwirrt ist, hat er nicht auf ihre Rufe reagiert. Sie müssen so rasch wie möglich nach Galle zur Polizeistation. In ihrer Aufregung ist Mara gar nicht auf die Idee gekommen, Amalie nach dem Aufenthaltsort des Verwirrten zu fragen. Ravi soll sofort dort anrufen.

Wie bestellt erscheint der Retter der Nacht frisch rasiert

und angezogen mit seinem Kulturbeutel unter dem Arm im Türrahmen. „Guten Morgen, Mara. Was ist los? Du bist ja kalkweiß im Gesicht. Hast du Schmerzen im Knie? Zeig mal deine Wunde. Vielleicht hat Jenny ein Schmerzmittel für dich.“ Sofort legt er seine Utensilien auf dem Stuhl ab, um sich zu Maras Knie hinunterzubeugen.
„Es tut nicht weh. Meine Oma hat eben angerufen. Bitte verzeih, dass ich an dein Handy gegangen bin. Ich hatte ihr deine Nummer genannt, falls es einen Notfall gibt und sie mich nicht erreicht.“
„Kein Problem. Was ist denn der Notfall? Ich hoffe, nichts Schlimmes.“
Mara erzählt von dem Fax des Botschafters. „Ist es nicht merkwürdig, dass die Polizei dich nicht direkt benachrichigt hat oder deine Familie? Jedenfalls müssen wir umgehend los.“
„Hm ... vielleicht hat die Polizei es vergeblich versucht.“
„Dich scheint das gar nicht zu überraschen.“ Mara ist es nicht entgangen, dass Ravi alles andere als von der möglichen Identität ihres Zwillingsbruders überzeugt ist.
Ohne ein weiteres Wort packt er seine Sachen zusammen, allerdings im Zeitlupentempo.
„Bitte beeil dich und ruf bei der Polizei an, damit wir wissen, wo sich der Mann im Moment aufhält“, dringt ein flehender Tonfall an Ravis Ohr.
„Immer mit der Ruhe. Der Typ läuft uns nicht weg. Lass uns wenigstens eine Tasse Kaffee trinken und etwas essen. Fünf Stunden Fahrt sind lang, und unser Proviant ist aufgebraucht.“
„Was heißt hier Typ? Es ist bestimmt mein Bruder, und jede Sekunde zählt.“ Maras Besorgnis paart sich mit aufsteigender Wut. Ravi wirkt wie ausgewechselt, als hätte er kein Interesse mehr an einer Wiedervereinigung von ihr und Hendrik. Was ist bloß in ihn gefahren? Hat sie seine Geduld in der Nacht überstrapaziert?
Endlich lenkt Ravi ein. „Okay, ich rufe die Polizei an, aber dafür frühstücken wir kurz. Einverstanden?“

„Hm ... meinetwegen."
Wie versprochen redet Ravi mit den Beamten in Galle. Komischerweise bevorzugt er plötzlich seinen singhalesischen Dialekt, sodass Mara nichts versteht. Wahrscheinlich bedeutet das nur, dass der Gesprächspartner des Englischen nicht mächtig ist.
Endlich beendet Ravi den Dialog.
Von seiner Miene kann Mara nichts ablesen. „Nun sag schon, wurde der Unbekannte eventuell inzwischen identifiziert?"
„Nein, leider nicht, aber mach dir nicht allzu viel Hoffnung. Der Mann ist zwar offensichtlich ein Europäer, entspricht aber nicht dem Foto, das du der Polizei zur Verfügung gestellt hast. Er trägt einen Vollbart, der mindestens ein Jahr alt ist."
„Kann doch sein, dass sich Hendrik einen wachsen gelassen hat. Wir haben ihn lange nicht mehr gesehen, und er hat nie ein Foto von sich während der Weltumsegelung geschickt."
„Ich kann nachvollziehen, dass du dich daran klammerst, deinen Bruder endlich gefunden zu haben. Aber sei nicht zu euphorisch. Denk an die Erfahrung gestern in den Krankenhäusern."
„Hast du gefragt, ob der Mann eine Narbe am Finger hat?" Mara lässt sich von Ravis Einwänden nicht beirren.
„Nein, das habe ich vergessen, aber er befindet sich ohnehin nicht mehr in der Obhut der Polizei, sondern wurde ins Krankenhaus gebracht, wo wir gestern zuerst waren."
„Dann nichts wie hin." Es ist Mara kein bisschen anzumerken, wenig geschlafen zu haben. Mit ungeahnter Energie schnappt sie Ravis und ihr Gepäck, um keine weitere Zeit zu verplempern.
Entgegen seines eigenen Kompromissvorschlags lässt Ravi die Thermoskanne von Elijoan mit Kaffee füllen, schlürft eilig eine Tasse im Stehen aus und begibt sich mit Fladenbroten unter dem Arm zum Auto, wo Mara bereits wartet.

„Hast du mich bei Elijoan entschuldigt?"
„Ja, er hofft auf ein entspanntes Wiedersehen mit dir irgendwann in der Zukunft." Ob Ravi dies ironisch meint, weiß allein das Universum.
In diesem Moment hat Mara ohnehin kein Gespür mehr für Spitzfindigkeiten. Die Fahrt zurück nach Galle kommt ihr viel länger vor als am gestrigen Tag auf dem Hinweg bei all den vielen Zwischenstopps.
Als hätten sich geheime Mächte gegen sie verschworen, tauchen immer wieder Eselskarren auf der Straße auf, die sich aufgrund des starken Gegenverkehrs kaum überholen lassen. Nicht nur die Schwüle der Tropen verursachen daher Schweißperlen auf Maras Gesicht. „Wann sind wir endlich da?"
„Wenn kein Esel mehr die Fahrbahn blockiert, in etwa einer halben Stunde. Dann kann eine Krankenschwester gleich dein Knie anschauen und verbinden."
„Das ist doch völlig unwichtig. Hauptsache, wir finden Hendrik." Richtig empört klingt Maras Stimme. Dabei hat es Ravi bestimmt nur gut gemeint.
Endlich erreicht das Auto den Parkplatz des Krankenhauses. Wie besessen reißt Mara die Tür auf und rennt zum Portal, ohne auf Ravi zu warten.
Heute hat leider jemand anders Dienst am Empfang.
Mara verschafft sich sofort Gehör bei dem Angestellten und fragt nach dem besagten Mann, den die Polizei eingeliefert hat.
„Sind Sie auch eine Verwandte?", will der Krankenpfleger wissen.
„Wieso auch? Wurde er bereits identifiziert?", erkundigt sich Mara verunsichert.
„Hören Sie, ich kann Ihnen nicht einfach Auskunft geben. Wie heißt die Person, die Sie suchen?"
„Hendrik Matern. Er ist mein Bruder und kommt aus Deutschland."
„Da muss ich Sie leider enttäuschen. Der Eingelieferte ohne Gedächtnis wurde vor einer Stunde von seiner Frau

erkannt und stammt aus Schottland."
Mara wird es speiübel. Sie hatte sich endlich am Ziel geglaubt. Wieder Fehlanzeige.
Ravi fängt sie gerade noch auf, bevor sie aus den Schuhen kippt.

♥♥♥

Mara hat keine Ahnung, wie lange sie ohnmächtig war, als ihre Augen blinzelnd die Umrisse einer Kammer wahrnehmen. Es scheint ein Abstellraum zu sein, denn hier lagern Mullbinden, Toilettenrollen, Desinfektions-mittel und dergleichen. Die Auflage, auf der sie liegt, ist bretthart und alles andere als bequem. Sie spürt, dass jemand ihre Hand hält und wärmt und realisiert Ravi vor ihrer Pritsche sitzend und seinen besorgten Blick auf sie richtend.
„Da bist du ja wieder", lässt er mit erleichtert klingender Stimme verlauten.„ Du hast mir einen schönen Schreck eingejagt."
„Wo bin ich? Was ist passiert?"
„Du bist von einer Sekunde auf die andere am Empfang des Krankenhauses umgefallen. Ich kam gerade herein und habe dich aufgefangen. Alle Zimmer und Betten sind voll, sodass du hierher gelegt wurdest. Ein Arzt war bereits da und hat dir eine Infusion verabreicht."
Erst jetzt bemerkt Mara die Kanüle im Arm, die mit einem Schlauch an einen Tropf verbunden ist. „Wozu das ?"
„Offensichtlich hast du heute zu wenig getrunken. Die Schwüle, wenig Schlaf und die ganzen Aufregungen der letzten Tage taten ihr Übriges. Es war einfach alles zu viel für dich." Aus Ravis Augen sprechen Fürsorge und Mitleid zugleich.
„Es ist mir unangenehm, dir und deiner Familie so viele Umstände zu bereiten. Ich werde mich bemühen, so bald wie möglich einen Skipper anzuheuern, der die Clara nach Hamburg bringt. Wenn das geklappt hat, werde ich abreisen. Es wird Ama das Herz brechen, wenn ich ohne

Hendrik zurückkehre.“ Bei diesen Worten laufen Mara Tränen übers Gesicht, die sich nicht mehr zurückhalten lassen. Ein ganzer Wasserfall ergießt sich auf ihr T-Shirt, begleitet von Schluchzern. Nichts kann sie dagegen tun, will sie auch nicht. Es ist erleichternd, selbst auf die Gefahr hin, von Ravi für hysterisch gehalten zu werden.
Ihr Beschützer bleibt indes zunächst schweigsam und tupft mit einer Mullbinde Maras Schweißperlen und ihre Tränen vom Gesicht ab. Dann räuspert sich Ravi, und es ist ihm anzumerken, wie schwer es ihm fällt, die richtigen Worte zu finden. „Ich ... ich wollte dir schon gestern etwas ganz Dringendes ...“ Weiter kommt er nicht, denn die Tür fliegt mit einem Ruck auf, und ein Arzt erscheint mit einer Krankenschwester im Gefolge. „Na, wie ich sehe, geht es unserer Patientin wieder besser.“
Da die Flüssigkeit vom Tropf komplett durchgelaufen ist, befreit der Doktor Mara von der Kanüle und weist die Schwester an, das desolate Knie zu säubern und frisch zu verbinden. Seltsamerweise fragt er nicht, was die Verletzung verursacht hat.
Nach einer halben Stunde sitzen Ravi und Mara wieder im Auto auf dem Weg zurück nach Weligama.
Soll sie Ravi daran erinnern, dass er ihr etwas Wichtiges sagen wollte, bevor der Arzt unvermittelt im Türrahmen stand? Er ist merkwürdig in sich gekehrt und hat kein Wort gesprochen, seit sie das Krankenhaus verlassen haben. Wahrscheinlich hat er die Nase gründlich voll von seiner aufgezwungenen Beschützerrolle. Wenn es tatsächlich etwas Bedeutendes gewesen wäre, hätte er sich längst geäußert. Sie hat Ravi genug mit ihren Problemen beansprucht und hakt deshalb nicht noch einmal nach.
Von Ravis Eltern und seinen Schwestern werden sie kurz darauf empfangen, als kämen sie von einer gefährlichen Expedition zurück. Alle sorgen sich um Maras Gesundheit, die von Madan gestützt in ihr Gästezimmer gebracht wird, wo sie sich aufs Bett legt. Immer noch versagen ihr die Beine den normalen Dienst.

Bhavani leert mit Maras Erlaubnis den Handkoffer, hängt die Kleidungsstücke ordentlich in den Schrank und plappert unentwegt. Diese Redseligkeit hätte Mara nicht vermutet, denn bei den Mahlzeiten halten sich die Frauen stets mit Gesprächen zurück.
„Da hast du uns allen aber einen Schreck eingejagt. Ravi hat vom Krankenhaus angerufen und kurz berichtet, was alles passiert ist. Du Arme! Du musst unbedingt viel trinken, um den Flüssigkeitsverlust auszugleichen. Ich habe eine Karaffe Wasser auf deinen Nachttisch gestellt.“
Bhavani reicht Mara ein Glas voll und schnattert weiter.
„Schlaf erst einmal. Wenn du dich besser fühlst, holt dich jemand von uns zum Essen ab, oder Sheela serviert es dir hier.“
„Danke, ihr seid so lieb. Ich weiß nicht, wie ich das wiedergutmachen kann“, haucht Mara, die das Glas Wasser gierig in einem Zug ausgetrunken hat.
„Brauchst du nicht. Wir helfen dir gern. Ich lasse dich allein, damit du schlafen kannst. Soll ich die Vorhänge zuziehen?“
„Ja bitte und vielen Dank für alles.“
Nachdem Bhavani die Tür hinter sich geschlossen hat, dauert es keine zwei Minuten, bis Mara vor Erschöpfung eingeschlafen ist.

♥

KAPITEL 9

Am darauffolgenden Tag wacht Mara wie gerädert auf. Sie hat zwar durchgeschlafen und sogar das Abendessen verpasst, aber schlimme Träume von Schlangen und Carudas trieben ihren Schabernack in ihrem Kopf und ließen den Angstschweiß aus allen Poren treten. Eine Dusche würde ihr guttun. Als Mara das Moskitonetz beiseiteschiebt, fällt ihr erstaunter Blick auf einen kleinen Beistelltisch. Auf diesem befindet sich ein Tablett mit einer Kanne Tee, frischem Brot, Orangensaft und einem Müsli mit Obst. Anscheinend hat Sheela es auf leisen Sohlen dorthin gestellt.
Erst, als sie ins Fladenbrot beißt, bemerkt Mara den Zettel neben der Tasse.

Liebe Mara,
ich hoffe, der Schlaf hat Dir gutgetan und Du fühlst Dich wieder einigermaßen fit. Verzeih, dass ich schon weg muss, aber meine Arbeit auf der Adelsinsel ruft. Scheu Dich nicht, Sheela oder meine Familie um alles zu bitten, was Du benötigst.
Es denkt an Dich,
Dein Ravi

Wie süß von ihm, besonders seine Unterschrift, die ein wohliges Prickeln in Mara auslöst. Hätte all das, was Ravi für sie in den letzten Tagen getan hat, auch Lukas bewerkstelligt? Wäre er genauso fürsorglich in diesen abenteuerlichen Situationen gewesen? Zweifel daran treten zutage, als sich Mara an die Grippe erinnert, von der sie im vergangenen Winter heimgesucht wurde. Lukas hielt sich bewusst fern von ihr, um sich nicht anzustecken, obwohl er sich jedes Jahr einer entsprechenden Impfung unterzieht. Seine Argumentation lautete: *Stell dir vor, Tante*

Gerlinde fängt die Viren. Nicht auszudenken, was ich am Hals hätte.
Drei Wochen ließ sich Lukas nicht im Haus Matern blicken, bis Mara grünes Licht für ihre Genesung gab. Lediglich per Telefon und WhatsApp erkundigte er sich nach ihrem Befinden.
Amalie schüttelte darüber den Kopf und konnte sich die ein oder andere spitze Bemerkung nicht verkneifen. Ganz sicher hätte Lukas beim Besuch der Schlange in der Hütte als Erster schreiend Reißaus genommen und Mara ihrem Schicksal überlassen. Er fürchtet sich ja schon vor harmlosen Spinnen.
Zum ersten Mal ist Mara froh darüber, Lukas nicht als Begleiter auf Sri Lanka zu haben. Sonst hätte sie nie erfahren, dass es Männer wie Ravi gibt, die zupacken und nicht vor jedem Problem davonlaufen. Solche, die ihre eigenen Bedürfnisse zugunsten anderer hinten anstellen. Allerdings macht Lukas dies ja für seine Tante, wenn auch aus purem Eigennutz . Wie entrückt ihr der Freund hier auf der Insel in diesem Moment erscheint. Wird ihre Beziehung nach ihrer Heimkehr eine andere sein? Wird sich Ravis unverkennbarer Duft für immer in ihrer Nase festsetzen und sein Lächeln ständig vor ihrem inneren Auge herumspuken, wenn sie mit Lukas zusammen ist?
Das Klopfen an ihrer Zimmertür reißt Mara aus ihren Spekulationen.
Auf ein Herein betritt Bhavani das Reich und strahlt. „Du siehst ausgeruht aus. Geht es dir besser?“, möchte die junge Singhalesin wissen.
„Ja, danke, viel besser. Hat Sheela mir das Frühstück gebracht?“
„Nein, das war ich. Entschuldige, dass ich ohne zu fragen einfach bei dir eingedrungen bin. Es war schon spät, und alle anderen sind unterwegs. Da habe ich einige Sachen für dich zum Essen gerettet.“
„Tatsächlich, es ist ja bereits nach 11 Uhr“, stellt Mara mit einem Blick auf ihre Armbanduhr fest. „Meine Güte, und

ich habe durch all die Vorkommnisse meine Großmutter nicht informiert. Das wird sie mir nie verzeihen."
„Ravi hat das für dich erledigt. Er hatte ihre Nummer auf dem Handy. Übrigens habe ich ein Ladegerät für deines. Ich hatte auch mal so ein Modell."
„Welch ein Glück. Dann rufe ich Ama nachher an."
„Ravi sagt, du willst abreisen, sobald du einen Skipper für die Jacht gefunden hast?"
Mara nickt und wirft dabei ihre Mähne in den Nacken. „Ich weiß nicht mehr weiter. Wo soll ich Hendrik noch suchen? Trotzdem sagt mir mein Gefühl, dass er lebt. Ich muss jedoch zurück zu Amalie. Ihr Herz ist nicht in Ordnung, und ich möchte sie nicht länger als nötig allein lassen."
„Das verstehe ich. Du solltest aber bis zu unserem großen Teefest auf der Plantage bleiben. Es findet jedes Jahr um diese Zeit statt. Das darfst du auf keinen Fall verpassen."
„Das hängt davon ab, wie schnell ich jemanden für die Überführung der Clara auftreibe. Weißt du, ob sich auf mein Gesuch ein Interessent gemeldet hat?"
„Ich fürchte, nein, sonst wäre das bestimmt Thema am Frühstückstisch gewesen. Was hast du heute vor? Willst du mit nach Galle oder dich lieber ausruhen? Du könntest dich an den Teich in den Schatten legen und dich von Sheela mit Erfrischungen verwöhnen lassen."
„Ein traumhafter Vorschlag, aber ich muss dringend die Jacht säubern, sonst kann ich niemandem zumuten, mit ihr zu segeln. Ich komme gern mit dir. Darf ich vorher rasch unter die Dusche?"
„Klar, ich warte auf dich im Salon. Lass dir Zeit, ich habe es nicht eilig."

♥♥♥

Eine halbe Stunde später düst Mara mit Bhavani in deren kleinem Flitzer in Richtung Galle.
„Ich möchte auch einmal nach Europa, wenn ich mit

meinem Agrarstudium fertig bin“, verrät Ravis Schwester.
„Du studierst Agrarwissenschaften? Ist das nicht ungewöhnlich für eine Frau auf Sri Lanka?“ Mara verbirgt ihr Erstaunen nicht.
„Das ist richtig. Ich musste große Überzeugungskunst leisten, bevor mein Vater sein Okay gab. Auch meine Mutter war nicht begeistert von dieser Idee. Sie hätte mich lieber in einem Heilberuf gesehen. Allein Ravi gab den Ausschlag. Er sollte natürlich in die Fußstapfen meines Vaters und Großvaters treten. Als er allen Widerständen zum Trotz Landschaftsarchitektur studierte, realisierte mein Vater, einen anderen Nachfolger für die Teeplantagen zu benötigen.“
„Und da nimmt er lieber seine Tochter als jemand Fremden“, zieht Mara die Schlussfolgerung.
„Zum Glück ist er Ravi nicht mehr böse und unterstützt mich bei meinem Studium. Mein Vater legt großen Wert auf unsere Bildung. Deshalb reden wir Kinder mit ihm nur englisch und nicht singhalesisch, damit wir diese Sprache perfekt beherrschen.“
Bhavani hält am Hafen an und schlägt vor, Mara nach zwei Stunden wieder abzuholen. Sie muss einige Dinge für das Teefest organisieren.
Mara schlendert der Clara entgegen und ist gespannt, ob das Skippergesuch noch an der Reling hängt. Insgeheim gesteht sie sich ein, so bald niemanden finden zu wollen, der ihr den Grund raubt, weiter auf der Insel zu verweilen. Ohne es zu planen, hat sie sich in die freundlichen Menschen, die wechselvolle Natur und die ineinander fließenden Farben verliebt. All das möchte sie nicht mehr missen. Sogar an die oft unerträgliche Schwüle hat sie sich gewöhnt. Kann Mara nach Hamburg zurückkehren und ihr Leben dort wieder aufgreifen, das sie in dem Moment zurückließ, als das Flugzeug nach Colombo vom Boden abhob? Nein, das schafft sie nicht. Nichts mehr wird so sein wie früher, nicht nur wegen der Ungewissheit, was aus Hendrik geworden ist. Mara wird Ravi nicht mehr aus

ihren Gedächtnis verbannen. Sie hätte nie für möglich gehalten, einem fremden Mann so bedingungslos zu vertrauen, ohne ihn länger zu kennen. Das ist eine Gefühlsregung, die sie an ihre Jungmädchenbücher erinnert, denen Pubertierende allzu gern Glauben schenken.

Amalie bewundert Mara offen für ihre Gradlinigkeit, mit der sie Entscheidungen zu treffen pflegt. Nicht aus dem Bauch heraus, wie die Großmutter es ihr Leben lang praktiziert hat und ihr weshalb so manche Enttäuschung nicht erspart geblieben ist.

Mara zuckt zusammen, als ein nach Fisch stinkender Mann von hinten auf ihre Schulter klopft. Auf Singhalesisch redet er wild gestikulierend los. Dunkel erinnert sich Mara daran, ihm schon mal begegnet zu sein. „Ich verstehe Sie nicht."

Der Fremde versucht erneut, sich irgendwie verständlich zu machen. Seinen Gesten nach zu urteilen hat es mit der Clara zu tun. Auf einmal ist Mara hellwach. Natürlich, sie hat diesem Fischer neulich in einer Kneipe das Foto ihres Bruders gezeigt. Ihr ist die große Zahnlücke des Mannes in Erinnerung geblieben, obwohl hier kaum jemand unter den Einheimischen Angst um sein Gebiss zu haben scheint, von den betuchteren Bewohnern abgesehen.

„Wissen Sie etwas über Hendrik?"

Der Mann schaut sie ratlos an.

Es ist zum Verzweifeln. Mara versteht das Kauderwelsch nicht.

Endlich hat ein Passant Mitleid mit ihr und dem Mann und vermittelt in schlechtem, aber dennoch verständlichem Englisch. Der Fischer glaubt, Maras Bruder gestern Abend auf der Jacht beobachtet zu haben. Sein eigener Kahn liegt nur wenige Meter entfernt am Kai. Das Verhalten des Mannes ist ihm gleich seltsam vorgekommen. Er hat sich dauernd an Deck umgeschaut, so, als wollte er nicht entdeckt werden. Dann ist er in der Kajüte verschwunden, um etwas später mit einer Tüte von Deck zu gehen. Der

Fischer war nahe daran, die Hafenpolizei zu verständigen, als ihm Maras Suche nach ihrem Bruder einfiel.

Vor Aufregung wird es Mara ganz heiß, und eine leichte Röte überzieht ihre inzwischen angebräunte Haut. „Und haben Sie meinen Bruder eindeutig erkannt?“, schreit sie diese Frage an den Übersetzer gerichtet aus, der diese an den Fischer übermittelt.

Ein Achselzucken ist dessen unbefriedigende Antwort. Es sei gegen neun Uhr stockfinster gewesen. Kurz darauf wendet er sich wieder seinem mit Fischen beladenen Karren zu und entschwindet.

Es kann sich nur um Hendrik gehandelt haben. Er lebt und weilt in Galle. Maras Gespür war folglich richtig. Warum nimmt er keinen Kontakt zu ihr auf? Er muss doch den Zettel entdeckt haben. Eiligen Schrittes erreicht sie die Jacht, und ihre Augen richten sich auf die Reling, wo sie ihn befestigt hatte. Kein Skippergesuch zu entdecken. Hoffnung keimt auf. Hendrik wird das Papier an sich genommen haben. Merkwürdig, dass er sich bisher nirgendwo gemeldet hat. In Windeseile erklimmt Mara die Clara. Vielleicht hat Hendrik im Schiff eine Nachricht hinterlegt, oder irgendetwas Auffälliges deutet auf seinen Verbleib hin. Fieberhaft durchforstet Mara das Cockpit und die Kajüte. Tatsächlich, die beiden anderen Saris fehlen, die er bestimmt in der Tüte deponiert hat, wie der Fischer berichtete. Also spielt offensichtlich eine Frau eine bedeutende Rolle für das Verschwinden Hendriks. Nur welche? Hoffentlich ist ihr Bruder nicht in ein Verbrechen verwickelt und hat deshalb Angst, sich bei jemandem zu melden und damit enttarnt zu werden. Welch absurder Gedanke! Ihr Zwilling könnte niemandem etwas zuleide tun. Trotzdem wäre es möglich, in einen kriminellen Strudel zu geraten, ohne Schuld daran zu tragen.

Und wenn dieser Typ nicht Hendrik war? Der Fischer hat ihn nicht eindeutig erkannt. Jedenfalls hat dieser Mann mit dem Verschwinden ihres Bruders zu tun, und diese geheimnisvolle Frau mit den Saris ist möglicherweise seine

Komplizin. Bei der Idee wird Mara übel. Diese Variante gefällt ihr ganz und gar nicht, könnte aber leider Sinn machen. Am besten, sie meldet den Vorgang der Polizei. Mist, dass dies der Fischer nicht gleich erledigt hat. Vielleicht wäre der Unbekannte zu fassen gewesen. Ob er nachts auf dem Boot schläft, während Hendrik irgendwo gegen seinen Willen festgehalten wird? Den Zettel hat der Kerl wahrscheinlich abgerissen, damit niemand auf die Jacht aufmerksam wird.

Maras Fantasie lässt es ihr eiskalt über den schweißgetränkten Rücken laufen. Zu einem wirklich klaren Gedanken ist sie nicht mehr fähig. Jedenfalls verwirft sie ihren Besuch bei der Polizei wieder und beschließt stattdessen, in der folgenden Nacht auf der Clara nach dem Rechten zu schauen. Möglicherweise lösen sich alle Probleme auf einen Schlag. Niemandem wird sie von ihrem Vorhaben erzählen, um nicht an dieser Mission gehindert zu werden. Ravi würde das bestimmt nicht behagen und ihr raten, das der Polizei zu überlassen.

Wenn es sich jedoch um Hendrik handelt und er einen guten Grund hat, nicht erkannt und aufgespürt zu werden, wäre das Einschalten der Obrigkeit für ihn eventuell fatal. Das möchte ihm Mara nicht antun. Wenn alle im Haus zu Bett gegangen sind, wird sie nach Galle aufbrechen. Wie das funktionieren soll, bleibt vorerst ein Rätsel, denn der Weg von Weligama hierher ist zu Fuß viel zu weit und nachts gruselig. Vermutlich ist es ungefährlicher, Ravi ins Vertrauen zu ziehen und ihn um seine Begleitung zu bitten. Wenigstens kann er auf der Kaimauer Schmiere stehen, und die Frage nach dem Transportmittel würde sich ebenfalls nicht mehr stellen. Seiner Familie gaukeln sie vor, Ravi wollte ihr Galle bei Nacht zeigen. Das hätte den Vorteil, früher zur Jacht aufbrechen zu können und nicht erst, wenn alle zu Bett gegangen sind. Sie muss Ravi unbedingt vor der Teestunde abfangen und ihn in ihre Pläne einweihen.

Die restliche Zeit, bis Bhavani erscheint, nutzt Mara zum

Reinigen des Decks, wobei ihre Überlegungen weiter Achterbahn fahren. Ein dringender Anruf bei Amalie ist nötig, sobald ihr Handy fertig geladen ist. Vor der Abfahrt hat Bhavani ihr das Ladegerät geliehen. Ob Lukas auch ein Telefonat verdient hätte? Vielleicht hat er die letzten Tage vergeblich versucht, sie zu erreichen. Allerdings verspürt Mara nicht die geringste Lust, sich Geschichten über Baldo und Tante Gerlinde anzuhören. Eine Nachricht per WhatsApp wird genügen.

Pünktlich wie angekündigt trifft Bhavani ein, und sie kehren nach Hause zurück, ohne dass Mara etwas über die Geschichte des Fischers von dem Mann auf der Jacht erzählt.

Als Erstes telefoniert Mara mit ihrer Großmutter, die offenbar bereits sehnsüchtig auf ein Lebenszeichen von ihr gewartet hat.

„Na, endlich! Ich bin fast gestorben vor Angst, als dieser Ravi mich anrief und von deinem Zusammenbruch berichtete, weil besagter Mann im Krankenhaus nicht Hendrik war. Wie geht es dir heute?"

„Gut, mach dir bitte keine Sorgen. Hier ist es meist unerträglich schwül, und ich hatte einfach zu wenig getrunken."

„Willst du dich nicht lieber schleunigst auf den Heimweg begeben? Nicht, dass dir auch noch etwas passiert. Das könnte ich nicht aushalten."

Prompt regt sich Maras Gewissen hinsichtlich ihres bevorstehenden Abenteuers am Abend, von dem Ama natürlich nichts wissen darf. „Wenn ich einen Skipper für die Jacht gefunden habe, fliege ich heim. Es macht leider wirklich keinen Sinn, weiter die Gastfreundschaft von Ravis Familie zu beanspruchen."

Mit dieser Aussicht gibt sich Amalie wohl zufrieden. „In Ordnung. Schließlich segelt die Clara nicht allein nach Hamburg. Sobald Hendrik auftaucht, zahle ich ihm das Rückflugticket." Amalies Tonfall lässt keinen Zweifel daran, an der Rückkehr ihres Enkelsohnes festzuhalten,

und Mara ist die Letzte, die ihrer Großmutter diese Hoffnung raubt. Um vom Thema abzulenken, fragt Mara:
„Hat sich Lukas mal bei dir gemeldet?"
„Nein, wieso? Steht ihr nicht in Verbindung?"
„Seit im Botanischen Garten mein Akku seinen Geist aufgab, nicht."
„Dafür fragt Irene ständig nach dir und Hendrik. Ich gebe ihr stets weiter, was ich weiß. Ich hoffe, es ist dir recht."
„Ja, ich bin sogar froh, wenn du das übernimmst. Mir steht der Kopf nicht nach Telefonieren und Erklären. Ich melde mich morgen wieder bei dir so um die gleiche Zeit, damit ich dich nicht aus den Federn haue und mit meinem Anruf erschrecke."
Nachdem Maras Finger den roten Hörer gedrückt hat, geht tatsächlich eine Nachricht von Lukas ein, als hätte er das Gespräch über ihn mit Amalie belauscht. Er schreibt:

Hey, meine Mara-Maus,
wie läuft Deine Suche? Tante Gerlinde meint, Du würdest nur Deine Zeit auf der Insel verschwenden. Entweder tauchen Vermisste von selbst wieder auf oder bleiben auf ewig verschollen.
Ich warte sehnsüchtig auf Dich.
Gruß und Kuss,
Lukas

Genau diesen Ratschlag des Oberfeldwebels hat Mara gebraucht. Erst schleudert sie ihr Handy in hohem Bogen aufs Bett, um auf ihm anschließend wütend eine passende Antwort zu formulieren.

Hi Lukas,
danke der Nachfrage. Richte Deiner Tante bitte aus, dass sie zu oft XY ungelöst schaut. Meine Suche geht weiter.
Gruß,
Mara

War diese Antwort zu unfreundlich? Letztendlich kann

Lukas nichts für Gerlindes dämliche Äußerungen. Allerdings muss er sie auch nicht weitergeben. Aufmunternde Worte würden mehr helfen.
Unter der Dusche versucht Mara, ihre Gedanken an Lukas und Gerlinde wegzuwaschen. Ein klarer Kopf ist für ihr nächtliches Vorhaben nötig. Hoffentlich animiert sie Ravi zum Mitmachen, und er hält ihr Unterfangen nicht für völligen Irrsinn. Der Ärmste hat inzwischen Einiges mit ihr erlebt.

KAPITEL 10

Da sich am heutigen Nachmittag der Himmel von seiner bedeckten Seite zeigt und ein angenehmer Wind die sonstige Schwüle vertreibt, findet sich die Familie Nuri zur Teestunde auf der Terrasse am Teich ein, wo Sheela den Tisch gedeckt hat.

So sehr Mara auf der Lauer liegt, Ravi hat sich bisher nicht blicken lassen. Es bleibt ihr nichts anderes übrig, als allein zum Familientreffen zu gehen. Alle bestürmen sie zunächst mit Fragen nach ihrem Befinden.

Schließlich kennt Mara keine Zurückhaltung mehr. „Hat sich mittlerweile jemand auf mein Skippergesuch gemeldet? Oder hat gar mein Bruder angerufen?“ Flehend schaut Mara alle im Kreis an, als wollte sie die bejahende Antwort aus ihnen heraussaugen.

Madan ergreift stellvertretend für alle das Wort. „Meine liebe Mara, hätte sich Ihr Bruder gemeldet, dann hätten wir Ihnen den Anruf sicher nicht vorenthalten. Leider hat sich auch kein potenzieller Skipper angeboten.“

Auf einmal überfällt Mara ein Gefühl der Ausweglosigkeit. Im tiefsten Inneren ihres Herzens hatte sie die Hoffnung, Hendrik wäre der große Unbekannte gestern auf dem Boot gewesen. Also bleibt ihr die nächtliche Aktion nicht erspart. Ihre aufsteigende Unruhe unterdrückend, möchte sie wissen, wo Ravi ist.

„Das frage ich mich auch“, meint Bhavani.

„Er hat angerufen. Die Lieferung der Pflanzen, die er vorgestern im Botanischen Garten geordert hat, verzögert sich“, wirft Ela ein. „Wenn es sehr spät wird, übernachtet er auf der Adelsinsel, damit er die teure Fracht gleich morgen früh einpflanzen lassen kann.“

Das darf nicht wahr sein. Ausgerechnet heute würde Ravis Anwesenheit Mara Trost und Sicherheit spenden. Statt-

dessen ist zu befürchten, dass er gar nicht nach Hause kommt. Spürt er denn nicht, wie dringend sie ihn braucht? Ob sie ihn anrufen soll? Sofort verwirft sie diese Idee. Ravi muss arbeiten und kann ihr nicht ständig zu Diensten sein. Das wäre wirklich zu viel verlangt. Ihre Überlegungen wirbeln total durcheinander. Erst einmal gilt es, der Teestunde zu entkommen, um allein weitere Pläne zu schmieden. Unter dem Vorwand, sich von den gestrigen Strapazen erholen zu wollen, bedankt sich Mara bei Ajala und Madan für den leckeren Kuchen und den Tee, wie sie es immer nach den Mahlzeiten tut.
So rasch wie möglich huscht sie zurück in ihr Zimmer, um einen Blick auf ihr Handy zu werfen. Vielleicht hat Ravi inzwischen eine Nachricht geschrieben. Ihre Erwartung wird nicht enttäuscht.

Liebe Mara,
bitte sei nicht böse, dass ich Dir heute nicht wie versprochen uneingeschränkt zur Verfügung stehe. Ich hoffe, wir sehen uns spätestens morgen beim Frühstück. Lass mich bitte kurz wissen, ob es Dir gut geht.
Ein lieber Gruß von der Adelsinsel,
Dein Ravi

Maras Antwort lautet:

Lieber Ravi,
ich weiß von dem Pflanzenproblem und hoffe, dass Du die Lieferung bald erhältst. Bei mir ist alles okay.
Bis bald,
Mara

Es wäre unfair, Ravi von ihrem geplanten Nachtausflug zur Clara zu berichten. Möglicherweise würde er versuchen, es ihr auszureden oder es würde ihn unter Druck setzen, nach Hause zurückzukehren. Sie muss das Abenteuer allein durchziehen.

Beim Abendessen überlässt Mara das Reden den anderen. Niemanden scheint dies zu stören oder aufzufallen. Die Familie ist restlos mit der Organisation des Teeplantagenfestes beschäftigt. Mara ist das mehr als recht. Nach Small Talk wäre ihr ohnehin nicht zumute.
Nach dem Nachtisch richtet Ela, die neben ihr sitzt, das Wort an sie. „Du nimmst hoffentlich an unserem Fest teil, oder?"
„Hm ... ich wage es kaum, irgendetwas zu versprechen. Schon viel zu lange nehme ich eure Gastfreundschaft in Anspruch."
„... die für uns eine willkommene Abwechslung ist."
Mara nutzt die Gunst der Stunde. „Das ist sehr lieb von euch allen. Ich hoffe, mich eines Tages zu revanchieren."
Eine kurze Pause folgt, bevor Mara ihre plötzliche Eingebung kundtut. „Sag mal, habt ihr Fahrräder im Haus?"
„Ja, eins, aber das benutzt kaum jemand, weil das Strampeln in der Hitze viel zu schweißtreibend ist."
„Darf ich es mir mal ausleihen?", bleibt Mara weiter auf dieser Spur.
„Sicher. Willst du heimlich türmen?", scheint Ela zu ahnen und kichert.
„Bis zum Flughafen wäre es ein bisschen weit." Eine halbe Stunde später weiß Mara, wo die Räder aufbewahrt werden. Ein wichtiger Schritt in Sachen nächtlicher Mission ist vollbracht. Nun fühlt sie sich schon wohler mit einem fahrbaren Untersatz im Geleit. Mit ihm kann sie zu einem Hotel in Weligama radeln und von dort aus ein Taxi bis Galle ordern. Es hier direkt zum Haus zu bestellen, wäre zu riskant.

♥♥♥

Kurz nach zehn Uhr hält Mara die Zeit entgegen ihres ursprünglichen Plans für geeignet, das Haus unbemerkt zu verlassen. In Erinnerung an die Schlange und die Carudas, die schließlich überall auf der Insel ihr Unwesen treiben, schlüpft sie in ihre Jeans und zieht Turnschuhe an. Eine Taschenlampe wäre sehr hilfreich, denn die Beleuchtung der Straßen ist mehr als spärlich. Keinen blassen Schimmer, wo eine im Haus zu finden wäre. Es muss daher ohne gehen.

Leise schließt Mara ihre Tür und schleicht den Flur entlang in Richtung Hinterausgang. Nichts ist zu hören oder zu sehen. Sie erreicht Ravis Zimmer und zögert. Soll sie klopfen? Vielleicht ist er unerwarteterweise zurück. Kaum hörbar pocht ihre Hand gegen seine Tür. Nichts rührt sich. Auch ihr angelegtes Ohr vernimmt von innen keinen Laut. In ihrer aufkeimenden Verzweiflung drückt ihre Hand, wie von einer magischen Energie geleitet, die Klinke hinunter.

Mit klopfendem Herzen öffnet Mara die Tür einen Spalt, um hineinzuflüstern: „Ich bin's, Mara. Bist du da, Ravi? Ich brauche deine Hilfe." Keine Reaktion. Weiter wagt sie sich nicht in den Raum, denn plötzlich ertönen Geräusche. Sie macht sich schleunigst vom Acker zurück in ihr Zimmer, um nicht entdeckt zu werden und sich eine fadenscheinige Ausrede einfallen lassen zu müssen, was sie zu so später Stunde von dem Sohn des Hauses begehrt. Das würde peinlich wirken.

Wie eine Diebin wartet Mara klopfenden Herzens eine Weile ab, bevor sie einen neuen Versuch startet.

Endlich gelangt sie zum Schuppen im hinteren Garten, den Bhavani ihr gezeigt hat. Der Zustand des Fahrrades ist bedenklich. Der Lenker sitzt schief, und Mara dreht ihn unter größerem Kraftaufwand in die richtige Position. Glücklicherweise sitzt wenigstens die Kette straff. Von einem Helm ist allerdings keine Spur. Niemals würde Mara zu Hause ohne diesen Kopfschutz zu einer Radtour starten. Indes bleibt ihr keine Wahl. Vorsichtig schiebt sie den Drahtesel bis zur Hauptstraße. Von hier aus wagt sie es bis Weligama. Nach einer Beleuchtung sucht Mara allerdings an diesem exklusiven Modell vergebens. Trotzdem gelingt es ihr in der Finsternis, bis zu einem

Touristenhotel am Strand zu radeln. Als hätte der Himmel endlich Mitleid mit ihr, hält gerade ein Taxi vor dem Portal, um Gäste zu entladen. In Windeseile deponiert Mara das Rad an einem Baum, im Vertrauen darauf, dass es nicht gestohlen wird.
Etwas außer Atem spricht sie den Taxifahrer durch das geöffnete Fenster an. „Nehmen Sie mich bitte nach Galle zum Hafen mit?“
Er nickt, woraufhin Mara hinten einsteigt. Ein mulmiges Gefühl nimmt von ihr Besitz . Wie konnte sie so mutig sein?
Am Hafen angelangt bittet Mara den Fahrer, einige Minuten zu warten, um sie wieder zurück nach Weligama zu fahren. Zu ihrem Entsetzen schüttelt er heftig den Kopf. „Tut mir leid, Miss. Ich bin auf dem Weg nach Colombo, wo ich wohne. Ich habe lediglich eine Fuhre Touristen vom Flughafen nach Weligama gebracht.“
„Können Sie mich nicht ausnahmsweise zurückfahren? Ich zahle Ihnen den doppelten Preis“, schlägt Mara in ihrer Verzweiflung vor.
„Meine neue Schicht beginnt bereits um fünf Uhr wieder. Einige Stunden Schlaf benötige ich. Aber ich kann über Funk ein hiesiges Taxi für Sie rufen. Wann und wohin soll es kommen?“
Eine zentnerschwere Last fällt Mara von ihrem Herzen. Eine Übernachtung auf der Clara und ein möglicher Überraschungsbesuch vom geheimnisvollen Unbekannten würden ihre angegriffenen Nerven nicht verkraften. „Das wäre mega cool von Ihnen. Bitte bestellen Sie Ihren Kollegen in einer halben Stunde genau an diesen Platz. Vielen Dank.“ Mit einem großzügigen Trinkgeld verabschiedet sie sich.
In den Hafenkneipen lassen einige Fischer ihren Feierabend ausklingen. Mara hat es eilig, ihren neugierigen Blicken zu entfliehen. Hoffentlich nimmt keiner von ihnen ihre Verfolgung auf. Diese Sorge bleibt zum Glück unbegründet. Unbehelligt erreicht Mara die Clara. Eine

optische Täuschung oder schimmert tatsächlich etwas Licht durch ein Bullauge im hinteren Bereich? Ihr stockt der Atem vor Aufregung. Dummerweise sind alle Vorhänge geschlossen, sodass ein Hineinsehen in die Kajüte nicht möglich ist. Es bleibt ihr keine andere Wahl, als in das Bootsinnere einzudringen, um Gewissheit zu erlangen, wer sich auf der Jacht aufhält.

Ihr Herzschlag gerät außer Kontrolle, als sie die Tür zum Cockpit einen Spalt weit öffnet. Alles ist still, nur die Wellen, die sanft an den Schiffskörper platschen, scheinen ihr zuzuflüstern: *Dreh um, geh nicht hinein!* Wie sehr wünscht sich Mara in diesem Augenblick Ravi als unerschrockenen Bodyguard an ihre Seite. Schritt für Schritt erobern ihre Füße die Treppe hinunter in den Salon, immer darauf bedacht, von einer Sekunde auf die nächste die Flucht anzutreten. Mara wagt es nicht, das Licht einzuschalten und folgt allein dem schwachen Strahl aus der Schlafkajüte. Kein Laut dringt heraus. In dem schwachen Licht übersieht sie die Ecke vom Tisch und stößt mit der Hüfte dagegen. „Autsch!“, entfährt es ihrem Mund. Erschrocken über ihren ungeplanten Ausruf, hält Mara die Luft an. Jetzt weiß der Eindringling spätestens Bescheid, dass jemand im Salon ist. Zu ihrer Überraschung rührt sich nichts. Augen auf und durch ist das Motto. Mit einem Küchenmesser bewaffnet, das wie bestellt auf dem Tisch liegt, stößt Mara die Tür zur Kajüte auf und staunt.

Sie ist leer. Ihre Vermutung geht dahin, dass der Unbekannte die kleine Deckenleuchte gestern Abend nicht ausgeknipst hat. Bei Tageslicht ist es Mara nicht aufgefallen. Auch wenn sie gehofft hat, Hendrik anzutreffen, so erleichtert ist sie, niemand Fremden vorzufinden. Mit diesem kleinen Messer wäre eine erfolgreiche Verteidigung gegen einen Mann mit Sicherheit gescheitert.

Nachdem Mara die Lampe gelöscht hat, begibt sie sich zurück nach draußen aufs Deck. Eine Laterne am Kai spendet genug Licht, um auf der Armbanduhr festzustellen, dass die halbe Stunde längst vorüber ist. Auch das

noch! Womöglich ist das bestellte Taxi inzwischen über alle Berge und hat nicht gewartet.
Die Beine buchstäblich unter die Arme nehmend saust Mara die Kaimauer entlang bis zum verabredeten Platz.
Doch dieses Mal ist ihr das Glück hold. Ein Taxi parkt zwischen einigen Fischkarren. Ein Fahrer jedoch Fehlanzeige! Haben sich die Sterne gegen Mara verschworen? Vor Verzweiflung trommelt sie auf die Motorhaube, was die Aufmerksamkeit der Männer vor der Kneipe erregt. Einer davon wirft automatisch seine brennende Zigarette auf den Boden und zertritt sie. Anschließend steuert er auf das Taxi zu.
„Sind Sie die Miss, die nach Weligama will?"
„Ja", bestätigt Mara kleinlaut, denn der Taxifahrer schaut alles andere als freundlich.
„Sie sind zu spät. Mein Taxameter läuft seit zehn Minuten. Die müssen Sie mitbezahlen."
„Klar, kein Thema." Mara ist alles egal, Hauptsache, sie kehrt unversehrt zu Ravi zurück.
Wenn Mara jedoch gedacht hat, das Abenteuer sei für diesen Tag beendet, hat sie sich gründlich geirrt.
Das Rad steht nicht mehr dort, wo sie es deponiert hatte. Ihr umherschweifender Blick bringt leider keine Erleuchtung, wo es sein könnte. Vielleicht weiß jemand im Hotel Bescheid. Möglich, dass die dort Fahrräder an Gäste verleihen und gedacht haben, jemand hätte es draußen vergessen.
„Guten Abend", richtet Mara das Wort an den Mitarbeiter vom Empfang, der auf einem Stuhl vor sich hindöst. Es dauert einige Sekunden, bevor er reagiert und aufspringt, als wäre er von etwas ins Hinterteil gebissen worden.
„Zimmernummer?"
„Ich habe keine. Ich wollte ...", versucht Mara, sich Gehör zu verschaffen.
„Wir sind ausgebucht, Miss. Tut mir leid."
„Ich brauche kein Zimmer. Ich hatte mein Fahrrad vor dem Hotel abgestellt, und nun ist es weg. Hat es jemand

von Ihrem Personal weggeräumt?“
Der Mann kichert in sich hinein, bevor er antwortet: „Du meinst dieses alte Ding, das am Baum lehnte?“
„Genau!“
„Das stand dort keine fünf Minuten, dann ist ein Halbstarker damit abgehauen.“
„Warum haben Sie ihn nicht zurückgepfiffen, wenn Sie den Diebstahl beobachtet haben?“, empört sich Mara.
„Woher sollte ich wissen, dass es ihm nicht gehört?“
Mara gibt sich geschlagen. Dem Rezeptionisten ist kein Vorwurf zu machen.
Mit hinunterhängenden Schultern verschwindet sie aus dem Hotel, unschlüssig, was sie tun soll. Nicht nur der Heimweg zu Fuß bereitet ihr Kopfschmerzen, sondern auch die Beichte bei Bhavani, dass das Fahrrad seinen Besitzer gewechselt hat. Sie wird also ihren nächtlichen Ausflug zugeben und ein neues Fahrrad kaufen müssen. Von der Peinlichkeit, die Gastfreundschaft missbraucht zu haben, einmal ganz zu schweigen. Was sollen Ravis Eltern und vor allem er selbst von ihr denken? Maras Magen zieht sich bei dieser Vorstellung wellenförmig zusammen.
Wenigstens lässt sie ihr Orientierungssinn nicht im Stich, und nach einer halben Stunde Fußmarsch erreicht Mara das Anwesen, das ihr plötzlich wie eine sichere Festung vorkommt. Nur endlich im Bett liegen und im Schlaf alles heute Erlebte vergessen. Ach, am besten alles, was seit Hendriks Verschwinden passiert ist.
Das nächste Problem wartet allerdings bereits. Kein Schlüssel für die Haustür. Den hat Mara schlichtweg vor lauter Aufregung und Anspannung in ihrem Zimmer auf dem Board liegen gelassen. Dabei hat Madan ihr extra einen eigenen zugestanden. Es bleibt einzig zu hoffen, dass Ravi inzwischen zu Hause in seinem Zimmer ist und sie durch Steinewerfen an sein Fenster seine Aufmerksamkeit erregt. Über den hinteren Gartenbereich gelangt Mara wenigstens aufs Gelände und staunt nicht schlecht, so spät laute Stimmen aus dem Wohnzimmer zu hören. Tatsäch-

lich ist die Tür zur Terrasse unverschlossen.
Wenn der laute Tonfall nicht täuscht, führen Ravi und sein Vater ein Streitgespräch. Vorsichtig pirscht sich Mara weiter vor bis zur Tür. Gerade will sie eintreten, um zu behaupten, wegen mangelnden Schlafbedürfnisses noch einen Rundgang durch den Garten absolviert zu haben, da fällt ihr Name.
„Ich kann Mara nicht mehr länger belügen", raunt Ravi seinem Vater zu. „Das kannst du nicht von mir verlangen. Sie hat das nicht verdient."
Unweigerlich droht Mara, zur Salzsäule zu erstarren. Hat Ravi sie die ganze Zeit belogen? Wieso? Tausend unsichtbare Fragezeichen breiten sich auf ihrer Stirn aus.
Mit fester Stimme fährt Ravi fort: „Auch wenn du Hendrik Matern versprochen hast, niemandem von seinem Verbleib zu berichten, so handelt es sich um seine Zwillingsschwester, die große Angst hat, ihm wäre etwas Furchtbares zugestoßen."
Fassungslos lauscht Mara Ravis Aussagen. Der Mann, in den sie sich verliebt zu haben glaubt, ein Verräter? Er sieht einfach tagelang zu, wie sie leidet und sich um ihren Bruder sorgt?
Madan räuspert sich: „Mir gefällt das alles auch nicht. Niemand konnte ahnen, dass unsere sonst eher träge Polizei sofort den Botschafter einschaltet und Hendriks Schwester in den nächsten Flieger steigt. Außerdem hatte Hendrik versprochen, seine Familie zu benachrichtigen, sobald keine Gefahr mehr besteht."
„Dann rede ihm ins Gewissen, Mara nicht mehr im Unklaren zu lassen. Ich bin nicht mehr bereit, für ihn zu lügen. Damit ist endgültig Schluss." Ravi lässt keinen Zweifel an der Ernsthaftigkeit seiner Worte.
Mit all ihrer restlichen Energie betritt Mara die Bühne dieses Narrenstücks.
Ihr Erscheinen verursacht bei den Männern wohl eine Schockstarre, denn sie verstummen plötzlich.
Wütend und mit Tränen in den Augen packt Mara Ravis

Schultern und schüttelt ihn derartig, dass er nach hinten strauchelt.
„Mara, ... wo kommst du denn her? Hast du uns belauscht?“, stottert Ravi.
Das Wort *belauschen* versetzt Mara endgültig in Rage, und sie schreit die Männer an: „Das hätte ich besser schon eher tun sollen, dann wäre mir viel Leid erspart geblieben. Was seid ihr für Menschen? Ich will wissen, was für ein Spiel ihr mit mir treibt. Wo ist mein Bruder, und warum meldet er sich nicht bei mir oder bei Amalie?“
Madan verdrückt sich elegant aus dem Zimmer und überlässt seinem Sohn das Schlachtfeld.
Ravi versucht, Mara auf einen Sessel zu drücken.
„Fass mich ja nicht an, nie wieder, kapiert?“ Mara beginnt hemmungslos zu schluchzen.
„Hendrik geht es soweit gut“, erklärt Ravi. „Er hält sich in einem Privatkrankenhaus etwa zwanzig Kilometer von hier im Landesinneren auf. Ich fahre dich morgen hin, und dann erzählt er dir alles selbst.“ Wieder möchte Ravi Mara in seine Arme schließen, die ihn jedoch zurückstößt.
„Wie konntest du mich so lange leiden sehen? Ist das deine Art, Zuneigung zu zeigen?“
„Glaub mir, ich würde das alles gern ungeschehen machen. Es war falsch, und ich habe die ganze Zeit unter der Situation gelitten.“
„Wieso ist Hendrik überhaupt in einem Krankenhaus, wenn es ihm angeblich gut geht? Was ist passiert?“
„Seine Mitseglerin wurde bei einem Segelmanöver verletzt.“
„Mitseglerin? Wer ist diese Person und was hat sie mit Hendrik zu tun?“
„Ich möchte nicht noch mehr falsch machen. Dein Bruder wird dir das alles berichten.“
Mara hat genug von diesem Dialog. „Das werde ich dir niemals verzeihen. Ich will nichts mehr mit dir zu tun haben.“ Ohne eine weitere Entschuldigung abzuwarten, stürzt Mara in ihr Zimmer, schließt hastig die Tür ab, als

wollte sie das eben Erlebte für immer aussperren. Sie wirft sich auf das Bett. Tränen der Verzweiflung und Enttäuschung laufen über ihr Gesicht wie nach einer Gletscherschmelze.
Auf Ravis beharrliches Klopfen reagiert sie nicht.
„Bitte, Mara, öffne die Tür. Du verdienst so eine schlechte Behandlung nicht. Es tut mir so leid, dass ich dich belogen habe."
Sein Verlangen bleibt unerfüllt. Mara heult die restliche Nacht allein und innerlich zerrissen ins Kissen, ohne Schlaf zu finden.

KAPITEL 11

Als der nächste Morgen graut, zögert Mara nicht lange und packt ihre Sachen. Sie bringt es nicht übers Herz, sich einfach ohne Nachricht aus dem Staub zu machen.
Deshalb hinterlässt sie auf einem Zettel eine Mitteilung neben der Obstschale auf dem Tisch.

Liebe Familie Nuri,
vielen Dank für die Gastfreundschaft. Das Fahrrad werde ich selbstverständlich ersetzen. Bitte mailen Sie die Rechnung für das neue zu mir nach Hamburg.
Gruß Mara

Darunter kritzelt sie ihre Mailadresse. Einen Moment ist Mara in Versuchung, Ravi extra ein paar Zeilen hinsichtlich ihrer maßlosen Enttäuschung und des Vertrauensbruchs zu schreiben. Den Gedanken verwirft sie jedoch, da kein Briefumschlag zur Verfügung steht. Schließlich sollen die anderen Familienmitglieder nicht erahnen, dass zwischen ihr und dem Sohn des Hauses mehr gelaufen ist, als ihnen lieb sein würde.
Von ihren Gastgebern unbemerkt schleicht Mara aus dem Haus und schleppt unter großer Kraftanstrengung beide Koffer, an jeder Hand einen, hinter sich her. Zum Glück verfügen sie über Rollen, die jedoch ab und zu in den Schlaglöchern hängen bleiben. Innerhalb weniger Minuten sind die Gepäckstücke mit einer Staubschicht überzogen.
Auf der Landstraße in Richtung Galle erreicht Mara erschöpft eine Haltestelle. Ihr T-Shirt ist bereits schweißdurchtränkt, denn die Sonne knallt unterdessen vom Himmel.
Was wäre Mara ohne Gunnars Strohhut.
Von einem Bus ist nichts zu sehen. Einen Fahrplan gibt es

nicht, auch keine Bank zum Warten. Dafür ragt ein größerer Stein wenige Meter entfernt aus dem Gestrüpp heraus. Für ein Taxi hat Mara kein Geld mehr. Folglich bleibt nur die Transportmöglichkeit per Bus, obwohl sie keine Ahnung hat, wo diese Privatklinik liegen soll, in der sich Hendrik angeblich aufhält. Schön dumm, Ravi nicht wenigstens nach dem genauen Namen gefragt zu haben.
Per Handy informiert Mara Amalie, dass Hendrik lebt und sie ihn bald treffen wird. Alles Weitere wird sie in einigen Stunden melden. Die gleiche Mitteilung schickt sie an Lukas und Irene. In der Nacht hatte Mara so in Selbstmitleid gebadet, dass die Wartenden in Deutschland komplett ausgeblendet waren. Wie konnte sie nur so naiv sein und glauben, Ravi hätte all diese Dinge aus echter Zuneigung zu ihr getan? Immerhin gab es diesen leidenschaftlichen Kuss im Meer, zärtliche Berührungen und sehr romantische Momente. Alles war von ihm vorgetäuscht und inszeniert wie eine groteske Komödie, um sie von Hendriks Suche abzulenken. Unbegreiflich, warum. Wie kann ihr Bruder allen so viel Sorge und Leid bereiten? Da muss er einen sehr guten Grund parat haben. Ihre Wut richtet sich gegen die beiden Männer, die sie liebt und die Mara verletzt haben. Fast hätte sie Lukas betrogen und damit ihre gemeinsame Zukunft zerstört.
Ein herannahender Eselskarren reißt Mara aus ihren Überlegungen. Bevor sie reagieren und ihn anhalten kann, ist er vorbeifahren. Ihr dämmert es, nur per Anhalter weiterzukommen.
Ein Bus scheint hier jedenfalls nicht entlangzuknattern.
Entschlossen streckt Mara, um eine Mitfahrgelegenheit bemüht, beim nächsten Laster ihre Hand hoch. Vergeblich. Drei andere Autos rollen ebenfalls achtlos an ihr vorbei. Entmutigt hockt sich Mara zurück auf den Stein, ihren Kopf in beide Hände gestützt. Wie aus dem Nichts bremst abrupt ein Vehikel scharf neben ihr und wirbelt mächtig Staub auf, sodass sich Mara die Augen reibt. „Hey, geht's noch?“, ruft sie dem Beifahrer zu, der verschmitzt

aus dem türlosen Vehikel zu ihr hinunterschaut.
„Mir kam der Hut bereits aus der Ferne sehr bekannt vor“, hört Mara eine vertraute Stimme. „Hallo, Miss Matern, ich komme anscheinend immer im richtigen Moment, um Sie aufzugabeln.“
„Das können Sie laut sagen“, erwidert Mara erleichtert. Sie kann ihr Glück kaum fassen, denn es handelt sich um niemand anderen als Gunnar Acker.
„Wollen Sie zum Flughafen? War aber ein kurzer Urlaub.“
„Nein, ich suche eine Privatklinik etwa zwanzig Kilometer von hier im Landesinneren. Kennen Sie die?“
Gunnar wendet sich an seinen Kumpel Hamed, der etwas auf Singhalesisch erwidert.
„Hamed weiß zwar den Namen nicht, aber dafür, wo sie sich befindet. Sind Sie etwa krank?“
Mara verneint. „Ich suche jemanden, der sich dort aufhalten soll. Können Sie mich mitnehmen?“
Wieder bespricht sich Gunnar mit Hamed und steigt dann aus. „Das ist ein Umweg, aber für unsere Freundin machen wir ihn.“
Am liebsten würde Mara den beiden Männern vor Dankbarkeit um den Hals fallen, was aber nicht ladylike wäre. Also beherrscht sie sich.
Dieses Mal bietet ihr Gunnar Acker an, vorn zwischen Hamed und ihm Platz zu nehmen, aber Mara lehnt ab.
„Die Laderampe ist mir lieber. Von da aus habe ich einen besseren Ausblick.“
Gunnar fackelt nicht lange, hilft Mara wieder über die Hühnerleiter auf die Plattform des Lasters zu steigen, auf der sich die Kisten ohne Federvieh türmen. Dann hievt er die Gepäckstücke nach und klettert zu Maras Erstaunen mit hinauf. Vermutlich verfügt er über hellseherische Fähigkeiten und ahnt, dass mit ihr etwas nicht in Ordnung ist.
Gunnar klopft kurz an die hintere Scheibe zur Fahrerkanzel, und Hamed gibt Gas.
Der erste Kilometer verläuft schweigend, bis sich Mara

bemüßigt fühlt, ihrem erneuten Retter eine Klärung abzugeben und ihre Situation zu schildern. In wenigen Sätzen erzählt sie die Geschichte vom verschollenen Zwillingsbruder und dass er sich laut der Familie Nuri in besagter Privatklinik aufhalten soll.
„Nuri? Was hast du denn mit denen zu tun?“
„Ich war die letzten Tage bei ihnen zu Gast.“
„Wow, dann kennst du eine der einflussreichsten Familien hier in der Umgebung. Madan Nuri gilt als großer Wohltäter unter den Einheimischen. Ist dein Bruder verunglückt und verletzt?“
„Ich habe keine Ahnung. Angeblich ist ihm nichts passiert. Warum er sich allerdings nicht meldet, ist meiner Großmutter und mir bisher ein Rätsel. Auf jeden Fall haben wir viele Tage der Angst um ihn hinter uns. Er muss also eine sehr gute Erklärung dafür haben, uns das anzutun.“
„Mensch, Mädel, warum hast du das nicht gleich auf dem Flug oder spätestens auf der Fahrt nach Galle gesagt? Hamed und ich kennen hier Hinz und Kunz auf der Insel. Wir hätten den Verbleib deines Bruders für dich bestimmt viel schneller in Erfahrung gebracht.“ Gunnar bekommt offenbar väterliche Anwandlungen, duzt Mara wie eine alte Bekannte und legt tröstend einen Arm um ihre Schultern. Mara lässt dies widerstandslos geschehen. Nie hätte sie im Flugzeug für möglich gehalten, dass ihre sonstige Menschenkenntnis sie in Bezug auf Gunnar gründlich im Stich lassen würde. Auch wenn er sich als Platznachbar aufdringlich und manchmal als Prolet outete, hat er sich nach und nach als Freund in der Not entpuppt. „Was führt Sie überhaupt auf diese Insel?“, will Mara unvermittelt wissen. Sie erhält eine verblüffende Antwort: „Ich bin Leiter einer deutschen Organisation, die Patenschaften zu Kindern auf Sri Lanka vermittelt, und überprüfe, ob das Geld für die Kleinen auch tatsächlich in den Familien sinnvoll genutzt wird. Vor allem die Mädchen sollen eine Chance auf Bildung erhalten. Das ist hier leider immer noch nicht

selbstverständlich."
„Ich habe gerade bei den Nuris die beiden Töchter kennengelernt, die studieren.", wendet Mara ein.
„Natürlich hängt das von der Gesellschaftsschicht ab, in der die Jugendlichen leben", fährt Gunnar fort, „die reichen Plantagenbesitzer ermöglichen ihrem Nachwuchs heutzutage ein Studium sogar in Europa oder den USA. In den niedrigen Kasten dagegen werden Mädchen weiterhin in etlichen Bereichen diskriminiert, was vielfach auf die existierenden Wertvorstellungen und Traditionen zurückzuführen ist. Die frühe Verheiratung von Mädchen zum Beispiel erschwert den Zugang zur Bildung. Zahlreiche Eltern bevorzugen nach wie vor ihre Söhne, wenn es darum geht, ihren Kindern eine Schul- und Berufsausbildung zu vergönnen. Die weiblichen Familienmitglieder sollen die häuslichen Pflichten erfüllen."
„Da haben Sie ja eine sehr verantwortungsvolle Aufgabe übernommen." Niemals hätte Mara Gunnar mit solch einer Tätigkeit in Verbindung gebracht. Wie sie sich doch in ihm getäuscht hat, und das nur aufgrund von Oberflächlichkeiten. Das nächste Mal wird sie bei einem fremden Menschen vorsichtiger mit ihren Vorurteilen umgehen.
Ein scharfes Bremsmanöver und ein ohrenbetäubendes Tuten aus Hameds Signalhörnern reißen Mara aus ihren guten Vorsätzen.
Glücklicherweise verhindert Gunnars Umklammerung ein Hin- und Herschleudern auf der Rampe und einen Zusammenprall mit den Kisten.
Endlich hält der Laster vor der Privatklinik. Bereits von außen ist eine gewisse Exklusivität festzustellen. Im Gegensatz zu den staatlichen Krankenhäusern empfängt ein großzügig angelegter Park die Besucher und Patienten. Nahezu verschwenderisch werden Rasenflächen bewässert, als handelte es sich um einen Golfplatz. Rechts und links der Auffahrt heißen riesige Kübelpflanzen Heilsuchende und Gäste willkommen. Es wird eher der Eindruck

erweckt, sich in einer gehobenen Hotelanlage zu befinden statt auf einem Klinikgelände.
Gunnar wirkt beeindruckt. „So etwas kann sich dein Bruder leisten? Alle Achtung. Dem Anschein nach lassen sich hier die Schönen und Reichen auf Vordermann bringen."
Gunnars Ausdrucksweise bringt Mara zum Schmunzeln, obwohl ihr alles andere als nach Heiterkeit zumute ist. Am liebsten würde sie ihn als Beschützer mit in die Klinik nehmen. Das wäre jedoch zu viel verlangt.
Stattdessen verabschiedet sie sich von Gunnar und Hamed mit Dankesbekundungen.
„Lass mich bitte wissen, wie es dir und deinem Bruder ergangen ist, Mädel. Und wenn du wieder mal auf der Insel bist, auch. Mach's gut, und viel Glück." Blitzartig hat Gunnar Mara eine Visitenkarte in die Hand gedrückt und umarmt sie anschließend wie eine Tochter.
„Das mache ich ganz bestimmt, versprochen. Ihr Strohhut wird mich immer an Sie und Hamed erinnern. Alles Gute und viel Erfolg mit Ihren Projekten."
Keine zehn Sekunden später knattert das Vehikel davon, während die Männer ein letztes Mal aus den nicht vorhandenen Fenstern beziehungsweise Türen winken und eines der Signalhörner zum Abschied ertönt.
Maras Beine fühlen sich an, als würden Bleikugeln an ihnen hängen. Sosehr sie dieses Wiedersehen mit Hendrik für Amalie und sich herbeigesehnt hat, so groß ist die Beklemmung, was sie erwartet. Wird es noch der Zwillingsbruder sein, dem sie vor über einem Jahr auf der Elbe nachgewunken hat? Wie wird er aussehen? Wie haben ihn die Erlebnisse geprägt? Was hat es mit der mysteriösen Mitseglerin auf sich? Lauter unsichtbare Fragezeichen auf ihrer Stirn, die hoffentlich bald gelöscht werden wie unliebsame Mails im Spamfilter.
Ihr Gepäck hinter sich herziehend erreicht Mara das Portal, das sich automatisch durch eine Lichtschranke öffnet. Eine angenehme Kühle schlägt ihr entgegen.

Aufgrund der Koffer nimmt die junge, sorgfältig geschminkte Frau am Empfang womöglich an, Mara wäre eine neue Kundin.
„Herzlich willkommen. Darf ich Ihren werten Namen erfahren?“, säuselt sie durch ihren roten Kussmund.
„Ich ... ich bin keine Patientin“, stellt Mara sofort die falsche Vermutung richtig.
„Wo wollen Sie dann bitte mit Ihrem Gepäck hin?“
Mara geht erst gar nicht auf diese Frage ein, sondern fordert: „Ich möchte meinen Bruder besuchen, Hendrik Matern.“
Die Angestellte schaut auf den PC-Bildschirm. „Tut mir leid, aber ein Mann solchen Namens befindet sich nicht in unserer Patientenkartei.“
Diese Meldung hat Mara in den letzten Tagen wirklich zur Genüge gehört, und nur mit Mühe unterdrückt sie ihren aufsteigenden Frust. „Gibt es denn in der Nähe eine ähnliche Klinik wie diese?“
„Nein, auf keinen Fall. Es existieren nur wenige Privatkrankenhäuser auf der Insel, und diese liegen weit verstreut. So einen Komfort wie bei uns werden Sie ohnehin nirgendwo anders finden“, preist die Dame ihren Arbeitsplatz an.
„Dann ist mein Bruder hier“, verkündet Mara mit fester Stimme.
„Gute Frau, alles, was recht ist. Ich kann Sie schlecht in allen Zimmern nachschauen lassen, ob sich der Gesuchte dort irgendwo aufhält.“
Bei all der Aufregung fällt Mara erst in diesem Moment das Naheliegende ein, und sie fischt Hendriks Foto aus der Tasche, um es der Empfangsdame unter die Nase zu halten.
Diese betrachtet ungläubig das Bild. „Tatsächlich, dieser Mann ist bereits eine Weile hier, aber sein Name war mir nicht geläufig, da er kein Patient ist. Entschuldigen Sie bitte, dass ich Sie wegschicken wollte.“
Als hätte Hendrik gespürt, dass Mara ganz nahe weilt,

taucht er wie Phönix aus der Asche plötzlich auf und erstarrt zunächst bei ihrem Anblick. Dann strahlt er wie die Sonne am Himmel und läuft ihr entgegen. „Mara, wie kommst du denn hierher?“
Wut, Enttäuschung und die Ängste, die Mara in der Vergangenheit verspürt hat, lösen sich in Luft auf, und sie fällt schluchzend in die Arme ihres zweiten Ichs.
Hendrik hält sie so fest umschlungen, als wollte er sie an sich ketten und nie wieder freigeben. Er scheint die vielen Fragen, die Mara auf der Seele brennen, zu wissen, denn er schlägt einen anderen Ort für seine Enthüllungen vor.
Im eigens für Patienten gestalteten Garten mit sprudelndem Quellstein und kleinen Verweiloasen nehmen Mara und Hendrik auf einer Bank Platz, sich immer noch fest an den Händen klammernd.
Jetzt gibt es kein Halten mehr für Mara. „Warum hast du dich nicht gemeldet? Uns ist fast das Herz stehen geblieben, als wir das Fax wegen deines Verschwindens vom Botschafter aus Colombo erhielten. Du weißt doch, dass sich Ama wegen ihrer instabilen Gesundheit nicht aufregen darf.“
„Mein Verhalten ist wirklich unverzeihlich. Du hast recht. Dass du für mich erstmalig in einen Flieger gestiegen bist, ist der größte Liebesbeweis einer Schwester. Woher weißt du überhaupt, dass ich hier bin?“
„Ravi und sein Vater, diese Verräter, haben mich tagelang zum Narren gehalten. Ich habe sie gestern durch einen glücklichen Zufall belauscht und dadurch erfahren, dass du lebst und dich in einer Klinik aufhältst. Die staatlichen Krankenhäuser habe ich alle vergeblich nach dir abgeklappert. Die Vermutung lag nahe, dass du vielleicht einen Unfall hattest und an einer Amnesie leidest.“
„Diese Annahme ist der Wahrheit gar nicht so fern“, unterbricht Hendrik Maras Redeschwall.
„Wieso? Bist du verletzt worden und hattest dein Gedächtnis vorübergehend verloren?“ Mara hofft es fast, um eine überzeugende Erklärung als Entschuldigung für

Hendriks Verhaltensweise zu bekommen.
„Nein, nicht ich bin verletzt worden, sondern Indira.“
„Indira? Ist das die Frau, der die Saris im Boot gehören und von der Ravi als deiner Mitseglerin gesprochen hat?“
„Genau, aber lass mich dir die Geschichte bitte von Anfang an erzählen.“
„Willst du nicht erst einmal Ama anrufen?“
Vorgeschlagen und ausgeführt. Mal abwechselnd, mal jeder einzeln, berichten Mara und Hendrik der Großmutter, wo sie sind und wie es ihnen geht. Mara verspricht, alle Details zu Hause zu erklären.
Nachdem das Gespräch beendet ist, sendet Mara eine entsprechende Nachricht an Lukas.
„Du bist also noch mit ihm zusammen“, stellt Hendrik nüchtern fest, als hätte er daran berechtigte Zweifel gehegt.
„Ja, bin ich, aber lenk nicht vom Thema ab. Beichte endlich, was mit der Jacht und dir passiert ist und wer diese geheimnisvolle Indira ist.“
„Also gut. Die Segelei zu den Malediven war anstrengend. Für diese Gegend sonst eher unüblich herrschten starke Winde. Ich verbrauchte viel Energie beim Bedienen der Segel und war total froh, endlich auf der Hauptinsel Malé zu landen. Dort ankerte ich direkt vor einer Hotelanlage. Ich freute mich nach langen Wochen der Einsamkeit auf die Zivilisation und darauf, mal kein Dosenfutter zu essen, sondern frisch zubereiteten Fisch und Gemüse. Meine Vorräte hatten auch einen dramatischen Schwund zu verzeichnen und mussten dringend aufgefüllt werden. Außerdem wollte ich mir einige Tage Pause gönnen, um die einzigartige Unterwasserwelt zu erforschen. Einfach relaxen, faul in der Sonne liegen und kleine Reparaturen an der Clara ausführen. Dieser Wunsch sollte mir nicht vergönnt werden. Ich schaffte es gerade, in der Stadt meine Einkaufsliste abzuarbeiten und mir das ganze Zeug zum Schiff bringen zu lassen. Nachdem ich alles an seinen Platz verstaut hatte, machte ich mich ausgehfertig. Du kannst dir nicht vorstellen, wie gut es mir im Hotelrestaurant

schmeckte. Ein Wunder, dass man mich überhaupt bediente, denn es fand eine große Hochzeit statt. Aber in Asien kennt Gastfreundschaft keine Grenzen."

„Ja, daran glaubte ich bis gestern auch", unterbricht Mara den bisherigen Monolog ihres Bruders mit einem bitter klingenden Tonfall.

Hendrik ergreift erneut das Wort, ohne auf Maras Andeutung einzugehen. „Ich wurde sogar zwischen den Essensgängen in die Hochzeitsgesellschaft eingebunden, indem mich eine ältere Frau zum Tanz aufforderte. Ich wagte natürlich nicht, ihr die Bitte abzuschlagen. Auf der Tanzfläche entdeckte ich zum ersten Mal die Braut, die einfach umwerfend schön, ja, fast zerbrechlich aussah. In einen edlen Sari gekleidet wirkte sie jedoch alles andere als strahlend und glücklich. Das wunderte mich aber nicht weiter. Vielleicht dürfen die Frauen bei einer solchen Gelegenheit nicht lächeln, dachte ich in meiner Naivität. Mein Blick ins Weinglas war wohl etwas zu tief ausgefallen, und mein Magen drohte vor Überfüllung zu platzen. Ich schleppte mich deshalb nach diversen Tänzchen gleich zurück auf die Clara, nicht mal im Traum ahnend, was mich dort erwartete."

„Mach's nicht so spannend. Was passierte?", will Mara voller Ungeduld wissen.

„Ich verschloss von innen die Tür zum Deck und torkelte zur Kajüte von dem einzigen Wunsch besessen, mich endlich auszustrecken. Ohne mich meiner Klamotten zu entledigen, ließ ich mich auf die Koje fallen. Doch da lag schon jemand. Ich schrieb diese Wahrnehmung meinem Alkoholkonsum zu. Als dieser jemand mich aber auf Englisch anflehte, nicht zu schreien, wurde mir klar, einen uneingeladenen Gast an Bord zu haben. Ich knipste das Licht an und traute meinen Augen nicht. Die einheimische Schönheit von Braut aus dem Hotel erwartete mich auf meinem Bett? Ich musste entweder träumen oder halluzinieren. Sie blickte mir ängstlich aus ihren wunderbaren Mandelaugen entgegen und beschwor mich mit

Handzeichen, leise zu sein."
„Und was wollte sie an ihrer eigenen Hochzeit von dir? Noch schnell etwas erleben?" Mara findet auf einmal zu einem flapsigen Klang in der Stimme zurück und kichert.
„Weit gefehlt. Sie hatte ausgerechnet die Clara auserkoren, um sich zu verstecken und vor ihrem gewalttätigen Bräutigam zu flüchten. Dieser sei ein einflussreicher Geschäftsmann und würde vor nichts zurückschrecken."
„Oh, mein Gott", entfährt es Mara. „Hört sich wie ein Actionthriller an."
„Kam mir auch so vor", pflichtet Hendrik ihr bei. „Natürlich fragte ich sofort, warum sie überhaupt auf eine Ehe mit diesem Typen eingegangen ist. Indira klärte mich kurz auf, dass sie keine Wahl gehabt hätte, nannte aber keine konkreten Gründe. Ich ließ es dabei bewenden, denn inzwischen zitterte sie am ganzen Körper, und ich hatte nur noch Mitleid mit ihr und der heiklen Situation. Zu meinem Entsetzen gestand Indira, über keinerlei Papiere zu verfügen. Die befanden sich in der Obhut des Ehemannes. Es blieb ihr folglich allein die Flucht, am besten nach Sri Lanka. Sie versprach, niemandem jemals von meiner Hilfe zu erzählen."
„Und schon warst du weich gekocht wie ein Dreiminuten-Ei, stimmt's, Bruderherz?"
„Wie hättest du denn in dieser Lage entschieden? Sie zum Teufel gejagt und über Bord geworfen?"
„Nein, bestimmt nicht."
„Jedenfalls sind wir keine Viertelstunde später ausgelaufen, und die Clara hat Kurs auf Sri Lanka genommen."
„Wurde das Fehlen der Braut nicht gleich bemerkt? Ich glaube, ich wäre vor Angst gestorben, ein Schnellboot hätte die Clara verfolgt und auf sie geschossen", geht die blanke Fantasie mit Mara durch.
„Genauso fühlte ich auch, aber Indiras Gesellschaft machte das alles wett. Sie bewegte sich an Bord, als hätte sie mich die ganze Zeit auf der Weltumsegelung begleitet. Um es kurz zu machen, wir verliebten uns ineinander."

„Da hast du dich ja flott nach Irene getröstet.“ Einen vorwurfsvollen Unterton kann sich Mara nicht verkneifen.
„Nicht ich habe die Beziehung mit Irene beendet, sondern sie. Oder hat dir deine Freundin etwas anderes vorgegaukelt?“
„Nein. Du kannst nicht erwarten, dass eine Frau ewig auf ein Zeichen von dir wartet. Du hast nie angerufen, nicht mal zum Geburtstag oder zu Weihnachten. Aber verschieben wir dieses Thema und berichte bitte, was weiter geschah.“
Hendrik greift den Faden wieder auf: „Schließlich kam Land in Sicht, Sri Lanka. Übermütig stürzte Indira nach vorn, ohne zu bemerken, dass ich dabei war, die Position des Schiffes zu verändern. Dabei schwenkte der Segelbaum nach links und traf Indira am Kopf. Sie brach bewusstlos zusammen.“
„Oh, wie schrecklich. Wie hast du reagiert?“
„Erst einmal brachte ich die Clara in eine stabile Lage und schaltete den Autopiloten ein. In meiner Sorge um Indira bedachte ich allerdings nicht, dass wir ziemlich Fahrt aufnahmen. Ich trug sie unter Deck und hoffte einfach darauf, dass sie wieder aufwachte, was nicht geschah. Dabei vergaß ich völlig die Zeit und die Jacht, die in rasantem Tempo auf die Insel zusteuerte.“ Hendrik regt die Erinnerung daran unübersehbar auf, denn er läuft im Gesicht rot an. „Als ich zum x-ten Mal den Lappen im kalten Wasser tränkte und ihn Indira auf die Stirn legte, gab es einen lauten Knall. Die Clara schien irgendwo aufgelaufen zu sein. Der Inhalt der Kajüte verselbstständigte sich bei dem Aufprall. Gerade rechtzeitig beugte ich mich mit meinem Körper zum Schutz über Indira und hielt sie fest. Mir flog eine Tasse an den Kopf, aber du kennst meinen Dickschädel, den so leicht nichts erschüttert.“
Hendrik schafft es mit diesem Eingeständnis, Mara zum Schmunzeln zu bringen. Es stimmt, dass ihr Bruder schon als kleiner Junge einen unsichtbaren Stahlhelm als

Schutzhülle um den Kopf getragen haben musste. Er wollte einmal Mara beweisen, genauso gut zu turnen wie die Athleten bei der Olympiade, die gerade im Fernsehen übertragen wurde. Als Reck diente das eiserne Geländer der Außenkellertreppe. Mit Schwung schlug er an ihm einen Purzelbaum und mit dem Schädel dabei gegen den Steinvorsprung auf. Jedes andere Kind hätte bestimmt ein Loch im Kopf und eine Gehirnerschütterung davongetragen, nicht so Hendrik. Allein eine dicke Beule zeugte von seinem Übermut.

„Und was passierte dann?", drängt Mara nach ihrem gedanklichen Exkurs.

„Ich war total durcheinander. Einerseits wollte ich Indira nicht aus den Augen lassen, andererseits aber nachschauen, wo wir gestrandet waren. Kaum hatte ich meinen Kopf nach draußen gesteckt, vernahm ich ein lautes Rufen. Es kam vom Strand, auf den die Clara aufgelaufen war. Ein junger Mann fuchtelte mit den Armen und stapfte durchs Wasser aufs Boot zu."

„Ravi?", mutmaßt Mara, deren Magen beim Aussprechen seines Namens wieder rebelliert.

„Ja, er war sofort zur Stelle. Er hatte die Jacht von der Adelsinsel aus entdeckt und beobachtet, wie sie ungebremst in Richtung Festland schoss, und kombinierte, dass dies kein gutes Ende nehmen würde. Ich kann nicht mehr sagen, warum, aber ich vertraute Ravi gleich an, dass Indira sofort ärztliche Hilfe benötigte, aber ohne Ausweis nicht in ein staatliches Krankenhaus gebracht werden dürfe. Sonst hätten sie dort möglicherweise Nachforschungen betrieben und den Ehemann auf den Malediven ausfindig gemacht und benachrichtigt. Vielleicht wurde sogar bereits über die Grenzen der Malediven hinaus nach Indira gefahndet. Ravis Vater ist ein enger Freund des Leiters dieser Privatklinik, der Indira ohne große Fragen nach ihrer Identität und ihren Papieren aufgenommen hat und behandelt. Ein unglaublicher Glückstreffer, ausgerechnet an Ravi zu geraten, als wäre er uns von irgendeiner

außerirdischen Macht zur Rettung geschickt worden." Hendrik wendet sich Mara zu und blickt ihr flehend in die Augen, wie es scheint hoffend, dass sie sein Handeln versteht und ihm verzeiht. Er fährt fort: „Seit Indira im Koma liegt, bin ich fast nicht von ihrem Bett gewichen. Sie kennt niemanden sonst, und wenn sie aufwacht, weiß sie nicht, was ihr zugestoßen ist."
„Was ist überhaupt der Grund für ihre Bewusstlosigkeit?", unterbricht Mara Hendriks Bericht.
„Ein leichtes Schädel-Hirn-Trauma. Die Ärzte hatten von Anfang an die Hoffnung, dass das Koma nicht lange dauert. Dummerweise ist die Polizei auf die gestrandete Jacht aufmerksam geworden, bevor Ravi sie wie versprochen in den Hafen manövrieren konnte. Wie hätte ich erklären sollen, warum ich das Schiff am helllichten Tag bei optimalem Wetter in den Sand gesetzt habe?"
„Aber wieso hast du nicht bei uns angerufen? Wir hätten wohl kaum Kontakt zu Indiras Ehemann aufgenommen. Du musstest damit rechnen, dass die Polizei deine Adresse in Deutschland ausfindig macht und uns informiert. Kannst du dir unsere Angst vorstellen? Die Nachricht kam übrigens am Tag meines Examens."
Hendrik drückt Mara fest an sich. „Es tut mir so leid. Ich bin mir bewusst, falsch und egoistisch gehandelt zu haben. Bitte sei Ravi und seiner Familie nicht böse. Sie haben alles für Indira und mich getan. Sobald sie aufwacht und wieder stabil ist, werden wir gemeinsam sofort absegeln, um dem Ehemann zu entrinnen. In Deutschland wird er sie wohl kaum aufspüren. Ich hoffe, der Botschafter weiß Rat hinsichtlich Indiras fehlender Papiere."
Mara entfährt ein tiefer Seufzer. „Du weißt, dass ich dir nie lange böse sein kann. Ich bin froh, dass dir nichts zugestoßen ist, aber spätestens, als du das Skippergesuch von der Clara abgerissen hast, hättest du dich bei mir melden müssen. Du warst das doch, oder?"
„Ja, ich war einige Male kurz auf der Jacht, um nach dem Rechten zu sehen und Kleidung für Indira und mich zu

holen. Ich musste natürlich verhindern, dass sich wirk1ich ein Skipper meldet. Ravi hielt mich über deine Aktionen auf dem Laufenden."

„Demnach hatte ich auch vor einigen Tagen keine Halluzinationen, als ich dir in einer Gasse nachgerufen habe?"

„Davon weiß ich nichts. Ich habe zwei Saris in Galle für Indira gekauft, denn in dem Hochzeitsgewand kann sie schlecht rumlaufen, wenn sie wieder fit ist. Jedenfalls erinnere ich mich nicht daran, meinen Namen irgendwo gehört zu haben."

„Das ändert leider nichts an der Tatsache, dass du großen Mist gebaut hast."

„Wenn ich alles rückgängig machen könnte, würde ich es tun, bitte glaub mir das. Vor allem Ama wollte ich nicht solch einen Kummer bereiten. Ich habe von deiner Ankunft auf der Insel erst von Ravi erfahren, als er vom Botschafter darüber informiert wurde. Irgendwie ist alles aus dem Ruder gelaufen."

„Wussten Ajala, Bhavani und Ela Bescheid? Haben sie mich ebenfalls angelogen?"

„Dazu weiß ich nichts. Ich stehe nur mit Madan und Ravi in Verbindung."

„Ein Gutes hat dieses ganze Abenteuer jedenfalls. Ich hätte wahrscheinlich nie meine Flugangst überwunden und dieses Paradies kennengelernt. Ich kann dein Fernweh nachvollziehen, und das Einzige, was zählt, ist: Du lebst." Mara springt von der Bank auf und zieht an Hendriks Arm. „Und nun führ mich zu Indira. Ich möchte sehen, ob die Rettung dieser Frau das ganze Abenteuer wert war. Oder darf niemand zu ihr?"

„Natürlich."

Mara begreift kurze Zeit später bei Indiras Anblick, warum es ihren Bruder erwischt hat. Sogar schlafend strahlt die junge Malediverin einen Zauber aus, dem man sich kaum entziehen kann. Ihr Aussehen erinnert Mara an Schneewittchen.

„Hoffentlich wacht sie bald auf und ihr könnt die

Heimreise antreten“, meint Mara.
„Apropos Heimreise. Für wann hast du deinen Rückflug geplant? Ich hoffe, du bleibst noch. Wir haben so viel zu bereden.“
„Ich möchte am liebsten morgen zurück. Ama braucht mich.“
„So schnell? Bleib doch ein paar Tage. Unsere Großmutter wird bestimmt nichts dagegen haben, weil wir nach so langer Zeit viel auszutauschen haben. Du kannst bei mir übernachten. Ich habe ein Zimmer mit Doppelbett im Personaltrakt. Selbst das hat Madan für mich organisiert. Ich weiß nicht, wie ich diese Hilfe jemals wiedergutmachen kann.“

KAPITEL 12

Während Hendrik an Indiras Bett Wache hält, versucht Mara mit der Unterstützung einer Angestellten in der Verwaltung, einen Rückflug nach Hamburg über das Internet zu ergattern. Es sieht für den nächsten Tag schlecht aus. Erst am darauffolgenden frühen Morgen könnte sie einen Platz in einer Linienmaschine buchen. Es bleibt Mara keine andere Wahl. Insgeheim freut sie sich, noch eine Weile mit ihrem Bruder zu verbringen und nähere Einzelheiten über seine Weltumsegelung zu erfahren. Dadurch kann sie gleich Amalie von seinen Erlebnissen berichten, die sicher sehnsüchtig darauf wartet.

Ihre Gedanken kreisen abwechselnd um Ravi und Lukas. Wie wird es sein, ihren Freund wieder in die Arme zu schließen und seine Nähe zu spüren, gar mit ihm zu schlafen? Ob sie dabei Ravi vor ihrem inneren Auge jemals verbannen kann? Es schnürt ihr regelrecht die Kehle zu, ihn womöglich nicht mehr wiederzusehen, ihn nie mehr zu riechen und ihn niemals zu schmecken. Obwohl er ihr Vertrauen missbraucht hat, ist Mara nicht wirklich wütend auf ihn. Dabei wäre es für ihr Gefühlschaos viel leichter, ihn auf diese Weise zu vergessen. Stattdessen erobert eine Gänsehaut ihren ganzen Körper, wenn sie an seine Umarmungen und Küsse denkt. Tue ich ihm unrecht? Konnte er wirklich nicht anders, als mich zu belügen, um Indira nicht zu gefährden?, grübelt Mara, während sie durch den Klinikgarten schlendert, um nach Hendrik und seiner exotischen Geliebten zu schauen. Es ist rührend zu beobachten, wie ihr Bruder Indiras Hand hält, sie streichelt und mit ihr einen Monolog führt. Dem Anschein nach würde er für diese Frau alles tun, und wenn Mara ehrlich zu sich ist, hätte sie für Ravi nicht anders gehandelt.

Leise betritt sie das Krankenzimmer und legt Hendrik von

hinten eine Hand auf die Schulter, der zusammenzuckt.
„Du schleichst immer noch so wie als Kind. Großmutter hat dich nie erwischt, wenn du uns nach dem Zähneputzen und Zubettgehen aus der Vorratskammer Kekse besorgt hast."
„Das bleibt auch bitte unser Geheimnis", beschwört Mara ihren Bruder. „Ama würde sich heute noch Vorwürfe machen, nicht besser auf unseren Süßigkeitenkonsum aufgepasst zu haben. Übrigens habe ich allmählich Hunger. Gibt es hier in der Nähe ein Restaurant?"
„Keine Ahnung. Ich durfte bisher in der Kantine des Personals mitessen und habe dafür einige Euros in die Kaffeekasse geworfen. Bestimmt hat niemand etwas dagegen, wenn ich dich mitbringe. Anschließend machen wir einen Spaziergang durch den Park."
Mara reagiert überrascht. „Ich dachte, du kannst nicht länger als nötig von Indira fernbleiben?"
„Ich habe einen Piepser in der Hosentasche und werde sofort benachrichtigt, sollte sie aufwachen."

Mara und ihr Bruder reden später bis weit nach Mitternacht nebeneinander im Bett liegend. Hendrik berichtet von den Höhen und Tiefen seiner Reise, von Stürmen und der Einsamkeit und auf der anderen Seite den gigantischen Momenten, die ihm eine faszinierende Palette an überwältigender Natur spendeten. Dabei war ihm der verstorbene Vater ganz nah, und er konnte seinen Tod in den vergangenen Wochen endlich verarbeiten.
Mara erzählt von Ama und Irene, die in einen Arbeitskollegen verliebt ist, von ihrer stressigen Examenszeit und ihren Zukunftsplänen mit Lukas, die jedoch von seiner Beziehung zu Tante Gerlinde abhängen.
„Glaubst du ernsthaft, dass die Frau ihren Neffen aus den Klauen lässt, selbst wenn er nicht mehr bei ihr wohnt? Sicher ködert sie ihn mit dem Versprechen, Lukas als Alleinerben einzusetzen, wenn er ihr weiter zu Diensten ist", bringt Hendrik seine Zweifel zum Ausdruck.

„Mal bitte den Teufel nicht an die Wand. Gerlinde muss einsehen, dass Lukas ein Recht auf ein eigenes Leben hat. Am liebsten wäre mir, er würde in unser Haus ziehen. Platz genug haben wir ja, und Ama wäre nicht allein."
„Was ist mit mir? Ich komme bald zurück und bringe Indira mit. Ama wird sich bestimmt gut mit ihr verstehen. Weiß sie überhaupt, dass Irene und ich getrennt sind?"
„Von mir nicht. Ich wollte sie nicht zusätzlich aufregen. Auf jeden Fall bereite ich sie schonend darauf vor. Ama steckt plötzliche Veränderungen nicht mehr so gut wie früher weg."
„Es ist mir bewusst, dass ihr meine Weltumsegelung schwer zusetzt, aber ich konnte einfach damals nicht anders. Mittlerweile habe ich meinen inneren Frieden gefunden und möchte Vaters Werk in der Werft fortführen. Wir können nicht jedem Menschen mit unserem Tun gerecht werden. Bedenk du das auch bitte im Hinblick auf Lukas. Du musst nicht aus Gewohnheit mit ihm zusammenbleiben. Dafür ist das Leben, das vor dir liegt, zu lang."
„Hey, an dir ist ja ein Prediger verloren gegangen." Mara kuschelt sich an ihren Zwilling und fühlt sich beschützt und geborgen, so wie neulich in der Nacht mit Ravi.
„Ich spüre nur, dass du trotz deines bestandenen Examens nicht wirklich glücklich bist."
„Das mag daran liegen, dass ich nicht weiß, welcher Schule ich zugeteilt werde. Es ist alles so ungewiss."
„Wäre das Leben in allen Details planbar, würden wir uns langweilen." Hendrik behält das letzte Wort, denn Mara ist in seinen Armen eingeschlafen.

♥♥♥

Am nächsten Morgen peitscht ein Tropenguss gegen das Fenster.
Mara wird davon geweckt und reibt sich die Augen, als Hendrik in ein Badehandtuch gehüllt gutgelaunt im Tür-

rahmen erscheint. Allem Anschein nach hat er die kurze Nachtruhe weggesteckt und sprüht vor Energie.
„Hallo, Schwesterherz. Wieder fit? Stell dir vor, ich habe geträumt, dass Indira heute aufwacht."
Statt direkt zu antworten, rekelt sich Mara auf dem Bett.
„Komm in die Hufe, du ewige Langschläferin! Ich brauche dringend eine Portion Kaffee", neckt ihr Bruder.
„Gib mir zehn Minuten."
„Okay, wir treffen uns in der Kantine. Ich schaue vorher bei Indira vorbei. Vielleicht warten positive Neuigkeiten."
Das ist leider nicht der Fall, als sich Mara und Hendrik am Frühstücksbufett begegnen. Diese traurige Tatsache dämpft seine Euphorie.
Mara stößt ihren Bruder in die Rippen. „Hey, der Tag hat gerade erst begonnen. Vielleicht wird dein Traum bald Wirklichkeit."
„Mögest du recht behalten. Jede Stunde hier kostet viel Geld und birgt die Gefahr, dass Indiras Mann Wind von ihrem Aufenthaltsort bekommt. Das wäre für uns beide eine Katastrophe."
„Wo ist dein Optimismus hin? Alles wird gut."
„Meinst du, mit Ravi auch?", wechselt Hendrik das Thema.
„Was soll mit ihm gut werden?" Mara kann nicht verhindern, dass eine leichte Röte ihr Gesicht überzieht. Um Gleichgültigkeit bemüht, bestreicht sie ein Stück Fladenbrot akribisch mit einer Quarkpaste und beißt hinein.
„Er hat heute Morgen auf der Station angerufen, als ich gerade bei Indira war, um sich nach ihr zu erkundigen."
Das Brotstück bleibt Mara im Hals stecken, und fast verschluckt sie sich daran.
Hendrik klopft ihr auf den Rücken, bis es auf dem Teller landet und Mara wieder normal atmet.
„Du hast ihm aber nicht verraten, dass ich hier bin, oder?"
„Hm ... ich habe nicht gesagt, dass du erst morgen fliegst, aber dass du bei mir warst. Er fragte, ob du mir verziehen hast und wir uns ausgesprochen haben. Das schien ihm

ganz wichtig zu sein. Jedenfalls wirkte er erleichtert, als ich dies bejahte. Du bedeutest ihm mehr, als du dir eingestehst, stimmt's?"
„Nein, seine Fürsorge war allein Mittel zum Zweck, um mich von dir fernzuhalten." Maras Stimme klingt wehmütig.
„Willst du dich nicht wenigstens von ihm persönlich verabschieden? Ich finde, das hätte er verdient nach allem, was er und seine Familie für uns getan haben."
„Nicht mal per WhatsApp hat er sich erkundigt, wo ich bin oder mir wenigstens einen guten Rückflug gewünscht." Patzig ist Maras Antwort.
„Er weiß eben, wann er verloren hat."
„Typisch für euch Männer, immer zusammenzuhalten. Nach der ganzen Komödie, die er mir vorgespielt hat, erwarte ich mehr Reue."
„Du hast ihm doch gar keine Chance gegeben. Ich finde, du solltest die Insel nicht verlassen, ohne ihm diese zu gewähren. Auch für dich wäre das wichtig." Hendrik gießt sich eine neue Portion Kaffee in den Becher, während Mara eine Tasse Tee bevorzugt.
Eine Weile verharren sie schweigend, bis Mara zugibt: „Du hast recht. Ich rede mit ihm. Fragt sich nur, wo und wie."
„Na, endlich siehst du es ein."
„Er wird auf der Adelsinsel arbeiten. Das ist zu weit von hier ohne Auto. Außerdem müsste ich mit einem Boot übersetzen."
„Mit der Clara von Galle aus ist es auch nicht machbar. Da brauchst du mindestens zwei bis drei Stunden hin und etwas länger sogar zurück."
„Ich schicke ihm eine Nachricht. Besser als nichts." Gerade als Mara ihr Handy aus der Tasche kramt, tritt eine Krankenschwester an ihren Tisch.
Hendrik springt sofort vom Stuhl und will aufgeregt wissen: „Ist etwas mit Indira? Ist sie aufgewacht?"
Die Schwester schüttelt den Kopf. „Nein, sonst hätten wir dich sofort angepiepst. Ich wollte dir nur sagen, dass hier

in der Nähe das jährliche Teeplantagenfest stattfindet. Vielleicht magst du mit deiner Schwester hingehen? So eine Abwechslung tut gut. Ich werde in deiner Abwesenheit ein Auge auf Indira haben, versprochen."

„Vielen Dank, das ist total nett, aber mir steht der Kopf nicht nach feiern."

„Es ist das Fest von den Nuris", sagt Mara, als sich die Krankenschwester mit dem Vorschlag entfernt hat, er könnte es sich ja überlegen. „Ich war schon mal auf dieser Plantage. Es war mir allerdings nicht bewusst, dass sie nicht weit entfernt liegt."

„Demnach wird Ravi heute dort sein", zieht Hendrik die mögliche Schlussfolgerung.

„Ja, wahrscheinlich, und ich werde ihn überraschen. Willst du mich nicht begleiten? Mir wäre viel wohler. Schließlich hat er für dich gelogen."

„Ich weiß, ich bin dir das schuldig, aber verstehst du nicht, dass ich nach meinem Traum bei Indira bleiben möchte?"

Mara überlegt nicht lange. „Klar, ich schaffe es auch allein. Aber wie gelange ich dorthin?"

„Wir fragen am Empfang, ob jemand zufällig in die Richtung fährt und dich mitnimmt."

Wie gut, einen Bruder mit praktischen Ideen zu haben.

Glücklicherweise hat die Empfangsdame in einer halben Stunde Dienstschluss und bietet Mara die Mitfahrgelegenheit an.

Einige Hundert Meter vor der Plantagenauffahrt parken Autos, Laster und Eselskarren am Straßenrand. Das Fest ist wohl in dieser Gegend sehr beliebt.

Mara steigt aus dem Auto und bedankt sich für die Mitnahme. Wenn sie gedacht hat, Ravi gleich zu entdecken, wird sie enttäuscht. Unglaublich viele Menschen drängen auf das Gelände, das mit unzähligen Fahnen und Lampions umsäumt ist. Rechts und links laden Stände mit Tee oder Essbarem zum Kaufen und Kosten ein. Lange Schlangen bilden sich davor. Jemanden Bestimmten hier zu treffen, würde an ein Wunder grenzen. Was für eine

naive Idee.
Wenigstens möchte Mara die Gelegenheit nutzen, für Ama und Irene verschiedene Teesorten einzukaufen. Dazu stellt sie sich willkürlich an einer Schlange an, die sich im Schneckentempo voranbewegt. Zeit, sich an ihren letzten Besuch auf der Plantage zu erinnern. Wie dumm sie sich beim Pflücken der Teeblätter angestellt hatte. Gleich anschließend folgte ihr Versagen, nicht an der Stelze im Meer hochklettern zu können. Trotz der Peinlichkeiten entlockt der Gedanke an diese Begebenheiten Mara ein Schmunzeln. Zu gern würde sie Ravi um die Fotos bitten, die er ab und zu von ihr geschossen hat, vor allem das mit dem niedlichen Babyelefanten.
Bald hat es Mara in der Reihe bis nach vorn geschafft. Ihr Blick schweift auf die Person hinter der Verkaufstheke, und sofort setzt ihr Herzschlag einen Moment aus, als Ravi mit seinem Lächeln die Kunden bedient. Ob er Mara bereits entdeckt hat? Dann wäre die Überraschung misslungen. Sie kann ihr Glück kaum fassen, ihn in all dem Trubel gefunden zu haben. Da muss eine außerirdische Macht die Finger im Spiel haben. Vergessen ist ihre Wut auf ihn. Er soll wissen, dass sie ihm nicht mehr grollt. Hoffentlich macht Ravi eine Pause, um mit ihr allein zu sprechen. Sie kann es kaum erwarten, ihm in seine Augen zu schauen und ihm zu verzeihen. Hendrik hat recht: Es wäre falsch, ohne Abschied von der liebgewonnenen Insel zu verschwinden.
Mara rückt gerade wieder einen Schritt vor, als eine junge Singhalesin neben Ravi auftaucht, ihm einen Kuss auf die Wange haucht, ihm etwas ins Ohr flüstert und anschließend beim Bedienen hilft. Dabei wirken die beiden so vertraut, als wären sie schon lange ein eingeübtes Team. Würde sich doch der Boden unter Mara auftun und sie verschlucken, um der Wahrheit nicht ins Gesicht zu blicken. Natürlich ist dieser wunderbare Mann kein Single. Wie konnte sie so naiv sein, sich dies einzubilden?
Seine Auserwählte ist zudem unglaublich hübsch. Ihre

Haare sind zu einer Banane hochgesteckt und mit bunten Spangen verziert. Der rote Sari betont ihre zierliche Statur, und augenscheinlich verfügt sie über einen besonderen Charme, denn der Kunde, den sie gerade bedient, kauft gleich ein großes Sortiment an verschiedenen Teesorten.
Einer Ohnmacht nahe flüchtet Mara vom Ort der Enthüllung, bevor Ravi sie möglicherweise entdeckt. Seine Chance hat er endgültig vermasselt. Hoffentlich läuft ihr keines der anderen Familienmitglieder über den Weg.
Tränen stürzen auf ihr T-Shirt wie der Wasserfall, den Ravi mit ihr auf dem Weg zum Botanischen Garten besucht hat. So viele Heulanfälle innerhalb weniger Tage gab es sogar als Kind und Jugendliche nicht. Irgendwann müssen sie endlich versiegen.
Wie in Trance rennt Mara die Straße entlang und weiß nachher nicht mehr, wie sie es geschafft hat, einen Laster zum Stoppen zu bewegen.
In der Klinik angekommen wirft sich Mara auf Hendriks Bett und vergräbt ihr Gesicht im Kissen. Würde sie doch einfach ersticken und diesem Schmerz der Enttäuschung nicht weiter ausgeliefert sein. Auf einmal wird ihr klar, warum Ravi im Elefantenwaisenhaus mit ihr im Arm eingeschlafen ist und sich nichts bei ihm regte. Er träumte von seiner Freundin. Trotzdem bleibt sein sinnlicher Kuss bei den Stelzenfischern. Ganz gleichgültig scheint Mara ihm nicht gewesen zu sein. Vielleicht wollte er jedoch nur ausprobieren, ob Europäerinnen anders küssen als einheimische Frauen.
In diesem desolaten Zustand findet Hendrik Mara vor, als er gegen Abend von seinem Wachposten bei Indira zurückkehrt. Er setzt sich zu ihr auf den Bettrand und streicht ihr schweigend über den Arm.
„Ravi hat eine Frau“, spuckt Maras Mund mit erstickter Kehle das Unfassbare aus.
„Du Arme! Es tut mir unendlich leid, dich zu ihm geschickt zu haben.“
„Du kannst ja nichts dafür. Außerdem ist es besser so für

mich. Ich werde morgen, wenn der Flieger von Colombo vom Boden abhebt, mit dieser Insel und allem, was mit ihr zu tun hat, abschließen." Bei diesen Worten weiß Mara, wie schwer das sein wird.
„So haben wir beide kein Glück. Mein schöner Traum hat sich auch nicht bewahrheitet. Bei Indira stellen die Ärzte keine Veränderung fest, die auf ein baldiges Aufwachen hindeuten."
Mara wischt sich die Tränen mit dem Handrücken aus dem Gesicht. „Ja, das ist viel schlimmer als eine Liebe zu verlieren, die ohnehin nicht realisiertbar ist. Wie lange willst du denn hier ausharren? Die Jacht gammelt vor sich hin, und die Kosten vom Krankenhaus steigen weiter."
„Du sprichst genau die Probleme aus, über die ich den ganzen Tag gegrübelt habe. Ich ziehe in Erwägung, die Clara zu verchartern. Das bringt Geld ein. Einen Aushang darf ich vielleicht in Kneipen und Restaurants an die Scheiben kleben und natürlich an der Jacht. Über den Piepser bin ich ja ständig erreichbar und von Galle aus schnell zurück in der Klinik. Was meinst du?"
„Klingt vernünftig, aber nicht nach einer Dauerlösung. So ein Koma kann Wochen oder Monate anhalten. Sicher steht dir dieses Zimmer nicht ewig zur Verfügung. Das Verchartern der Clara birgt auch Risiken. Nicht auszudenken, wenn Vaters Prachtstück etwas passiert. Auf jeden Fall solltest du eine hohe Kaution verlangen." Mara ist plötzlich in ihrem Element. Sie war schon immer in der Familie diejenige, die nichts dem Zufall überlässt und versucht, alle Eventualitäten abzuchecken. „Ein Problem gibt es allerdings mit dem Verchartern."
„Wieso, welches denn?"
„Du brauchst eine spezielle Versicherung dafür. Ich werde mich von zu Hause aus darum kümmern", verkündet Mara.
„Wie gut, dass mein Zwilling für mich denkt."
Mara und Hendrik umarmen sich spontan und halten sich minutenlang ohne ein Wort fest umschlungen, bis Mara

das Schweigen bricht. „Versprich mir aber, dass du dich von heute an regelmäßig bei uns meldest. Wenigstens einmal die Woche. Ich lass dir mein Handy hier. Ein passendes Akkugerät gibt es bestimmt irgendwo zu kaufen."
„Meinetwegen. Dein Wunsch sei mir Befehl."
„Heute brauche ich es allerdings noch, um Ama meine Ankunftszeit durchzugeben. Außerdem muss ich ein Taxi zum Flughafen bestellen." Kurz darauf verschwindet Mara nach draußen, um alles in Ruhe zu erledigen.

♥

KAPITEL 13

Der Abschied von ihrem Bruder fällt Mara sehr schwer. Sie hält dieses Mal die Tränen bewusst zurück, um nicht als Heulsuse zu gelten.
Das Taxi wartet pünktlich vor dem Klinikportal, und Mara winkt Hendrik so lange, bis er im seitlichen Rückspiegel nicht mehr zu entdecken ist.
Sie wünscht sich so sehr, dass Indira endlich aus dem Koma erwacht und er nach Hamburg zurückkehrt.
Die traumhafte Landschaft, die Mara für immer in ihrem Kopf abgespeichert hat, rauscht an ihr vorbei. Das Grün der Teeplantagen, die kleinen Dörfer mit ihren Hütten und Moscheen und der türkisschimmernde Ozean mit seinen Paradiesstränden. Eines Tages wird sie wiederkommen und als Touristin die Schönheiten dieser Insel mit allen Sinnen erleben. Ob Lukas an ihrer Seite dabei sein wird oder nicht, bleibt ungewiss. Jedenfalls kehrt eine andere Mara nach Deutschland zurück, eine, die die Flugangst und die Scheu fremden Ländern und Menschen gegenüber überwunden hat. Sie wird nie vergessen wird, wie freundlich die Einheimischen auf Sri Lanka Ausländern entgegentreten, egal, ob sie arm oder reich sind. Diese unfreiwillige Reise prägt Maras weiteres Leben und ihre Einstellung zu allem Unbekannten und Exotischem. Was war ihr bisheriges Dasein langweilig und eintönig. Wenn Lukas keine Lust verspürt, ihr entflammtes Fernweh zu teilen, wird Irene als Begleiterin auserkoren oder Mara traut sich ganz allein, die Welt zu erobern. Mit all diesen Ideen tröstet sie sich, als im Flughafen die Schranke zur Passkontrolle näherrückt und schließlich ein Zollbeamter ihren Ausweis verlangt. Good bye, du schönes Land der Lotusblüten.
Vorsichtshalber schluckt Mara eine Reisetablette. Ob ihre

Flugangst wirklich überwunden ist, will sie lieber bei anderer Gelegenheit ausprobieren. Außerdem wirkt die Pille beruhigend auf ihren desolaten Gemütszustand.
Der Fensterplatz wurde von ihr ganz bewusst gewählt, um dieses Mal die Malediven zu bewundern, Indiras Heimat. Der mittlere Sitz ist frei, sodass ihr ein zweiter Gunnar Acker erspart bleibt. Bei der Erinnerung an ihn schmunzelt Mara. Zu Hause wird sie gleich die Webseite seiner Organisation auf Sri Lanka anschauen.
Ihm und Hamed gehört jedenfalls gedanklich ein Denkmal gesetzt. Wären sie nicht als Retter in der Not aufgetaucht, wer weiß, was ihr alles zugestoßen wäre.
Wie auf dem Hinweg weist der Pilot nach einer guten Stunde Flugzeit auf die Sehnsuchtsinseln unter ihnen hin. Heute lässt sich Mara von ihrem Zauber in den Bann ziehen. So stellt sie sich Eilande in tropischen Gewässern vor: kreisrund, dunkelgrün herausstechend im tiefblauen Meer, unwirklich schön und zum Greifen nah.
Kein Wunder, dass so viele Menschen davon träumen, dort einmal Urlaub zu machen. Mara verspürt Mitleid mit Indira, die wohl nie mehr wegen ihres Ehemannes in ihre Heimat zurückkehren kann. Wenn Hendrik seine neue Freundin tatsächlich mit nach Hamburg schleust, wird sie einen Klima- und Kulturschock erleiden. Alle Familienmitglieder sind gefordert, der Malediverin das Einleben zu erleichtern. Soll Mara ihrer Großmutter überhaupt von Hendriks Plänen berichten? Erst einmal muss Indira aus dem Koma erwachen, und vielleicht weigert sie sich, mit nach Deutschland zu reisen, oder es geht gar nicht ohne Papiere. Es scheint folglich besser, Ama nicht unnötig mit ungelegten Straußeneiern zu behelligen. Schließlich mag die Großmutter Irene sehr und hat sich schon lange darauf gefreut, dass Hendrik seine langjährige Partnerin heiratet, sobald die Weltumsegelung beendet ist. Eine andere Frau an der Seite ihres Enkels hat es wahrscheinlich nicht einfach, von Amalie sofort akzeptiert und ins Herz geschlossen zu werden. Wenn Mara ehrlich zu sich ist,

findet sie diese Vorstellung auch gewöhnungsbedürftig. Was weiß sie von Indira, außer dass sie ein schönes Gesicht besitzt? Welche Vergangenheit und welches Elternhaus haben sie geprägt? Warum ließ sie sich überhaupt auf die Ehe mit einem gewalttätigen Mann ein? Ob Hendrik mehr über die Unbekannte weiß, hat Mara versäumt zu fragen. Zu sehr standen Ravi und seine Familie in ihrem Fokus. Letztendlich zählt, dass Hendrik Indira liebt, also wird auch Mara diese Frau mögen.

Der lange Flug neigt sich dem Ende entgegen. Einige Stunden hat Mara schlafend und traumlos verbracht. Eine Vorfreude auf Hamburg stellt sich bei ihr allerdings nicht ein. Natürlich ist sie froh, Ama wiederzusehen. Lukas gegenüber regt sich jedoch ihr schlechtes Gewissen. Zwar nicht real, aber in ihrer Fantasie hat sie ihn mit Ravi betrogen. Wird er ihr anmerken, dass ihr Herz in Sri Lanka geblieben ist?

„Würden Sie sich bitte für den Landeanflug anschnallen?", reißt die Stewardess Mara aus ihren auf Wanderschaft gepilgerten Gedanken.

Mara wird genauso von Nieselregen empfangen, mit dem sie vor einiger Zeit beim Abflug von Hamburg verabschiedet wurde. Kälte umfängt Mara außen wie innen. Ist sie etwa süchtig nach dem unverwechselbaren Grün der Reisfelder, süchtig nach der klebrigen Hitze und süchtig nach den Gerüchen des tropischen Paradieses? Hier zeugt das Einheitsgrau des Himmels von einer Tristesse, die Mara beim Anblick ihrer Heimat niemals zuvor empfunden hat. Hamburg bedeutete bis vor Kurzem immer der Nabel ihrer Welt.

Mara begibt sich in den Sog der anderen Passagiere und fällt eine halbe Stunde später nach der Gepäckausgabe ihrer Großmutter um den Hals.

Sogar Lukas mit Baldo auf dem Arm heißt Mara willkommen.

Bei Apfelstrudel mit Vanillesoße und Ceylontee lauschen

Amalie und Lukas gespannt Maras Erlebnisbericht.
Ravis Name kommt ihr dabei nicht über die Lippen, sondern sie spricht nur von der Familie Nuri. Zu Maras Erleichterung macht Lukas keine Anstalten, bei den Materns zu übernachten. Er muss den Hund zurück zu Tante Gerlinde bringen, die ihn zu ihrem wöchentlichen Kaffeeklatschtreffen nicht mitnehmen konnte. Lukas verspricht, am nächsten Tag vorbeizuschauen, wenn Mara ihren Jetlag ausgeschlafen hat.
Amalie tut Mara gegenüber unumwunden kund, froh über Lukas' vorzeitiges Verschwinden zu sein.
„Erzähl mir bitte alles noch einmal von vorn. Lukas schienen die Einzelheiten nicht besonders zu interessieren. Er merkt gar nicht mehr, wie er anderen mit dem Gerlinde-Baldo-Gedöne auf die Nerven geht."
Vor einigen Tagen hätte diese Äußerung Mara verletzt, nun entlockt sie ihr stattdessen ein Schmunzeln. Wie die Zeiten sich ändern.
„Ist Hendrik dieser Frau verfallen, die er gerettet hat und wegen der er offensichtlich seinen Verstand nicht mehr einschaltet?", fragt Ama unverblümt.
„Du weißt, dass er verliebt in sie ist?" Mara hat es bisher vermieden, das Kind beim Namen zu nennen.
„Irene hat mich in deiner Abwesenheit über ihre Trennung von Hendrik aufgeklärt. Auf der einen Seite bin ich darüber sehr traurig, aber auf der anderen hätte ich an Irenes Stelle wahrscheinlich nicht anders gehandelt." Mit hochgezogenen Augenbrauen und skeptischem Blick wartet Amalie auf Maras Antwort.
„Es hat ihn schwer erwischt. Ihre exotische Schönheit hat ihn jedes rationalen Gedankens beraubt. Nur so ist zu erklären, warum Hendrik uns nicht benachrichtigt hat. Apropos Nachricht. Ich habe ihm mein Handy geschenkt. Lass uns bei ihm anrufen. Vielleicht erfahren wir gute Neuigkeiten."
Die gibt es zwar hinsichtlich Indira nicht, aber Ama telefoniert eine gute Stunde mit ihrem Enkel, und Mara

hört zu, wie sie aus ihm herauspressen will, wann er endlich wiederkommt.
Endlich überreicht Ama den Hörer an Mara.
„Hey, Schwesterherz, ich bin froh, dass du den Flug gut überstanden hast. Stell dir vor, Ravi hat acht Nachrichten auf dein Handy geschickt.“
Die Nennung seines Namens rammt Mara sofort einen Messerstich durchs Herz. Um ihre Aufregung zu verbergen, schlägt sie einen betont kühlen Tonfall an: „Was will er denn von mir?“
„Er entschuldigt sich für seine Lügen, und du sollst dich bitte bei ihm melden.“
„Darauf darf er bis zum Nimmerleinstag warten. Hast du ihm mitgeteilt, dass mein Handy in deinen Besitz übergegangen ist?“
„Noch nicht, ich wollte erst dein Statement dazu hören. Soll ich ihm etwas ausrichten?“
„Nein, auf keinen Fall. Bitte erzähl Ravi nichts von mir. Er soll endgültig aus meinem Leben verschwinden.“
Nach dem Telefonat verleiht die Großmutter ihrer Sorge Ausdruck, Hendrik könnte sich für ein Leben in Asien entscheiden. „Ich werde in kein Flugzeug steigen, um ihn dort zu besuchen.“
„Mach dir nicht so viele Gedanken. Vielleicht bringt Hendrik Indira mit nach Hamburg.“ So, jetzt war es raus. Mara sieht sich entgegen ihres ursprünglichen Vorsatzes gezwungen, dadurch Amas Angst zu zerstreuen, ihr Ziehjunge würde sie und die Werft im Stich lassen.
„Du glaubst, eine solche Exotin könnte sich hier wohlfühlen?“, entfährt es Amalie, und ihre Irritation in der Stimme ist nicht zu leugnen.
Das entlockt Mara ein Kichern. „In Deutschland leben viele Asiaten, die sich bei uns gut eingelebt haben. Warum nicht auch Indira?“
Zu Maras Überraschung lenkt Amalie das Thema plötzlich in eine andere Richtung. „Und wer bitte ist Ravi?“
Mara verschluckt sich, denn sie wähnte sich beim

Gespräch mit ihrem Bruder wegen Amalies leichter Schwerhörigkeit unbelauscht.
„Niemand von Bedeutung“, wiegelt sie sogleich ab. „Er ist der Sohn der Gastfamilie, wo ich wohnen durfte.“ Um weiteren Fragen zu entgehen, gähnt Mara und lässt keinen Zweifel daran, dass die Zeit reif fürs Schlafengehen ist.

In ihrem Zimmer kommt sie jedoch nicht zur Ruhe. Hendrik hat es mit den erwähnten Nachrichten von Ravi geschafft, ihre Gefühlswelt wieder aus dem Gleichgewicht zu werfen. Wieso schickt ihr der Angebetete so viele Mitteilungen und leistet Abbitte für sein Verhalten? Es könnte ihm längst egal sein. Der Alltag und seine Freundin haben ihn wieder. Bei der Erinnerung an diese Frau verspürt Mara augenblicklich ein merkwürdiges Ziehen im Bauch, das immer heftiger wird. Unerträglich einsam fühlt sie sich in diesem Moment.
Kurz entschlossen schaltet Mara trotz Müdigkeit ihren Laptop an und fährt ihn hoch. Ganz viele Glückwunschmails von Freunden und Bekannten zu ihrem bestandenen Examen vertreiben die Bauchschmerzen etwas. Nachdem sie auf alle wenigstens mit einer Zeile geantwortet hat, kramt sie die Visitenkarte von Gunnar Acker hervor und tippt die Webadresse der Hilfsorganisation ein. Direkt erscheinen Fotos von ihrem Retter in den Dörfern, wo die betreuten Kinder mit ihren Familien wohnen. Wie vertraut Mara das alles vorkommt. Das Online-Antragsformular für eine Patenschaft zu einem Mädchen auf Sri Lanka ist rasch ausgefüllt. Mit diesem befriedigenden Gefühl der Verbundenheit zu diesem wundervollen Land schläft Mara anschließend ein. In ihren Träumen passieren viele Erlebnisse Revue, sodass sie sich unruhig hin und her wälzt und ihr der Schweiß ausbricht, als wäre ihr Körper der schwülwarmen Hitze in Realität ausgeliefert.

KAPITEL 14

Einige Zeit ist seit Maras Rückkehr vergangen, in der sie versucht hat, ihrem Leben wieder Normalität zu geben.
Lukas ist sehr bemüht und lud sie sogar zu einem romantischen Picknick an der Elbe ein. Unter einem Schatten spendenden Baum hatte Lukas eine Decke ausgebreitet und darauf sogar Kuschelkissen drapiert. Kein Plastikgeschirr, sondern Porzellanteller, Stahlbesteck und Stoffservietten verliehen dem Arrangement eine elegante Note. Neben verschiedenen Käsesorten, Baguette und Maras Lieblingsrotwein überraschte eine selbst fabrizierte Quiche, denn Lukas kann angeblich nicht kochen. Immer wieder beteuerte er, wie leid es ihm täte, damals nicht pünktlich zum Abflug erschienen zu sein und Mara im Stich gelassen zu haben.
Sein Schuldbekenntnis beeindruckte sie indessen wenig. Unter Gunnar Ackers Strohhut getarnt folgten ihre Augen wehmütig den vorbeifahrenden Kreuzfahrt- und Containerschiffen, Privatjachten und Booten. Als Ama, Irene und sie vor langer Zeit der auslaufenden Clara zum Abschied winkten, ahnte niemand, wie Hendriks Weltumsegelung ihr aller Leben verändern und beeinflussen würde. Unweigerlich erinnerte sich Mara an das Essen mit Ravi im Botanischen Garten. Aber war es fair, diese beiden Picknicks miteinander zu vergleichen? Wann würde es nicht mehr so unglaublich wehtun, an Ravi zu denken?
Leider ließ es sich nach ihrem Ausflug nicht verhindern, dass Lukas bei den Materns über Nacht blieb. Als sich beim Liebesspiel Lukas' Zunge zwischen Maras Lippen schob, fühlte sie sofort Ravis Kuss im Meer. Es war ihr unmöglich, Lukas' Verlangen zu erwidern. Leider ging ihr Wunsch, ein plötzliches Gewitter möge ihn zu Tante Gerlinde und Baldo beordern, ungehört im All verloren.

Ihr fiel daher im entscheidenden Moment nichts Besseres ein, als das Vergessen der Pille vorzutäuschen. Die Packung wäre in all der Aufregung vor dem Abflug nach Colombo in ihrer Nachttischschublade liegen geblieben. Mit dieser Lüge gab sich Lukas glücklicherweise zufrieden, denn Kondome hatte er nicht eingesteckt.
Mara muss sich endlich entscheiden, ob es eine Zukunft mit Lukas gibt. Zu gern würde sie Irene ins Vertrauen ziehen, die leider für längere Zeit beruflich in den USA weilt. Sie tauschten sich lediglich kurz telefonisch aus, bevor die Freundin abflog. Irene scheint auf Wolke Sieben mit ihrem Arbeitskollegen zu schweben, denn sie nahm die Geschichte mit Hendrik und Indira völlig emotionslos auf und wünschte den beiden viel Glück.

Als Ama an diesem Tag ihren Mittagsschlaf hält, inspiziert Mara ihre PC-Post. Eine bisher unbekannte Mailadresse weckt ihre Aufmerksamkeit. Sie gehört Gunnar Acker.

Liebe Mara,
welche Freude, Dein Antragsformular von unserer Zentrale übermittelt zu bekommen. Ich schicke Dir als Dateianhang einige Fotos von Mädchen, die dringend eine Patenschaft als Unterstützung brauchen. Nähere Angaben findest Du unter den Bildern.
Ich hoffe sehr, dass es Dir gut geht und Du eines Tages Dein Patenkind auf Sri Lanka persönlich kennenlernst. Schreiben kannst Du ihm schon mal.
Herzliche Grüße, auch von Hamed
Gunnar Acker

Am liebsten möchte Mara allen vorgeschlagenen Kindern helfen. Schließlich entscheidet sie sich für eine Fünfjährige mit Namen Chadna, damit sie die Schule besuchen kann. Anschließend googelt Mara die Bedeutung von Chadna und betrachtet es als Zeichen, dass das Wort *Liebe* bedeutet. Ja, sie liebt Sri Lanka, ihre Menschen und die einzigartige Vegetation.

Von diesem Moment an bildet die Beziehung zu Chadna ein unsichtbares Band zwischen Hamburg und Galle, wo die Familie wohnt.
Mara ist davon überzeugt, dass Gunnar absichtlich alle Kinder aus der Umgebung von Galle ausgewählt hat. Der Mann ist immer wieder für eine Überraschung gut. Froh über eine sinnvolle Beschäftigung packt Mara am Nachmittag ihre Großmutter ins Auto, um in der Stadt die ersten Einkäufe für Chadna zu tätigen.
Ama gerät in einen Kaufrausch. Neben Malstiften, Malbuch und weiteren Schreibutensilien wandert auch ein Kuscheltier in die Tasche. Es handelt sich um ein Rehkitz. Schließlich soll Chadna ein typisch deutsches Tier kennenlernen.
Seit ihrer Rückkehr hatte Mara keinen so unbeschwerten Nachmittag mehr, bis zu dem Zeitpunkt, als Ama zum Verschnaufen eine Pause vorschlägt.
Mit etlichen Tüten bestückt kehren Mara und ihre Großmutter in einem Café ein und gönnen sich eine Kalorienbombe: jede ein Stückchen Buttercremetorte und eine Tasse Kakao mit Sahne.
„Ach, bin ich froh, dass du wieder bei mir bist", gesteht Amalie. „Hoffentlich regeln sich Hendriks Probleme bald, und ihr könnt Zukunftspläne schmieden. Das Einkaufen der Geschenke für Chadna hat so großen Spaß gemacht, dass ich mich richtig mit dem Gedanken an Urenkel anfreunden könnte."
Fast verschluckt sich Mara an der Gabel voll Torte, die gerade auf ihrer Zunge zerschmilzt. Dieses Thema hat gerade gefehlt.
„Hat Lukas dir endlich einen Antrag gemacht?", hakt Ama nach.
Bevor Mara zu einer Antwort ausholt, spült sie mit Kakao nach, um Zeit zu schinden. „So förmlich wie bei dir früher ist das heutzutage nicht mehr. Irgendwann beschließt man einfach gemeinsam, ob man heiratet oder ohne Trauschein zusammenbleibt."

„Wie unromantisch. Und was habt ihr entschieden?"
„Noch gar nichts. Solange ich nicht weiß, welche Schule mich einstellt, möchten wir uns nicht festlegen."
„Du meinst, du willst das nicht, oder?"
Fieberhaft überlegt Mara, wie sie Amalie auf eine andere Fährte locken könnte, aber es fällt ihr nichts Passendes ein. Diese Pause nutzt die Großmutter, um weiterzubohren: „Du bist total verändert, seit du von Sri Lanka zurückgekehrt bist. Ist irgendetwas vorgefallen, was nichts mit der Suche nach Hendrik zu tun hat?"
Um ihre aufsteigende Nervosität zu verbergen, bemüht sich Mara vergeblich um einen neutral klingenden Tonfall. Stattdessen schleicht sich eine angriffslustige Nuance in ihre Stimme. „Natürlich habe ich viel auf der Reise erlebt. Flugangst bekämpfen, Schwüle aushalten und von Menschen enttäuscht werden, denen ich blind vertraut habe."
„Du sprichst von den Nuris oder jemand Speziellem?"
Mara weiß, dass die Großmutter nicht eher aufgibt, bis ihre Neugierde befriedigt ist. Nach unverfänglichen Worten suchend nippt Mara erneut an ihrer Kakaotasse, obwohl diese längst leer getrunken ist. „Der Sohn der Nuris, der die Clara zuerst auf der Sandbank entdeckte und zu Hilfe eilte, hat mich die ganze Zeit an der Nase herumgeführt und einfach zugesehen, wie ich unter der erfolglosen Suche nach Hendrik litt." Plötzlich aufsteigende Tränen verhindern ein stotterfreies Sprechen. „Ich ... ich kann das Ravi nicht verzeihen."
Ama zieht offenbar verwirrt eine Augenbraue hoch und reicht Mara ein Taschentuch aus ihrer Jackentasche. „Aha, du hast dich in den Kerl verliebt." Sie trifft den Nagel auf den Kopf. „Das erklärt natürlich einige Dinge. Deshalb bleibt Lukas also nicht mehr über Nacht bei uns. Hast du es ihm schon gebeichtet?"
„Da gibt es nichts zu beichten. Ich habe ihn nicht betrogen. Außerdem ist Ravi mit einer Landsfrau liiert." Erneut ergießt sich ein kleiner Wasserfall aus Maras Augen.
Wie Ama es früher gemacht hat, um bei Blessuren zu

trösten, streicht sie ihr über den Kopf. „Du Arme! Dann musst du Ravi ganz schnell vergessen. Die Distanz wird dir dabei helfen. Vielleicht hast du dich deshalb in ihn verliebt, weil er dir Halt in der Fremde gab."
Maras Kopf landet auf Amas Schulter. „Wenn ich ihm doch nie begegnet wäre! Dann würde mein Leben ganz normal im alten Fahrwasser weiterschwimmen."
„Damit du zu einem späteren Zeitpunkt feststellst, dass es außer Lukas noch andere attraktive Männer gibt? Sei froh, dass es passiert ist, bevor ihr euch ein gemeinsames Nest baut, womöglich verheiratet seid und Kinder habt. Lukas passt überhaupt nicht zu dir." So deutlich hat ihr Ama nie zuvor zu gestanden, dass Lukas als Ehemann für Mara nicht taugt.
„Warum hast du das nicht eher gesagt?", klagt Mara und schnieft ins Taschentuch.
„Weil du das nicht hättest hören wollen. Es lag mir bisher auch fern, deine Beziehung zu kritisieren. Aber dass du Tante Gerlinde mitheiraten würdest, stand für mich immer fest."
„Und was soll ich tun?"
„Lukas reinen Wein einschenken und dein Leben ohne ihn gestalten. Du bist so herrlich jung und kannst die ganze Welt erobern und viele interessante Verehrer kennenlernen."
„Aber ich will Lukas nicht verletzen. Das hat er nicht verdient."
„Vielleicht spürt er längst, dass eure Liebe erloschen ist und ihr allein aus Gewohnheit zusammen seid. Verabredet euch an einem neutralen Ort. Am besten macht ihr einen Spaziergang. Dabei muss man dem anderen nicht direkt in die Augen sehen."
Wider Willen entlockt Amas Vorschlag Mara ein Lächeln. „Du kennst dich aus. Deinem Liebesfilmkonsum sei Dank."

♥

KAPITEL 15

Es dauert ganze drei Tage, bis Mara den Mut aufbringt, mit Lukas Schluss zu machen. Ihren Vorschlag zu einem Besuch im Tierpark Hagenbeck lehnt er ab, da Baldo dort nicht mit hinein darf und der Hund nach der verregneten Zeit endlich Auslauf benötigt.
Mara ist alles egal, Hauptsache, sie bringt das unangenehme Gespräch hinter sich.
Entgegen ihrer Befürchtung, Lukas würde aus allen Wolken fallen und ihre Trennung nicht akzeptieren, reagiert er gefasst: „Ich habe dir die Geschichte mit der Pille sowieso nicht geglaubt. Du vergisst niemals etwas, leider auch nicht, dass ich dich allein nach Sri Lanka fliegen ließ, als du mich dringend gebraucht hast. Ich habe es wohl vergeigt. Aber sag nicht, dass wir Freunde bleiben sollen. Ich gehöre nicht zu der Sorte, die das schafft."
Viel mehr Worte bedarf es nicht. Mara und Lukas umarmen sich zum Abschied und wünschen sich gegenseitig Glück.

Mit gemischten Gefühlen betritt Mara die Villa der Materns. Ist es richtig, eine langjährige Beziehung innerhalb weniger Minuten zu beenden, den Menschen, den man einmal geliebt hat, womöglich nie mehr wiederzusehen? Hat Mara heute den größten Fehler ihres Lebens begangen? Bevor sie weiter darüber philosophiert, fällt ihr Blick auf die Post auf dem Schrank im Flur. Ein Päckchen und ein Brief, beides an sie adressiert. Letzteren reißt Mara zuerst auf. Er ist von der Schulbehörde. Zu ihrem Entsetzen wird sie demselben Gymnasium zugeteilt, dem Lukas als Lehrer bereits angehört. Ein Albtraum! Mit welcher Begründung sollte sie einen Versetzungsantrag stellen? Blöder kann es wohl kaum laufen. Auf keinen Fall

möchte Mara täglich ihrem Verflossenen im Lehrerzimmer begegnen, zumal Lukas eine freundschaftliche Beziehung kategorisch ablehnt. Das kann nicht funktionieren. Verzweifelt wirft Mara das Schreiben zurück auf den Schrank. Da Ama heute zu ihrem Treffen mit Freundinnen unterwegs ist, muss sie den Schock allein verdauen.
Ohne zunächst auf den Absender des Päckchens zu achten, nimmt sie es mit in ihr Zimmer und schlägt voller Frust die Tür hinter sich zu. Erst jetzt entdeckt sie die exotische Briefmarke. Sri Lanka?
Beim hektischen Aufreißen der Verpackung brechen zwei Fingernägel ab. Nach dem Füllmaterial tauchen ein Stick und ein Bildband auf. Mit zitternden Händen blättert Mara die erste Seite auf, die eine Widmung enthält.

Liebe Mara,
mein Versprechen habe ich nicht vergessen. Hendrik war so nett, mir Eure Adresse zu verraten. Du hältst mein Buch über die Gartenreportage der Adelsinsel in Händen. Vielleicht gefällt sie Dir. Du hast mir keine Chance mehr gegeben, Dir zu sagen, dass ich Dich sehr mag und Dir nicht wehtun wollte. Zwischen uns ist doch mehr als bloße Freundschaft oder empfinde ich dieses Gefühl einseitig? Ich hoffe, Du kannst mir irgendwann verzeihen.
Alles Liebe und Gute,
Dein Ravi

Die komplette Tastatur der Gefühlspalette spielt sich in Maras Kopf ab: Liebe, Frust, Wut, Verzweiflung und Sehnsucht.
Der Klappentext am Ende des Buches liefert die Ernüchterung.
Ravi ist auf einem Foto zu sehen und wird mit einer Kurzbiografie als ein vielversprechender Landschaftsarchitekt vorgestellt.
Direkt darunter befindet sich das Porträt genau der Frau, die Ravi auf dem Plantagenfest küsste. Sie zeichnet sich verantwortlich für die Texte als Journalistin.

Das perfekte Paar. Wie kann es Ravi wagen, Mara einerseits seine Zuneigung zu gestehen und andererseits seine Geliebte gleich auf dem Tablett zu servieren? So geschmacklos kann selbst ein Mann nicht sein.
Wie von einer magischen Energie geleitet, schiebt Mara trotz inneren Widerstandes den Stick in ihren Laptop. Er enthält alle Fotos, die Ravi von ihr gemacht hat, angefangen von ihrem untauglichen Versuch als Teepflückerin, am rauschenden Wasserfall, unter dem gigantischen Baum im Botanischen Garten, bis hin zu den Aufnahmen vom Elefantenwaisenhaus.
Maras Berührtheit weicht dem Groll auf Hendrik. Sie hatte ihm das Versprechen abgenommen, Ravi keine Adresse zu nennen. Wie konnte er es brechen? In ihrer Rage greift sie nach dem neuen Smartphone. Hendrik ist ihr eine Erklärung schuldig. Überhaupt hat er sich seit Tagen nicht mehr gemeldet.
Mara wählt die Nummer ihres alten Handys und muss lange klingeln lassen, bevor sich Hendriks Stimme meldet.
Die Verbindung ist sehr schlecht, und Mara erfährt nur bruchstückhaft, was passiert ist. Vorgestern ist Indira aus dem Koma erwacht, erinnert sich jedoch an nichts, auch nicht an Hendrik und ihre Liebesbeziehung zu ihm. Sie hat dem Klinikpersonal verboten, diesen Fremden in ihr Zimmer zu lassen. Das Krächzen in der Leitung verhindert, genaue Details zu erfahren.
„Werde morgen mit der Clara in Richtung Heimat aufbrechen“, lautet der letzte Satz, den Mara hört, bevor das Gespräch abbricht.
Es stimmt also, dass Zwillinge oft ein gleiches Schicksal zur gleichen Zeit erleiden. Mara und Hendrik haben beide ihre Liebe verloren und können sich nicht einmal in dieser Situation gegenseitig trösten. Ihr Bruder tut Mara unendlich leid. Er hat so viel auf sich genommen, um Indira zu retten, und nun stößt sie ihn von sich. Wie schrecklich muss er sich fühlen, so ganz allein mit seinem Kummer. Mara dagegen kann sich wenigstens bei Ama ausheulen.

Die dritte schlechte Nachricht wartet in der Mailbox. Sie stammt von Irene.

Liebe Mara,
auf Deinem Handy kommt keine Verbindung zustande. Ich muss unbedingt mit Dir reden. Stell Dir vor, Urs, mein Arbeitskollege, betrügt mich. Ich habe es auf die klassische Weise herausgefunden. Sein Smartphone läutete auf seinem Platz, als er während einer Meetingpause kurz auf der Toilette war. Ein innerer Zwang oder nenne es Eingebung ließ mich auf das Display schauen. „Hasimausi ruft an" stand dort zu lesen. Wie Du Dir vorstellen kannst, war ich einer Ohnmacht nahe. Das restliche Meeting zog an mir wie im Nebel vorbei. Ich hatte nur ein Bestreben, Urs so schnell wie möglich mit diesem Anruf zu konfrontieren. Kaum waren wir in unserem Hotelzimmer, fragte ich nach „Hasimausi". Du glaubst nicht, was er antwortete. Das wäre seine Frau. Er hätte ohnehin vorgehabt, nach der USA-Reise mit mir Schluss zu machen. Seine Olle hätte unser Verhältnis wohl enttarnt. Eine Scheidung könnte er wegen der Kinder nicht riskieren. Was sagst Du dazu? Ist das nicht das letzte Schwein, das unter unserem Himmel lebt?
Schläft mit mir, als wäre diese Dienstleistung im Reisepaket enthalten. Ich habe sofort meine Sachen gepackt und bin in eine andere Unterkunft gezogen. Blöderweise sind zwei Plätze nebeneinander für den Rückflug gebucht. Ich hoffe, jemand tauscht mit mir, sonst gibt es einen Mord über den Wolken, und Du musst mir einen sehr guten Strafverteidiger besorgen.
Bis bald,
Deine verheulte Freundin

Drei zerstörte Liebesbeziehungen an einem Tag, die irgendwie alle miteinander verknüpft sind. Es bedeutet für Mara keinen Trost, dass es Hendrik und Irene nicht besser ergeht als ihr. Schließlich handelt es sich um zwei Menschen, die ihr sehr nahe sind.

Liebe Irene,
Du hast mein volles Mitgefühl. Ich habe heute mit Lukas Schluss

gemacht. So sitzen wir in einem Boot, wenn auch aus anderen Gründen. Melde Dich so schnell wie möglich, wenn Du gelandet bist, oder komm einfach gleich vorbei.
Es umarmt Dich ganz fest,
Deine Mara

Unzählige Male schaut Mara die Bilder von Sri Lanka an, bis es an ihre Tür klopft und Ama den Kopf hereinstreckt.
„Wie ist es gelaufen? War es schlimm für Lukas und dich?"
„Er nahm es gefasster auf, als ich dachte. Heute ist offenbar der Tag der Trennungen."
„Wieso?"
In wenigen Sätzen berichtet Mara von Hendriks und Irenes Liebesdramen.
„Die tun mir leid, aber ich freue mich natürlich riesig über Hendriks Heimkehr", gesteht Ama. „Wie lange wird er wohl brauchen?"
„Das hängt in erster Linie vom Wind ab. Mit circa sechs bis acht Wochen müssen wir rechnen."
„Dann empfangen wir ihn mit einem rauschenden Fest. Irene erhält auch eine Einladung."
Mara entgeht Amas spitzbübisches Lächeln nicht, deren Blick anschließend auf dem Bildschirm des Laptops hängen bleibt. „Wo kommen denn die Fotos her? Du hattest doch keinen Apparat mit." Neugierig tritt Amalie näher.
„Ravi hat mir seine Kamera geliehen. Ich habe extra für dich Aufnahmen von den exotischen Pflanzen gemacht. Schau hier: Orchideen, von denen es über einhundertfünfzig verschiedene Arten gibt, eine schöner und leuchtender als die andere", gerät Mara ins Schwärmen.
„Zeigst du mir mal ein Foto von Ravi?"
Mara lässt sich nicht zwei Mal bitten und ruft das Bild von ihm am Wasserfall auf. Gespannt wartet sie auf die Reaktion ihrer Großmutter.
„Ein wirklich schöner Mann. So ganz anders als Lukas. Ich glaube, ich hätte ihn nicht von der Bettkante gestoßen."

„Aber Ama, wie redest du denn?“, täuscht Mara Empörung ob der direkten Ausdrucksweise vor und kichert.
„Ich bin einfach ehrlich. Auch wenn ich alt bin, heißt das nicht, dass ich keinen Geschmack mehr habe.“
„Ach, Ama, bin ich froh, mit dir darüber zu reden.“
Aufgrund der Fotos lernt Amalie zu verstehen, was Mara an diesem Paradies so fasziniert. Auch sie wird von Sri Lanka verzaubert.
„Schade, dass ich nicht mehr so weit reisen kann, sonst würde ich dich glatt bitten, mich dahin einmal mitzunehmen.“
„Du scheinst dir ja sicher, dass ich das Land wiedersehe.“
„Klar, du willst bestimmt eines Tages Chadna besuchen.“
Ob eher ein anderer Grund in Amalies Kopf spukt, bleibt ihr Geheimnis.
Endlich kommt Mara dazu, von ihrer Stelle an Lukas‘ Gymnasium zu berichten. Auch die Großmutter findet das nicht gerade prickelnd, den Ex als Lehrerkollegen zu haben.
Eine Lösung für dieses Problem scheinen nicht mal die Sterne zu wissen.

♥

KAPITEL 16

Seit ihrer Trennung hat sich Lukas nicht mehr gerührt.
In den Tiefen ihres Herzens hat Maras Eitelkeit darauf spekuliert, per WhatsApp oder Mail von ihm zu hören.
Jahre des Zusammenseins kann man nach ihrer Meinung nicht einfach von heute auf morgen auslöschen wie ein Lagerfeuer. Hat ihm das alles so wenig bedeutet, oder steckt Tante Gerlinde dahinter? Der Oberfeldwebel ist sicher glücklich, seinen Neffen zukünftig ganz für sich allein zu beanspruchen.
Mara gesteht sich ein, auf dieses Affentheater gern zu verzichten.
Auch Irene gab im Nachhinein zu, Mara für ihre Toleranz in Bezug auf Lukas und seine Tante bewundert zu haben.
Die Freundin war gleich nach ihrer Ankunft auf dem Hamburger Flughafen bei Mara reingeschneit, um ihrem Liebeskummer freien Lauf zu lassen. Die ganze Nacht haben sie durchgequatscht und ihre Probleme zerkaut. Sie wurden dabei abwechselnd von Heul-und Lachkrämpfen geschüttelt. Eine Flasche Rotwein tat ihr Übriges, und Ama brachte zwischendurch belegte Brote mit Käse und Wurst vorbei. Etwas zu auffällig stellte sie fest, dass die zeitgleiche Trennung von Irene und Hendrik von ihren jeweiligen Partnern wohl Schicksal wäre.
Mara und Irene warfen sich daraufhin amüsierte Blicke zu.
Hendrik ist inzwischen seit vier Wochen auf See. Er hat sich von der Insel Mauritius kurz gemeldet. Bisher waren ihm der Wetter- und Meeresgott gewogen. Alles verläuft wohl nach Plan. Über seinen Gemütszustand erfährt Mara nichts und kann ihm nur positive Gedanken schicken. Ihre eigene Gefühlswelt fährt weiter Achterbahn. Mal spuken die Erinnerungen an die Zeit mit Lukas in ihrem Kopf herum, mal lässt der Gedanke an Ravi ihr keine Ruhe.

Glücklicherweise steckt Amalie Mara mit den Vorbereitungen für Hendriks Willkommensfest an, die über diese Ablenkung froh ist. Einige Utensilien sind von der Examensfeier übrig wie Gartenfackeln und Girlanden.
Da alle Betriebsangehörigen der Werft auch eingeladen werden, gilt es, Torten und Kuchen zu backen und bis zur Ankunft Hendriks einzufrieren.
Sogar Irene kommt in den Abendstunden vorbei und hilft.
Mara und die beiden Frauen mutieren zu einem perfekten Konditorenteam. Angefangen von der Schwarzwälder Kirschtorte, Käsekuchen, Kirschstreusel bis hin zur Sachertorte bleiben keine Gaumenfreuden offen. Es wird gelacht, mit dem Finger aus der Schüssel probiert und über die Zukunft spekuliert.
„Ich werde nach der Probezeit meine Stelle wechseln“, verkündet Irene.
„Hey, wie hast du das denn so schnell geschafft?“, bittet Mara um Erleuchtung.
„Bei den Besprechungen in Amerika habe ich jemanden getroffen, der hier in Hamburg eine Werbeagentur hat. Er gab mir seine Visitenkarte für den Fall, dass ich mich mal verändern will.“
„Na, wer nicht an Vorsehung glaubt, ist selbst schuld.“ Ama öffnet den Kühlschrank und zaubert einen Rosésekt aus dem Fach. „Das müssen wir feiern.“
„Ich wünschte, meinem Versetzungsgesuch würde auch bald entsprochen. Schließlich fängt das neue Schuljahr demnächst an.“
„Wie hast du das begründet?“, rätselt Irene und übernimmt das Entkorken der Flasche.
„Ehrlich gesagt, gar nicht. Als Grund habe ich persönlich angekreuzt. Ich mache mir keine großen Hoffnungen, dass meinem Gesuch entsprochen wird. Schließlich kann ich als Einsteigerin froh sein, überhaupt so schnell in den Schuldienst einzusteigen. Bestimmt habe ich durch den Versetzungsantrag gleich alle Sympathien des Direktors vergeigt.“

Amalie mischt sich ein, während sie die Sektkelche zum Befüllen auf den Tisch stellt. „Wieso versucht Lukas nicht, an ein anderes Gymnasium zu wechseln? Schließlich lehnt er es ab, weiter freundschaftlich mit dir zu verkehren. Immer sollen die Frauen zurückstecken."
„Damit hat deine Oma völlig recht. Ich verlasse die Firma, obwohl ich betrogen wurde und nicht umgekehrt. Warum sind wir so dumme Hühner und machen es den Kerlen leicht?"
„Weil wir Pragmatikerinnen sind und handeln, statt ewig in der Warteschleife zu verharren, ob jemand anders das Problem für uns löst", meint Mara.
„Darauf stoßen wir an." Ama prostet Mara und Irene zu.
„Du könntest mal nach privaten Lehrerstellen suchen. Schließlich gibt es renommierte Internate, oder willst du unbedingt verbeamtet werden?", wirft Irene Mara den Ball zu.
„Hm ... bisher glaubte ich ja an eine Familiengründung mit Lukas. Um sich eine Auszeit für Kinder zu nehmen, ist das Beamtentum ideal. Inzwischen sieht das natürlich anders aus."
Die klingelnde Uhr des Backofens bereitet diesem Thema ein jähes Ende. Der Biskuitboden ist fertig und schreit nach Weiterverarbeitung.
Erst gegen Mitternacht fährt Irene trotz Sektkonsums mit dem Fahrrad nach Hause, Amalie geht schlafen, und Mara wirft den Computer an.
Gunnar Acker hatte versprochen, sich zu melden, wenn das Päckchen für Chadna eingetroffen ist. Keine Nachricht im Postfach. Gerade will Mara den PC wieder runter fahren, als ihr Irenes Vorschlag mit der Privatschule einfällt. Wie ferngesteuert googeln ihre Finger auf der Tastatur *Internationale Schule auf Sri Lanka*. Keine drei Sekunden später präsentiert sich deren Webseite. Ein Klick auf Jobangebote, und Mara glaubt an ein Wunder. Tatsächlich ist eine Stelle ausgeschrieben.

Eilt! Wir suchen dringend Ersatz für eine schwangere Lehrerin in den Fächern Englisch, Deutsch und Sport. Gern auch Berufseinsteiger.
Ihre aussagekräftigen Unterlagen schicken Sie bitte per Mail an die angegebene Adresse im Impressum. Bei Interessenten aus anderen Ländern werden wir das Bewerbungsgespräch via Skype führen.

Mara meint zu träumen. Lehrerin auf Sri Lanka. Die Anforderungen passen, wenn man großzügig davon absieht, dass sie nicht Germanistik studiert hat. Wenn die Stellenbesetzung so eilt, sieht die Schulleitung vielleicht darüber hinweg. Auf jeden Fall würde sie es sich zutrauen, Deutsch als Fach zu unterrichten. Aufgeregt wie kurz vor dem Examen sucht Mara ihre Zeugnisse und scannt diese ein.
Dann verfasst sie ein Bewerbungsschreiben und erwähnt, die wunderbare Insel bereits zu kennen und seit Kurzem eine Patenschaft übernommen zu haben.
Erst nach dem Abschicken der Dateien folgt die Ernüchterung. Was hat sie getan? Ist sie von allen guten Geistern verlassen?
Ama wird es nicht überleben, wenn Mara diese Stelle antritt. Das würde ihr das Herz brechen nach all dem, was die alte Dame während Hendriks Abwesenheit aushalten musste. Es ist zum Verzweifeln, ein Spagat zwischen Selbstfindung und Pflichtgefühl, der kaum gelingen kann. Fast hofft Mara, ihr schlechtes Gewissen beruhigend, von der Schule eine negative Rückmeldung zu erhalten. Es wäre außerdem für ihre angeschlagene Verfassung fatal, zurück in Ravis Dunstkreis zu geraten.
Wenn Mara gedacht hat, ihre Bewerbung würde nicht berücksichtigt, wird sie keine vierundzwanzig Stunden später überrascht.
Der Direktor der Schule antwortet sehr nett und persönlich auf ihre Mail, als hätte er sich bereits für sie entschieden.
Mara wird es heiß und kalt zugleich, als er für den

nächsten Tag ein Skype-Gespräch vorschlägt. Wie soll das bewerkstelligt werden, ohne dass Ama davon Wind bekommt? Bisher ergab sich keine Gelegenheit, das Thema vorsichtig anzusprechen. Es würde Amas Vorfreude auf Hendrik einen mächtigen Dämpfer verpassen.
Das Telefonat muss erst einmal ohne ihr Wissen stattfinden.
Der Zufall spielt Mara in die Hände, als Ama spontan von einer Freundin zum Kaffeeklatsch eingeladen wird. Der ungestörten Konversation mit dem Schuldirektor steht somit nichts im Weg.
Wie sie es bei einem realen Bewerbungsgespräch machen würde, zieht Mara eine schicke, aber nicht zu elegante, weiße Bluse an und steckt ihre Haare hoch. Ein leichtes Make-up rundet ihr Styling ab.
Hoffentlich kommt die Verbindung überhaupt zustande oder wird nicht dauernd unterbrochen, wie es in der Vergangenheit häufiger mit Skype passiert ist.
Mit vor Aufregung angespannten Muskeln hockt Mara zum verabredeten Zeitpunkt vor ihrem Computer und überprüft zum etwa zehnten Mal die Kamera und das Mikrofon.
Endlich meldet sich Mr. Singh. Er zeigt sich begeistert von Maras Zeugnissen und von der Tatsache, dass sie schon mal auf der Insel war. Von ihm aus kann sie in zwei Wochen anfangen. Das Flugticket wird bezahlt und für eine Unterkunft und die Arbeitserlaubnis gesorgt.
Maras zaghafter Einwand, ob der mangelnde Abschluss in Germanistik keinen Minuspunkt bedeutet, spielt für Singh keine Rolle. Er gibt ihr vierundzwanzig Stunden Bedenkzeit für ihre Antwort.
Völlig durchgeschwitzt springt Mara unter die Dusche, um ihre wirren Gedanken klarzuspülen. Wichtige Stunden für ihre Zukunft liegen vor ihr. Und nicht nur für Mara, sondern auch für Ama, der sie so viel zu verdanken hat und die sie über alles liebt. Noch heute Abend muss das entscheidende Gespräch zwischen ihnen erfolgen. Je nach

Amas Reaktion wird Mara von der Stelle Abstand nehmen. Am besten lässt es sich bei einem guten Essen reden.
Eine spanische Tortilla zählt zu Amalies Leibspeisen. Mara macht sich nach der Dusche an die Arbeit und kocht die Kartoffeln vor. Das Wasser dafür hat gerade den Siedepunkt erreicht, als das Telefon klingelt.
Einen Augenblick zögert Mara, dann siegt die Neugierde.
„Hallo, Schwesterherz", dringt es an ihr Ohr.
„Hendrik?"
„Hast du jemand anderen erwartet?"
„Hey, wo bist du? In welchem Land? Ich höre dich ganz klar und deutlich."
„In zwei Stunden laufe ich im Hamburger Jachthafen ein. Stell schon mal den Prosecco kalt."
Beinahe fällt Mara vor Erstaunen der Hörer aus der Hand.
„Aber wieso sagst du nicht früher Bescheid? Ama ist gar nicht hier."
„Freu dich mal, dass die Clara und ich die Expedition ohne große äußerliche Blessuren überstanden haben",
mault Hendrik.
„Entschuldige. Natürlich freue ich mich riesig auf dich. Die Ereignisse überstürzen sich gerade. Ich bin ganz durcheinander. So schnell haben wir nicht mir dir gerechnet."
„Zeit, dass ich mich wieder um euch Frauen kümmere." Hendrik muss sich womöglich auf die enge Fahrrinne in der Elbe konzentrieren und beendet daher ihr Geplänkel abrupt.
Sofort wirft Mara zusätzliche Kartoffeln in den Topf und informiert ihre Großmutter. Sie wird Ama in einer Stunde bei ihrer Freundin abholen, um das Einlaufen der Clara und Hendriks Rückkehr nicht zu verpassen.
Die Aussprache mit Ama muss verschoben werden.

KAPITEL 17

Mara staunt nicht schlecht, als nicht nur Amalie am verabredeten Standort wartet, sondern sich Irene dazugesellt hat.

Die Großmutter hatte die Freundin gleich über Hendriks Ankunft informiert und überredet, ihn ebenfalls willkommen zu heißen.

Dem Anschein nach hat es sich wie ein Lauffeuer herumgesprochen, denn im Jachthafen stehen bereits zahlreiche Klubmitglieder, Werftangehörige und sogar Presseleute auf den Stegen, um Hendrik gebührend zu begrüßen.

Mara vermutet, dass ihr Bruder über Funk seine Ankunft angekündigt hat. Dieses Empfangskomitee sei ihm nach dieser langen Abwesenheit und allem, was er erlebt hat, vergönnt.

So kommt es, dass Mara, Irene und Amalie kaum zu dem Heimkehrer vordringen können.

Irene bahnt eine Gasse durch die Meute und erreicht Hendrik als Erste. Die beiden fallen sich stürmisch in die Arme, als hätte es die zwischenzeitliche Trennung und jeweils anderen Liebespartner nicht gegeben.

Mara stößt ihre Großmutter bei diesem Anblick leicht in die Rippen und grinst. „Gib es zu, du hast Irene mitgeschleppt, weil du die beiden wieder vereinen willst, du Kupplerin!“

„Versuchen kann man es ja mal, und wie du siehst, ist die Flamme zwischen ihnen nicht ganz erloschen.“

Mara lässt Ama den Vortritt, ihren Enkel zu umschlingen. Tränen der Erleichterung und Freude fließen auf Hendriks T-Shirt, der seine Ama fest an sich drückt.

„Ich hoffe, du hast vorläufig genug von der Welt gesehen, mein Junge.“

„Keine Sorge, die Clara braucht eine Pause." Hendrik löst sich sanft aus Amas Umklammerung und wendet sich Mara zu.
Sie flüstert ihm für die Umstehenden nicht hörbar zu: „Bist du sehr traurig, dass Indira nicht mitgekommen ist?"
„Nein, ich habe meinen Liebeskummer auf der langen Reise nach Hause verarbeitet."
Erst nach zwei Stunden kann sich die Familie Matern vom Jachthafen loseisen und in der Villa bei Tortilla, Salat und Wein den Abenteuern von Hendrik lauschen.
Wie Mara beobachtet, hängt Irene dabei an seinen Lippen. Vermutlich täuscht sich Ama mit der Annahme nicht, dass zwischen den beiden wieder alles ins Lot kommen könnte. Auch Mara würde sich sehr darüber freuen. Eine Wiedervereinigung des Bruders und der Freundin als Paar würde ihr die Entscheidung pro Sri Lanka wesentlich erleichtern. Schließlich hat Ama Irene schon immer als zusätzliche Enkelin adoptiert.
Es brennt Mara bereits den ganzen Abend auf der Seele, das Thema hinsichtlich ihrer Bewerbung anzuschneiden. Indes mag sie die ausgelassene Stimmung der anderen nicht zerstören. Auf alle Fälle will Mara Hendrik ins Vertrauen ziehen. Das gelingt ihr erst, nachdem Irene das Haus verlassen und sich Ama in ihr Schlafzimmer verzogen hat.
Mara und Hendrik harren stattdessen eine Weile im Wintergarten aus. Zuerst erzählt er ausführlich seine Geschichte mit Indiras Aufwachen und dem damit verbundenen Schock, als sie ihn nicht erkannte.
„Und was empfindest du für Irene?", fragt Mara ohne Einleitung.
„Weiß nicht. Ich habe sie immer noch gern, aber ob es Liebe ist oder wieder werden kann, wird die Zeit zeigen. Und du? Hast du etwas von Ravi gehört?"
„Ja. Wie konntest du ihm unsere Adresse verraten? So schön sein Bildband und die Fotos sind, beides hat meine gerade geschlossenen Wunden wieder aufgerissen."

„Das war nicht meine Absicht. Ravi tauchte am Tag deiner Abreise in der Klinik auf, um sich mit dir auszusprechen. Er war total am Boden, zu spät zu sein. Ich brachte es auf sein Betteln hin nicht übers Herz, ihm unsere Anschrift nicht zu nennen. Schließlich schulden wir ihm beide etwas. Die Familie Nuri hat sich als sehr gastfreundlich und hilfsbereit erwiesen."

Mara bohrt nicht weiter nach. Es gibt Wichtigeres zu diskutieren. Tief Luft holend schildert sie die vertrackte Situation mit der Stelle an Lukas' Gymnasium und wie Irene auf die Idee kam, sich bei einer Privatschule zu bewerben.

„Hast du denn etwas in der Richtung gefunden?" Hendrik teilt den Rest aus der Weinflasche auf ihre beiden Gläser auf.

„Ja, aber nicht in der Nähe", beginnt Mara zurückhaltend mit ihrer Beichte.

„Wo dann?"

„Bitte zweifle nicht an meinem Verstand. Ich habe mich auf eine Lehrerstelle an der Internationalen Schule in Colombo beworben." Vergeblich versucht Mara, an Hendriks Gesichtsausdruck eine mögliche Reaktion abzulesen.

Er bleibt ganz ruhig und scheint nicht zu glauben, was sie gerade offenbart hat. „Veräpple mich nicht! Ich bin nämlich müde. Lass uns auch zu Bett gehen. Morgen muss ich gleich in der Werft nach dem Rechten schauen." Er erhebt sich aus dem Sessel.

„Warte! Es ist mein voller Ernst. Morgen Nachmittag muss ich dem Direktor meine Entscheidung mitteilen. Falls ich zusage, fängt meine Tätigkeit dort bereits in zwei Wochen an."

Hendrik plumpst zurück auf den Stuhl, zieht die Augenbrauen hoch und fragt mit einer unüberhörbaren Irritation in der Stimme: „Hast du Ravi doch verziehen?"

„Quatsch, mit ihm hat das rein gar nichts zu tun", entgegnet Mara vehement und fährt mit ihrem Plädoyer fort, „ich möchte aus Lukas' Dunstkreis verschwinden und mir eine Auszeit gönnen. Sri Lanka habe ich ins Herz geschlossen, und von meinem Patenkind hat dir Ama ja schon vorgeschwärmt. Ich habe lange genug ein beschauliches Leben hier verbracht. Es wird bestimmt nicht für immer sein, aber gerade du müsstest mein Fernweh verstehen."

„Was meint Ama dazu?"

„Es gab bisher keinen geeigneten Moment, es mit ihr zu besprechen. Sollte Ama dagegen sein, werde ich diese Sache begraben."

„Meinen Segen hast du. Ama und ich kommen auch ohne dich klar. Schließlich hast du das gleiche für mich über ein Jahr lang getan."

„Wirklich?" Mara setzt sich spontan auf Hendriks Schoß und umarmt ihn stürmisch.

„Eine Bedingung: Euer Fest zu meiner Rückkehr findet noch vorher statt."

„Versprochen!"

Wenn Mara gedacht hat, sie könnte ihrer Großmutter etwas verheimlichen, hat sie sich getäuscht. Beim Frühstück fällt Ama mit der Tür ins Haus.

„So, mein Kind! Butter bei die Fische! Irgendetwas wolltest du gestern Abend loswerden. Du kochst doch sonst nicht einfach ohne Grund eine Tortilla. Das hast du früher entweder bei einer schlechten Note getan oder wenn du etwas Bestimmtes bei mir durchsetzen wolltest. Offensichtlich ist Hendriks Heimkehr dazwischengeraten."

Es gibt kein Halten mehr, und Mara erzählt von der Möglichkeit, auf Sri Lanka eine Lehrerstelle anzunehmen. Sie muss lediglich Ja oder Nein sagen. Erneut wird sie von Amas Reaktion verblüfft, die ihr sogar zu diesem mutigen Schritt gratuliert.

„Ich habe euch nicht zu Stubenhockern erzogen. Genau wie deinem Bruder steht dir das Recht zu, deinen Horizont durch den Aufenthalt in einem fremden Land zu erweitern. Mit Lukas an deiner Seite stand so etwas ja niemals zur Debatte. Also nutze dein Singledasein. Ich freue mich

für dich."
„Ach, Ama! Bin ich froh, dass du das so locker siehst." Mara ergreift dankbar die Hand ihrer Großmutter. „Vielleicht besuchst du mich mal."
„Das kannst du dir aus dem Kopf schlagen. Auf meine alten Tage werde ich nicht mehr leichtsinnig werden."
„Dann skypen wir so oft wie möglich."
„Ja, wenn du mir zeigst, wie das funktioniert. Und nun lass uns Hendriks Fest planen."

♥♥♥

Hendrik, Ama und Irene begleiten Mara zum Flughafen. Der Abschied gestaltet sich tränenreich.
Minutenlang hält Ama Mara umklammert und entschuldigt sich ständig für ihren Gefühlsausbruch. „Ich hatte mir so fest vorgenommen, nicht zu weinen", klagt sie.
Auch Mara hat einen gewaltigen Kloß im Hals und kann einen aufsteigenden Schluchzer nicht unterdrücken. Fast bereut sie ihren Entschluss bei der Vorstellung, Ama vielleicht nicht mehr wiederzusehen. In ihrem Alter und mit dem angeschlagenen Herzen kann immer etwas Unvorhergesehenes passieren.
Ihr Zwilling scheint zu ahnen, was in Mara vorgeht. „Wir kümmern uns gut um Ama. Mach dir keine Sorgen. In den Schulferien machst du ohnehin Urlaub in der Villa Matern."
Irene überreicht Mara zum Abschied einen Brief. „Den darfst du erst im Flugzeug lesen."
Endlich hebt der Flieger vom Hamburger Flughafen ab. Mara hat es tatsächlich geschafft. Zum ersten Mal in ihrem Leben ist sie stolz auf sich. Noch vor einigen Wochen hätte sie sich so viel Mut nicht zugetraut, das Nest für länger zu verlassen. Rasch werden die Häuser beim Blick aus dem Fenster unter ihr kleiner und verschwinden schließlich in einer Dunstglocke. Die Anschnallzeichen über ihr erlöschen.

Unweigerlich denkt Mara an ihren ersten Hinflug nach Sri Lanka und Gunnar Acker. Als sie ihm vor einigen Tagen per Mail von ihrer Stelle an der Internationalen Schule geschrieben hat, antwortete er postwendend begeistert und nahm ihr das Versprechen ab, sich so bald wie möglich bei ihm vor Ort zu melden. Bestimmt möchte Mara ihr Patenkind Chadna kennenlernen. Seine Handynummer und die Adresse von Hamed hatte er angegeben, bei dem er zurzeit wieder einmal wohnt.
Als der erste Drink von der Stewardess serviert wird, zügelt Mara ihre Neugierde nicht länger und öffnet Irenes Brief. Zu ihrem Erstaunen hat ihn die Freundin nicht allein geschrieben, denn nach einigen Zeilen wechselt die Schrift. Sie gehört zu Hendrik.

Liebe Mara,
jetzt schwebst Du hoch über den Wolken einer tollen Zeit entgegen. Ich wünsche Dir neben der beruflichen Erfüllung auch die private (Du weißt, an wen ich dabei denke). Manchmal muss man vom Weg abkommen, um zu erkennen, was wirklich richtig für einen ist. Ich habe durch den Fehlgriff mit meinem Arbeitskollegen Urs erkannt, wie gut mir Hendrik dagegen tut. Meine Liebe zu ihm ist wieder genauso stark wie vor seiner Weltumsegelung. Vielleicht sind wir beide endlich reif genug, an eine gemeinsame Zukunft zu denken. Jedenfalls will ich damit sagen, dass ich wieder regelmäßig in Eurem Haus sein und ein wachsames Auge auf Ama haben werde.
Ich wünsche Dir alles Glück der Welt.
Deine beste Freundin Irene, die Dich ein klitzekleines Bisschen um Dein Abenteuer beneidet

Mein geliebtes Schwesterherz,
bleibt mir, Irenes Worte zu ergänzen. Auf Eurem sensationellen Fest für mich haben Irene und ich uns wieder ineinander verliebt. Vielleicht war unsere Zuneigung auch nur auf Eis gelegt, solange ich unterwegs war. Oft machen wir es uns schwerer als nötig. Das möchte ich Dir ans Herz legen. Jeder hat eine zweite Chance verdient.
Alles Gute und liebe Grüße, Dein Bruderherz

KAPITEL 18

In den ersten beiden Wochen in ihrer neuen Wahlheimat ist Mara mit der Unterrichtsvorbereitung und ihrer Behausung beschäftigt. Alles ist sehr aufregend. Nie zuvor hat sie für sich allein gelebt. Eine völlig neue Erfahrung, an die es sich zu gewöhnen gilt.
Wie versprochen hat Direktor Singh ein Apartment in unmittelbarer Nähe der Internationalen Schule besorgt. Es ist einfach möbliert, aber sauber und verfügt sogar über einen Balkon mit Blick auf eine kleine Parkanlage. Die kahlen Zimmerwände wurden gleich mit Fotos von Ama, Hendrik und Irene dekoriert und lindern das Heimweh, das Mara ab und zu überfällt. Vor allem abends weiß sie nicht, womit sie ihre Freizeit gestalten soll. Gern würde sie auch außerhalb des Unterrichts Sport treiben. Ihre Versuche, vielleicht mit jemandem zu joggen oder Squash zu spielen, schlugen bislang fehl. Zwar wurde sie von ihren Kollegen und Kolleginnen nett mit einer Kuchenrunde willkommen geheißen, aber unter ihnen existieren Cliquen, in die bisher kein Eindringen gelang. Allein Direktor Singh lud Mara am ersten Wochenende zu sich nach Hause zum Essen ein. Seine sympathische Frau sprach sogar einige Brocken Deutsch und appellierte an Mara, sich bei Problemen jederzeit an sie zu wenden. Ihr Sohn Jai, etwa in Maras Alter, war ebenfalls anwesend und sparte nicht mit plumpen Komplimenten. Aus den Augenwinkeln heraus spürte Mara während der Mahlzeiten seinen gierigen Blick auf sich geheftet, und sein Oberschenkel driftete einen Tick zu dicht an ihr Bein. Ihr verging der Appetit bei dieser widerlichen Annäherung. Besonders unangenehm war Jais Verhalten seiner Mutter gegenüber. Fast im Befehlston verlangte er nach mehr Wein oder Wasser oder kritisierte, der Nachtisch sei nicht süß genug.

Als Mara beim Aufräumen des Tisches helfen wollte, hinderte Jai sie mit festem Griff an ihrem Arm daran, der sogar ein Hämatom von dieser Aktion davontrug.
Mara wusste nicht, wie ihr geschah. Wie respektvoll ging die Familie Nuri dagegen miteinander um. Das Ehepaar Singh schwieg einfach zu Jais Unverschämtheiten. Sein Vater schlug stattdessen seinem Sohn vor, Mara die Sehenswürdigkeiten der Stadt zu zeigen. Jai wollte diese Idee gleich zu Maras Entsetzen für das nächste Wochenende in die Tat umsetzen. Ihr fiel nach der ersten Schrecksekunde glücklicherweise die Ausrede ein, bereits mit der Familie ihres Patenkindes verabredet zu sein. Jai war an seinem Gesichtsausdruck abzulesen, dass die Abfuhr ihn beleidigte und ärgerte. Sein verletzter Stolz verhinderte wahrscheinlich, nach Maras Handynummer zu fragen.
Mara hofft inständig, Jais Zustand möge auf Dauer anhalten, um nicht in einen Pflichtspagat zwischen ihm und dem Direktor zu geraten. Das könnte negative Folgen für ihre Tätigkeit an der Schule haben. Da ist zukünftig Diplomatie gefragt, um den unausstehlichen Typen auf Distanz zu halten.
Maras Notlüge hinsichtlich des Ausflugs zu Chadna nach Galle ist leider nicht in die Realität umsetzbar, so sehr sie sich nach einer Abwechslung sehnt. Dummerweise musste Gunnar Acker ausgerechnet kurzfristig zurück nach Deutschland, sodass ihr Treffen beim Patenkind warten muss. Die Familie spricht ausschließlich singhalesisch und benötigt zur Verständigung einen Übersetzer wie Gunnar.
Hendrik und Ama, mit denen Mara fast täglich skypt, haben bisher nicht nach einem eventuellen Wiedersehen mit Ravi gefragt.
Dafür schafft es Mara immer seltener, ihn aus ihrem Gedächtnis und ihrem Herzen zu verbannen. Das Gartenbuch blieb zwar bei Ama, aber der Stick mit den Sri Lanka-Fotos flog mit und wurde bestimmt fünfzig Mal betrachtet.
Auch heute steigt beim Anblick der Aufnahmen Melan-

cholie in Mara hoch. Es gibt so viele Sehenswürdigkeiten auf der Insel, die es zu erobern gilt. Zum Beispiel die Stadt Kandy, die sie und Ravi damals vom Elefantenwaisenhaus aus nicht wegen der gesperrten Straße erreichen konnten. Schließlich gilt der Ort wegen des Tempels des Zahns als das religiöse Zentrum des Landes. Wie Ravi ihr damals erklärte, wird dort der kostbarste Schatz der singhalesischen Gläubigen gehütet, ein Zahn des Gautama Buddha. Wirklich zu sehen bekommt ihn allerdings niemand, Pilger nicht und Touristen erst recht nicht. Er wird umhüllt von sieben edelsteinbesetzten Dagobas, die wie die russischen Holzpuppen übereinandergestülpt sind und auf einem goldenen Lotusblatt stehen. Leider hat Mara das einmal im Jahr stattfindende Fest, bei dem die Reliquie in einer Prozession durch Kandy getragen wird, verpasst. Es soll ein einzigartiges Spektakel sein, bei dem Tänzer, Akrobaten, Musikanten und Fackelträger die in Gold und Silber eingekleideten Elefantenbullen beim Transportieren des Heiligtums eskortieren.
Mara beschließt, das nächste Wochenende für einen Besuch dieser mystischen Stadt zu nutzen. Voller Vorfreude, endlich dem stickigen und lauten Colombo zu entfliehen, konsultiert sie das Internet hinsichtlich Fahrt- und Übernachtungsmöglichkeiten.
Touristen wird die von den Briten im 19. Jahrhundert erschaffene Eisenbahn empfohlen. Die Strecke soll eine der schönsten und spektakulärsten Asiens sein. Reservieren kann man jedoch nur für die Erste Klasse. Da der Preis für ein Ticket nach europäischen Maßstäben fast geschenkt ist, gönnt sich Mara die Fahrt im Aussichtswaggon mit Panoramafenstern. Die Namen einiger Pensionen schreibt sie sich auf. Es ist sicherer, diese vor Ort erst in Augenschein zu nehmen, wenn man keine unangenehme Überraschung erleben will. Damit sich Ama und Hendrik keine Sorgen machen, wenn sich Mara einige Tage nicht meldet, kündigt sie ihren Trip in die Berge nach Kandy an.

Endlich ist es soweit. Mara leistet sich direkt nach dem Unterricht am späten Nachmittag ein Taxi bis zum Bahnhof. Das Gewimmel in den Straßen erscheint ihr heute besonders dicht, und sie feuert den Fahrer zur Beeilung an. Der lacht und meint, dass sich die Züge ohnehin verspäten.

Wie gut, eine Reservierung getätigt zu haben.

Menschenmassen drängeln sich zum Zug, bestehend aus Pilgern aus aller Welt, Einheimischen, die während der Woche in Colombo arbeiten und nach Hause fahren, und natürlich Touristen. Mara boxt sich mit den Ellbogen kämpfend eine Gasse frei bis zum Erste-Klasse-Waggon, der als vorletzter angehängt ist. Der Geruch von Diesel und feuchtem Eisen erschwert das Atmen. Erschöpft plumpst Mara mit ihrem Rucksack auf einen zwar komfortablen, aber etwas schmuddeligen Sessel. Zusammen mit den nostalgischen Deckenventilatoren strahlt der Salon einen morbiden Charme aus. Der Blick aus dem großen Fenster auf die Landschaft wird das hoffentlich wettmachen.

Nach und nach füllt sich das Abteil mit anderen Passagieren aller denkbaren Nationen, bis die Lokomotive einen gellenden Signalton ausstößt. Verspätete Mitreisende springen auf die Trittbretter der dritten Wagenklasse, bevor der Bremser ein grünes Tuch aus dem Fenster flattern lässt.

Es folgt ein kräftiger Ruck, und der Express über Kandy nach Badulla, der Endstation, setzt sich rumpelnd und kreischend in Bewegung. Der Zug rattert zunächst durch Palmwälder, Zimt- und Bananenplantagen und Reisfelder.

Bei den Stopps an den zahlreichen Bahnhöfen auf der Strecke eilen Händler herbei, um ihre Teigtaschen, Fladenbrote oder in Blätter gewickelten Reis durchs Fenster zu verkaufen.

Dann nimmt der Zug Anlauf, um die Steigungen ins Hochland zu erklimmen. Fauchend wie ein altersmüder Drache kriecht er den Berg hinauf. Mara hat das Gefühl,

dass er dabei nicht schneller als sie beim Joggen ist. Sich ganz der Aussicht auf die Landschaft und der ständig wechselnden Farbenpracht hingebend, bemerkt sie den nahenden jungen Mann zunächst nicht. Erst, als er ihr auf die Schulter tippt, schreckt sie aus ihren Tagträumen.
„Sind Sie Mara Matern?", fragt er höflich.
Vor lauter Überraschung nickt Mara vorschnell.
„Dann habe ich etwas für Sie." Er zaubert hinter seinem Rücken plötzlich eine Lotusblüte und einen Brief hervor und überreicht ihr beides.
„Für mich?"
„Ja, Miss."
„Sie müssen mich verwechseln. Hier kennt mich niemand."
„Anscheinend doch."
„Wer hat Sie beauftragt, mir das zu geben?" Mara schaut sich im ganzen Salon suchend um, ob ihr ein anderer Passagier bekannt vorkommt. Vielleicht handelt es sich um jemanden aus dem Lehrerkollegium, der zufällig auch nach Kandy reist und sich ein Späßchen mit ihr erlaubt.
Aber der Mann ist wie weggezaubert und steht für eine weitere Befragung nicht mehr zur Verfügung.
Maras Neugierde siegt natürlich. Der Umschlag ist an sie adressiert, verheimlicht jedoch den Absender. Sie reißt ihn auf und muss mit dem Lesen warten, weil der Zug in diesem Augenblick in einen Tunnel eintaucht.
Endlich wird es wieder hell. Die folgenden Zeilen geben Rätsel auf.

Meine Schöne,
darf ich Dich in mein Abteil im angrenzenden Waggon einladen?
Es erwartet Dich jemand, der Dich sehr vermisst

Was hat das zu bedeuten? Wer weiß überhaupt, dass sie heute in diesem Waggon nach Kandy reist? Mit keiner Silbe hat Mara ihren Wochenendausflug bei ihren Kollegen oder Mr. Singh erwähnt. Ein mulmiges Gefühl schleicht

sich in ihre Magengrube. Sie möchte die Zugfahrt genießen und ist nicht zu Scherzen aufgelegt. Sie wird der zweifelhaften Einladung daher einfach nicht folgen, hat jedoch die Rechnung ohne den hartnäckigen Verehrer gemacht.
Nach etwa einer Viertelstunde erscheint ein singhalesisches Mädchen an Maras Sessel und zupft an ihrer Ärmelbluse, um ihre Aufmerksamkeit zu erregen. Wortlos legt es eine weitere Lotusblüte in Maras Schoß, an der dieses Mal eine Karte mit einem dünnen Draht befestigt ist. Ehe sie reagieren kann, ist das Kind im angrenzenden Waggon verschwunden.

Meine Lotusblüte,
ich habe befürchtet, dass Dir eine Blume nicht reicht. Wenn Du noch mehr haben willst, dann komm in mein Abteil.
Dein Verehrer

Mara wird es heiß und kalt zugleich. Ob diese penetrante Person Jai heißt? Das wäre ihr Albtraum. Die Singhs haben an jenem Abend bei ihnen zu Hause von einer Zweitwohnung in Kandy berichtet. Vielleicht will Jai zufällig dorthin. Wut steigt in Mara auf. Sie möchte in Ruhe die Reise genießen und von niemandem belästigt werden.
Wer immer dieser beharrliche Mensch ist, sie wird ihm die Meinung geigen. Um ihren Sessel am Panoramafenster nicht zu verlieren, schreibt sie auf einen aus ihrem Adressbuch herausgetrennten Zettel: *This seat is occupied.*
Ob sich die anderen Passagiere wirklich daran halten werden, bezweifelt Mara. Sie traut sich aber nicht, ihren Rucksack auf dem Sitz zurückzulassen.
Mit Verwunderung stellt sie an der Tür zum letzten Waggon fest, dass es sich um einen Schlafwagen handelt.
In dem Gedränge auf dem Bahnhof in Colombo war dies ihrer Aufmerksamkeit entgangen. Wieso lädt jemand sie in ein Nachtabteil ein? Die Angelegenheit wird immer dubioser.

Fast macht sich Panik in ihr breit. Wenn es tatsächlich Jai ist, der auf sie wartet, gibt es vielleicht kein Entrinnen mehr. Die Erinnerung an den blauen Fleck auf ihrem Arm wird wieder wach. Langsam tastet sich Mara den Gang entlang. Weder auf dem Brief noch auf der Karte stand die Nummer des entsprechenden Abteils.
Plötzlich entdeckt Mara von Weitem eine Girlande aus Lotusblüten geflochten, die eine der Türen umkränzt.
Sich diesen widerlichen Jai als Romantiker vorzustellen, fällt ihr schwer. Aber schließlich hatte sie sich vor einiger Zeit vorgenommen, nicht voreilig Menschen in eine bestimmte Schublade zu stecken. Ein Teil des seltsamen Puzzlespiels scheint gelöst. Die Blumen erinnern sie farblich an die aus dem Teich der Nuris. Sofort formieren sich ihre Schmetterlinge im Bauch zu einem Looping. Ravi?
Es kann sich bei dem geheimnisvollen Verehrer kaum um ihn handeln. Woher sollte er wissen, dass Mara wieder auf Sri Lanka weilt und ausgerechnet heute mit dieser Eisenbahn unterwegs ist? Und doch wünscht sie es auf einmal sehnsuchtsvoll, er möge sich hinter dieser Tür verbergen.
Kräftiger und lauter als vorgesehen klopft sie an. Wenn sich Jais Stimme meldet, bleibt die Flucht offen. Nichts rührt sich. Ein erneuter Versuch. Nur das Rattern des Zuges ist zu hören. Soll sie es wagen, ohne konkrete Aufforderung das Abteil zu betreten? Niemand wird es bemerken, wenn Jai sie festhält oder das Abteil von innen abschließt. Langsam und mit angehaltenem Atem schiebt Mara die Tür einen Spalt beiseite. Der Blick fällt gleich auf den Tisch unterhalb des Fensters. Er ist mit einer rosafarbenen Decke bekleidet und für zwei Personen festlich gedeckt.
Links und rechts befinden sich die Schlafliegen, die mit einigen Brokatkissen eher eine Wohnzimmeratmosphäre vermitteln. Eine Jalousie vor dem Fenster verhindert, dass Mara ihren Gastgeber gleich entdeckt.

Erst, als sich ihre Augen an das Zwielicht gewöhnt haben, erblicken sie den Mann ihrer Träume in einer Nische. Ihr Mund vermag nichts auszuspucken, zu bewegend ist der Moment des Wiedersehens.
Ravis Lächeln umfängt sie, als er aufspringt und seine Arme um ihre Hüften legt.
„Danke, dass du meine Einladung angenommen hast. Wie lange habe ich mir diesen Augenblick herbeigesehnt“, offenbart er sich. „Ich habe nicht zu hoffen gewagt, dir jemals wieder zu begegnen.“
Obwohl Mara unendlich erleichtert ist, Ravi statt Jai vorzufinden, versteifen sich ihre Muskeln bei Ravis Annäherung. „Woher weißt du, dass ich hier bin?“, fordert Mara ohne Begrüßung zu wissen. Sie ist völlig durcheinander und kann keinen klaren Gedanken fassen. Was fällt diesem Mann ein, einfach so zu tun, als hätte er sich nie etwas zuschulden kommen lassen?
Intuitiv rückt Ravi etwas von Mara ab. „Okay, setz dich bitte erst mal. Es tut mir leid, dich überrumpelt zu haben. Es gab aber keine andere Lösung, nachdem du dich nicht einmal nach dem Erhalt meines Päckchen gemeldet hast.“
Wie ferngesteuert nimmt Mara auf einem Sitz am Tisch Platz.
Unbeirrt setzt Ravi sein Plädoyer in eigener Sache fort. „Ich habe endlich gestern den Mut gehabt, bei euch zu Hause anzurufen, um mich nach Hendrik und dir zu erkundigen. Sei deinem Bruder bitte nicht böse. Ich musste ihm wirklich aus der Nase ziehen, dass du längst zurück auf Sri Lanka bist. Ich hätte vor Freude am liebsten einen Indianertanz aufgeführt.“
Diese Vorstellung ringt Mara gegen ihren Willen ein Lächeln ab. „Aber wieso weißt du von meiner Reise heute nach Kandy?“
„Als Hendrik und ich das Gespräch gerade beenden wollten, mischte sich deine charmante Großmutter ein und verriet dein Vorhaben.“
„Niemandem kann man etwas anvertrauen.“

„Wobei wir beim Thema wären." Ravi gießt Mara ungefragt etwas Wasser aus einer Kanne ins Glas. „Wir alle haben mit unserem Schweigen Mist gebaut. Das lässt sich nicht rückgängig machen. In einem Punkt habe ich jedoch nie gelogen."
„Der da wäre?"
„Ich mag dich sehr."
„Wie man eine gute Freundin mag?", kokettiert Mara. „Lieben tust du ja deine Fotografin."
Irritiert zieht Ravi eine Augenbraue hoch. „Behauptet wer?"
„Ich habe euch auf dem Plantagenfest in trautem Beieinander beobachtet, als ich mich von dir verabschieden wollte."
„Da hast du wohl ganz falsche Schlussfolgerungen gezogen. Zarani ist meine Cousine, mit der ich mich seit Kindertagen sehr gut verstehe. Ich habe ihr den Job für unsere gemeinsame Gartenreportage besorgt. Wir helfen uns in der Großfamilie alle untereinander." Flehend schaut Ravi in Maras Augen und ergänzt, um seiner Aussage Nachdruck zu verleihen: „Lieben tue ich nur dich, und das von ganzem Herzen, seit ich dich das erste Mal auf der Clara entdeckte. Bitte glaub mir das endlich!"
Maras Skepsis schmilzt augenblicklich dahin. „Ich ... ich muss dir etwas beichten", beginnt sie stockend und erzählt von ihrer Beziehung zu Lukas. „Seinetwegen habe ich versucht, meine Gefühle für dich zu unterdrücken. Es hat nicht funktioniert. Seit meiner Rückkehr nach Hamburg gibt es keine Zukunft mehr für Lukas und mich. Deshalb habe ich die Lehrerstelle in Colombo angetreten, denn ich habe mich nicht nur in dich, sondern auch in dieses Land verliebt. Bist du ..." Weiter kommt Mara nicht.
Ravi zieht sie auf die Schlafkoje und erstickt ihre Worte mit einem sanften, aber leidenschaftlichen Kuss. Ihn endlich wieder zu schmecken, ist die Erfüllung all ihrer Sehnsucht.
Plötzlich zerstören ein abrupter Ruck und ohrenbetäubend

quietschende Räder den magischen Moment, bis der Zug zum Stehen kommt.
„Kandy! Ich muss aussteigen. Wir haben die Zeit ganz vergessen“, stellt Mara fest.
„Wenn du nichts Besseres vorhast, fahren wir die Nacht durch bis Badulla. Dieses Abteil ist für zwei Personen bezahlt.“
„Hey, du hast wohl damit gerechnet, mich überreden zu können?“ Mara boxt Ravi neckend in die Rippen.
„Falls du Ja sagst, gibt es eine Überraschung.“
„Ja.“
„Dann warte hier auf mich. Ich bin bald zurück.“
Mara kann ihr Glück kaum fassen. Wie gut, dass sie Ama und Hendrik von ihrem Ausflug erzählt hat. Sie wäre von sich aus nie wieder mit Ravi in Kontakt getreten. Die beiden wissen einfach, was ihr guttut.
Wie versprochen kehrt Ravi nach kurzer Zeit zurück. Er hat schwer an einer Box zu tragen. Mit geheimnisvoller Miene befördert er zwei Töpfe und eine Flasche Champagner zutage und stellt alles auf den Tisch.
Es duftet verführerisch nach Curry.
„Wo hast du denn das Essen her?“
„Meine Tante hat es an den Zug gebracht.“
„Benutzt ihr Buschtrommeln innerhalb eures Clans?“, beendet Mara ihre Sprachlosigkeit.
„Die Bedingung dafür ist, dass ich dich ihr und meinem Onkel morgen vorstelle, wenn wir von Badulla zurückkommen und ich dir endlich Kandy zu Füßen legen werde.“
„Du hast ja wirklich nichts dem Zufall überlassen.“
„Nein, nur dem Schicksal.“
Nach dem Essen versinken Mara und Ravi im zärtlichen Erkunden ihrer Körper und können nicht genug voneinander bekommen. Sie nehmen weder das Kreischen und Rumpeln des Zuges wahr, noch das Donnern auf der neunbogigen Brücke über einer Schlucht oder die Spiralkurve, der sogenannten Achterbahnschleife.

In den frühen Morgenstunden erreicht der Zug Badulla. Für die Fahrt bedeutet der Ort die Endstation, für Ravi und Mara der Beginn ihrer großen Liebe.

♥

Die im Inhalt genannten Personen und Handlungen sind frei erfunden. Sollten Ähnlichkeiten mit tatsächlich existenten Personen oder stattgefundenen Handlungen entstanden sein, oder sollte ein solcher Eindruck erweckt werden, so ist dies von der Autorin auf keinen Fall gewollt oder beabsichtigt.

Weitere Romane der Autorin auf:

www.rike-stienen.de

Hier eine Auswahl:
Bisher erschienene Bände der Bestseller Reihe Travel & Date, die alle unabhängig voneinander gelesen werden können.

Verweht auf Texel: Travel & Date, Band 7

Valerie betreibt einen Dessous-Laden und erhält darüber ab und zu einen detektivischen Auftrag. Dieses Mal soll sie für die Kundin Karla herausfinden, ob deren Auserwählter, der auf Texel lebt, ihr treu ist. Kaum reist Valerie dorthin, überschlagen sich die Ereignisse. Sie rettet einem kleinen Heuler das Leben und lernt dadurch den Tierarzt Sam kennen. Außerdem kreuzt Johann Valeries Weg und lenkt sie von ihrer ursprünglichen Aufgabe gehörig ab. Was für ein Geheimnis trägt Johann mit sich herum?

Verträumt auf Hawaii: Travel & Date, Band 6

Stefanie entdeckt per Zufall ein Jobangebot auf ihrer Trauminsel Hawaii. Daniel Weber sucht auf der Plattform Travel & Date eine deutsche Nanny für seinen Sohn. Stefanie sagt spontan zu. Ihre Begeisterung für die paradiesische Inselwelt Hawaiis wird jedoch gedämpft, als sie ihren elfjährigen Schützling Niko kennenlernt, der sich als unerträgliche Nervensäge entpuppt. Bleibt Stefanie trotzdem Muße für die Erkundung der Inseln und für den smarten Bob? Macht es für sie überhaupt Sinn, sich in einen Mann zu verlieben, der einen riskanten Sport betreibt und um den sie deswegen ständig Angst haben muss?

Verzaubert von Lanzarote: Travel & Date, Band 5

Die Vorfreude des Autors Phil Rubens, den Frühling auf Lanzarote zu verbringen, wird mächtig gedämpft. Sein Verleger stellt ihm ungefragt auf dieser Reise die Psychologin Rosalie zur Seite. Gemeinsam sollen sie testen, ob die Agentur Travel & Date geeignet ist, zukünftig in den Reiseführern des Verlags empfohlen zu werden. Im Grunde eine reizvolle Aufgabe. Die beiden haben jedoch völlig unterschiedliche Erwartungen von diesem Auftrag. Logisch, dass zwischen ihnen bald die Fetzen fliegen und der Aufenthalt auf dieser sonst wunderbaren Ferieninsel für Phil zur Zerreißprobe wird.

Verschneit auf Borkum: Travel & Date, Band 4

Elfie von der Agentur Travel & Date reist zum 50. Geburtstag ihrer Patentante Cordula mitten im Dezember nach Borkum. Eine Insel im Winterschlaf? Mitnichten. Pilot Carsten, Wattführer Alex und Katze Frieda kreuzen Elfies Weg und wirbeln ihr sonst eher beschauliches Leben ganz schön durcheinander. Ein Unwetter, das über Borkum hereinbricht, macht das Chaos perfekt. Ob sie zu Weihnachten überhaupt noch rechtzeitig zurück nach München kommt?

Verrückt nach Korfu: Travel & Date, Band 3

Das hat Claire, eine der Inhaberinnen der Agentur Travel & Date, nicht einkalkuliert. Ausgerechnet ihr verwitweter Vater Georg hat über ihre Plattform auf Korfu Sophia kennen- und liebengelernt, und jetzt will er sie sogar heiraten. Claire ist entsetzt. Sie fliegt kurzentschlossen nach Korfu, um das zu verhindern. Unerwarteterweise findet sie auf der Insel einen Verbündeten, nämlich den Sohn der Auserwählten ihres Vaters. Doch das scheint schon die einzige Gemeinsamkeit zu sein, denn Nikos ist in Claires Augen ein Schnösel und alles andere als ihr

Traumtyp. Nikos ist jedoch nicht der einzige Mann, der Claire auf der Insel begegnet und ihr Kopfzerbrechen bereitet.

Verliebt auf den Seychellen: Travel & Date, Band 2

Ein Traum scheint für Elena in Erfüllung zu gehen. Sie wird sich mit Marc auf den Seychellen treffen, um ihn dort zu heiraten und mit ihm den Honeymoon zu verbringen. Ihr Bräutigam taucht jedoch nicht auf der Insel Praslin auf. Was ist passiert? Elena ist verzweifelt, sodass sich ihre Schwester Jasmin ins nächste Flugzeug setzt, um ihr beizustehen. Die beabsichtigten Flitterwochen mit Marc gestalten sich plötzlich ganz anders als geplant, voller ungeahnter Begegnungen und Abenteuer.

Verliebt in Ibiza: Travel & Date, Band 1

Simones Abiturgeschenk soll Erholung und Entspannung bedeuten. Genau das Gegenteil ist bei der Reise mit ihrer Mutter Thea nach Ibiza der Fall. Der Plan, Thea auf der Insel über die Agentur Travel & Date mit einem Blind Date zu beschäftigen, um eigenen Interessen nachzugehen, scheitert. Stattdessen sorgen diverse Verehrer und ein streunender Hund für ungeahnte Turbulenzen. Ob ihr gemeinsamer Urlaub doch noch ein Erfolg wird?

Zur Autorin:

Rike Stienen war einige Jahre als Rechtsanwältin und Mediatorin tätig, bevor sie sich ihren Traum erfüllte, eine Ausbildung zur Drehbuchautorin zu absolvieren. Seitdem entwickelt sie Stoffe für diverse Filmproduktionen, am liebsten romantische Komödien, die im Alpenvorland oder vor exotischer Kulisse spielen. Dabei ist es ihr wichtig, zwischenmenschliche Konflikte auf humorvolle Weise zu lösen. Mittlerweile sind zusätzlich einige Kurzgeschichten in Anthologien und zahlreiche Liebesromane veröffentlicht worden. Die Autorin lebt und arbeitet in der Nähe des Chiemsees und gehört verschiedenen Autorenverbänden an. Ihre Kreativität schöpft sie aus ihrem eigenen Gartenparadies.

Die Autorin freut sich auch über Ihren Besuch auf ihrer Homepage und bei Facebook und besonders natürlich über Ihre Rezension bei Amazon:

www.facebook.com/RikeStienenAutorin

www.rike-stienen.de

Printed in Poland
by Amazon Fulfillment
Poland Sp. z o.o., Wrocław

60543041R00122